大地的嬗变

——城乡巨变与近二十年散文创作

陈镭 著

中原出版传媒集团
中原传媒股份公司

大象出版社
·郑州·

图书在版编目(CIP)数据

大地的嬗变：城乡巨变与近二十年散文创作／陈镭著.— 郑州：大象出版社，2019. 3
ISBN 978-7-5711-0132-9

Ⅰ. ①大… Ⅱ. ①陈… Ⅲ. ①散文—文学创作研究—中国—当代 Ⅳ. ①I207. 67

中国版本图书馆 CIP 数据核字(2019)第 029789 号

DADI DE SHANBIAN

大地的嬗变

——城乡巨变与近二十年散文创作

陈　镭　著

出 版 人　王刘纯
责任编辑　郑强胜
责任校对　毛　路　安德华　李婧慧　裴红燕
书籍设计　王　敏

出版发行　大象出版社(郑州市郑东新区祥盛街 27 号　邮政编码 450016)
发行科　0371-63863551　总编室　0371-65597936
网　　址　www.daxiang.cn
印　　刷　河南匠心印刷有限公司
经　　销　各地新华书店经销
开　　本　787mm×1092mm　1/16
印　　张　18
字　　数　210 千字
版　　次　2019 年 3 月第 1 版　2019 年 3 月第 1 次印刷
定　　价　54.00 元

若发现印、装质量问题，影响阅读，请与承印厂联系调换。
印厂地址　郑州市惠济区清华园路 1 号
邮政编码　450053　　　电话　18937620540

前 言

近二十年的中国散文创作，是一个重建散文写作主体地位然而又高度分化的文学年代。自20世纪90年代“散文热”以来，中国散文创作基于写作主体构成及文化结构的变化，以文化散文、学者散文的兴起、都市散文的流播，形成了继“五四”后散文写作立场、审美取向的多元迁移，出现了散文创作的再度繁荣。这一繁荣状况延续到两世纪之交，在散文文体特质、主题选择与审美流向上，自散文理论至创作实践表现出纷繁分化的景象。围绕着当代中国人的“现代”心灵世界中信仰迷失与“寻找家园”、工业化浪潮、城乡结构调整与文化变革、历史记忆与精神救赎等切关中国现代性的重大核心问题，散文写作者从寻求自我心灵归依开始，产生了一系列思想指向多元、审美境界多样的散文创作，并在形形色色散文式的精神自救中引发了散文思想、趣味和作家人格内质、文化价值判断的深刻歧异，由此形成了近二十年中国散文的多层次主题和价值取向分化。从20世纪末走入新世纪的散文创作，展现出散文是一种与中国人特别是中国知识者生命体验、生活状态紧紧联系的“自由”文体，散文的本土本生性质决定了它充沛的民族性与基本的文化立场。研究散文内外思想主题的变化，就是研究中国人生命状态的方方面面，就是在中国文学所表现的文化深层结构中寻觅心灵表现的通道乃至宣泄之口。

一、散文创作的“分化”

如何摆脱既有研究存在的散文本体论约束，将现代散文的形成视为其在西方“现代”文学观念影响下，中国“文章”传统多重文学功能性持续削弱的产物；又将近二十年散文的文体变革与写作内容的调整，视为散文以其特有的“散文方式”逐步恢复其部分文学功能性的表现，成为一个值得思索的散文话题。以此为基，或许才能进一步探索散文在写什么、为什么这样写、怎样写与这样写的意义何在等切关散文本质的主要命题。不过，对于散文创作内容、形式问题的强调，并不意味着对散文文体定位的忽略，而是在一系列散文创作现象中结合个案进行分析。在跨世纪中国城乡巨变的现实语境中，近二十年来的中国散文创作呈现出从“同一分化”走向“深度分化”的总体趋势，这是它与新中国成立以来散文创作的一个重要区别。这些分化基于两世纪以来中国基本国情的变化与随之而产生的一系列深刻的社会、阶层、文化变迁，基于当代中国经历的光怪陆离、错综万象、充满乐观情绪而时有阵痛的历史嬗变和社会转型，近二十年中国散文的持续分化始终建构于厚重的本土历史、人文之基和复杂多样的生存体验叙述之上。从对散文文体标准的反复争论出发，近二十年的散文实践呈现出创作意向、思想内质与艺术美感的分化嬗变，体现出创作主体教育经历、思想厚度、体验视角、历史判断乃至个人生存视野诸多观念性差异，出现了人文立场、创作方法的重大转变。另外，散文创作面对中国人情感心灵在“现代”转型冲击中的种种满足与不满足状态，以凸显生存体验、情感经验与超脱意愿为出发点，又呈现出新中国成立以来所未有的多元创作局面，特别是面向作家个体心灵体验的转变与社会公共意识的逐渐普及，持续而缓慢地扩充着散文的文学社会张力。重视这一文学现实，就是强调散文作为文学的、历史的、社会的本质存在，就是坦诚面对中国散文无法为“现代性”所尽情囊括的本生性、民族性；而忽视近二十年来中国散文变化的成果与社会影响，忽视散文研究在当代文学史叙述中的相对薄弱状态，则不能不说有可能是出于理论阐释的困难导致的策略规避，不能不说是相关研究的一种缺憾。

无论“城”还是“乡”，始终还是中国本土文化的结晶，却又深受现代文明输入、互动的影响。近二十年来，中国城市持续高速发展，在人口总量、城市面积与城市景观上都发生了翻天覆地的变化。城市发展意味的“现代”在社会主义市场经济背景下进一步深入到农村生活的方方面面，加快了原有建立在小农经济与宗族制度上的乡村传统文化的解体。乡村，在城市的“阴影”下改变了20世纪80年代以来表现丰收喜庆的单向“怀乡”的散文抒情、叙事模式，在变革中产生出直面“现代”物质、精神文化冲击的忧思。城市，则在更深层次的现代变革中“迎受”全球化的洗礼与自身物质景观的全方位变革，“现代”连接本土传统、历史记忆，既催生了“新新中国”日新月异的外在表征，又残留了“老中国”千丝万缕的文化余影。缘此，中国城乡巨变背景下的近二十年来散文创作，其变化需要置于源远流长、高峰叠立的整个中国古典、现代散文变迁的长时段发展中予以考察，也需要立足于中外散文创作思想背景的基础上给予分析，更需要结合近二十年中国城乡社会、文化转型的历史进行研究，它具有跨学科分属于思想史、文学史、社会文化史和艺术史的属性，产生出将近二十年来中国散文置于更为广阔的时间和空间两个维度进行比较的需要。

从时间维度考察，近二十年来的散文与20世纪八九十年代散文的关系既有延续、继承，又有深刻的裂变、发展。原有“学者之文”与“文人之文”的古典—现代散文脉络既有写作主体的自然延续，又有创作主题、写作手法的沿袭伸展。新世纪散文写作者来源的扩大，新技术文化的持续影响，中国人精神形态、社会分层的空前拓展，使散文写作出现了散文史上罕见的多层次写作景观。散文写作热潮与中国现代国民意识逐步提升紧密相伴，构建起新的思想母题与写作姿态。要全面理解从20世纪中国现代散文到新世纪中国历史转型期背景下庞杂多元的散文发展图景，要解释含糊难明却又极为繁复的自20世纪90年代至新世纪的散文精神构成与审美意态，就必须回溯散文在现代中国的本生传统与思想经验，回溯散文审美境界的延绵与新生，特别需要分辨、厘清诸如当代中国现实语境下农民与知识分子的心灵体验、原有体制边缘与外部空间逐步拓展带来的审美意态变化、当代伦理意识变革带来的群己家庭关系变化、女性意识的崛起及性别体验等中国文学“现代性”的若干文学主题在散文中的具体表现。在长期认同“与时俱进”的线性进化观背景下，一方面是以重要的文学思潮为参考，考察具体的散文作品与散文理论论争中有哪些主题、又是如何参与构建了散文面向巨变构画的心灵图景；另一方面则是从具体的散文作品和理论论争出发，辨析在不同社会历史语境下散文作品及相关理论话语是如何丰富、充实甚至是质疑、颠覆原有的散文主题及审美意境，呈现出陈丹青等散文家名之为“退步”的新境，以期在新的时代语境下实现散文文体自身的价值重建。一系列疑问就此展开，富于延续、裂变特质的近二十年散文、新时期以来的散文主题中人性性质的复苏乃至“五四”以来现代白话散文“人的文学”之间，是否有着气脉相承的内在思想传统、审美选择的联系，它们之间彼此又构成了何种关系？这种关系在现有文学史话语体系中有无体现？又如何表现？新世纪国民生活形态已产生了迥异于前的变化，城乡二元分化与中国城镇化、移民化等社会浪潮的涌动给当代中国人人生境况、生命体验又带来了怎样的影响？

从空间维度而言，包含三方面的内容。首先是写作场域的重划。20世纪末至今的中国散文与走向多元共存文化形态的时代语境相呼应，基本形成了三个不同的散文写作场域：以重新塑造国家意识形态与民族精神为主体思想建构的散文写作，以现代学院派人文知识建构和知识分子审美趣味为基础的散文写作，以民间的、跨阶层的大众审美为中心审美意态的散文写作。这三个写作场域的形成打破了传统纯文学期刊主导散文写作的局面，在传播方式上开启了依托传统报刊散文栏目、依托市场的散文作品出版、依托网络散文的写作的新变化，成为三个相互作用、渗透但界别分化更为鲜明的散文平台。其次是精神空间的拓宽。近二十年来中国散文所关涉的主要作家作品、思想主题构建和艺术性诉求，绝大多数都与改革开放以来特别是20世纪90年代以来中国经济建设加速、社会转型深化、社会阶层分化与物质生活形态的巨大变化密切相关，与中国思想文化界对西方现代思潮的吸取、借鉴、逆反与改造密切相关，更难于脱离影响了一代代知识者心灵的中国古典文化土壤。从苇岸面向自然的信仰重建开始，中国乡土散文的新变开始冲击现代散文的旧有书写模式。苇岸作为20世纪末的新散文一环具有浓厚的预兆意味，它昭示着散文写作者必须面对现代语境下文学土壤世俗化、精神信仰迷失、消费欲望膨胀等一系列问题，散文家们在信仰或人生理想的寻求之路上面对不同的历史人生体验处境，以各自不同的方式走向精神自救与信念重寻。林贤治、筱敏固然以激越的文字选择直面历史，韩少功、张承志、张炜也从各自思想底座、美学观念出发做出了富于个人风格的策略性“呐喊”，高尔泰“寻找家园”等散文主题之所以能唤起人们强烈的情感共鸣，即在于这一寻求心灵归属、情感家园的过程以极为个人化的方式唤醒了沉睡的历史记忆，靠近了漫长、巨大的现代中国历史转型中历经坎坷后的普遍反思与情感记忆。最后是审美意态的分散。散文诗学意义的超越性追求与“日常生活”密集的细节书写共同瓦解着历史传统的重负，以审美意境的变异力图实现新的精神救赎。无论是现代犬儒式的寄物式逃避，还是在衣食住行、器物花木情怀中追索一己存在的价值；无论是积极的针砭抗议，还是在情感碎片化世界中寻求伦理与传统复归的内心“复活”；甚至以清淡的书话暗藏“匕首”“投枪”式的激越。在中国散文面对外部世界的迅猛变化时，多样化的散文审美流变表现着内在的情感空间、情绪体验与今昔对照的记忆唤醒。杨绛、金克木、季羡林、王蒙、莫言、王安忆、陈忠实、钟鸣、祝勇、艾云、李娟、沈宏非、许知远乃至韩寒、吴虹飞、蒋方舟，在“历经沧桑”与“我不曾历经沧桑”的各自人生中、思忆穿梭中寻求生命起落的命运之谜。近二十年来散文创作呈现出的复杂情态，既需要意识到散文创作正在从专业作家落向更为细微、庞大的社会各阶层这一转向的社会文化内质，又必须针对相关散文写作母题在社会历史、文化语境中的基本情况有一个鸟瞰式的宏观了解和把握，同时意识到不同母题在进入近二十年中国散文的文化语境之后的变化、发展以及被误读的可能。

二、“重新估定”诉求与研究缺憾

近二十年中国散文与中国古典文学、现代文学传统的关系，与东西文化互动以及与当代中国现实之间的关系，既是关乎散文创作的重要命题，又是思想、文学、社会互动的历史性记忆。在此，启蒙的自我瓦解与新启蒙的分道而行直接影响着散文创作的价值判断与价值选择。在对“五四”“现代”文化复原、重构的努力中，“重新估定一切价值”，重建散文评价的标准，成为散文研究中研究者的共识。在“重新估定”的过程中，中国社会各阶层利益的分化、思想立场的变化、知识结构的断裂和现代性目标诉求的差异，决定了散文写作中对现代性、启蒙与散文本质的联系，存在着不同的理解基础。话语场域的变化、启蒙与被启蒙的双向质疑、“人的现代化”的分裂构成了散文思想环境变化的背景。中国中产阶层、海外留学归国人员、现代传媒人、专业化学科化的学院精英、底层打工者等形形色色的散文写作者，在形成各自话语场域的同时，理论指向也随之变化。怀疑精神与新精神信仰、生活态度与伦理习惯、情感体验与物欲体验等矛盾混杂于文学的经验世界，散文不得不面对社会历史重大转型中散文主体心灵世界的激烈冲突，当代中国知识分子面对未完成的中国“现代性”，或多或少表现出异常矛盾的心理。1993年开始的人文精神大论战已经表现出中国知识分子在新的历史语境下立场各异的反应，这些反应一旦进入散文主体自我的审美意识领域，随之产生一系列问题，“五四”以来“人的文学”与新时期人学视野的美学建构，在新的时代被置于一个再度强调自然、世界与信仰互动的环境。在对发展、现代、启蒙的不断反思中，文化冲突带来的心灵冲突无处不在，主体性的人既已饱受质疑，散文研究是否认识到这些冲突与质疑？怎样与冲突形成互渗？又如何以散文的“真情”特质去书写崭新的世界形态？这绝非一两种、一两套散文理论话语能够解决的。另外，对当代中国与中国人精神历程、生存状态的超越思索、现实书写与细节刻画，在散文文体躯壳的解放与散文精神性的“净化”中分道而行，一个统一的“人”解体为无数分解的自然欲望，解体为当代中国历史语境下无意集中、而以“多元”命名的人文取向，晚清以来知识分子信仰的“人的现代化”循此分裂，“现代性”从抽象走向众多的人性细节、物质细节的现代化，这些人性的基本诉求，落实在国家、社会、家庭的政治、血缘、情感脉络中，也落实在历史记忆、日常生活的物质细节、情绪细节与复杂的时空感受里。在这一背景下，近二十年散文逐渐形成着新一轮的写作主题更换，这就需要以超越性的文学视野，通过不同文学文化观念的平等对话去观照这一轮更换。以此衡量，在充分肯定当代散文研究成果的同时，就不能不看到当代散文研究中存在的一些不足和缺陷，这主要包括：

对城乡巨变下近二十年散文创作的时代、思想背景因素重视程度不足，散文评价标准混乱偏移。面对20世纪90年代以来中国散文创作的重大变化，散文研究长期纠缠于散文本体论、虚构非虚构等争辩之中，“城”“乡”变化实况与文学反应研究缺失，对诸多风格流派迭出的散文新作反应迟缓，常以单一文学观念对散文标准硬性裁定，这种只见理论、不见现实的理论缠结产生了不良的批评效应。散文批评过于局限于散文本体范畴，难能跳出散文外、放开手脚分析散文，将散文创作置于整个中国社会文化转型背景下的研究尚有不足，难以凸显时代精神对散文创作的影响。

对散文美学特质及整体精神风貌的强调未能充分借鉴中西理论成果，对散文中传统糟粕的泛滥及时的批判性反馈尚嫌不足。唐小林将当今散文书写中的怪象归纳为“趣味低俗，专门瞄准‘脐下三寸’”“以丑为美，嗜脏成癖”“把散文当作王婆卖瓜的广告和宣泄戾气的工具”“胡编滥造，信口雌黄”四大病的散文“SARS”病毒[①]可谓一针见血。对散文审美中整体精神气象的强调，更是中国古典文论中足可取法的优秀散文传统。“当代散文多的是杂耍的技术，少的是真诚的心灵，未曾真正获取宽阔恢宏的审美理想和凌空翱翔的精神气质，进而生成遒劲的思想冲力和深厚的文化内涵。”[②] 这就从心灵的真诚角度对散文内在气脉的贯通、思想含量的丰厚、审美气象的雄健等评价标准提出了中肯之见。对散文之“丑”、之“怪”的批评不

①唐小林：《散文的“SARS”病毒》，《文学自由谈》2015年第4期。

②张宗刚：《落叶满街无人扫——2000年以来的散文阅读》，《书屋》2005年第9期。

同于孙绍振强调幽默性的“审丑”与波德莱尔表现时代浑浊的“恶之花”，张宗刚评点当代散文存在的皇权崇拜、性别歧视、身份歧视、官本位意识、伪平民意识[①]等中国传统文化中的意识糟粕，点出了散文切需现代人性观念的审视，不是面对名家一味溢美，而是借助更为严厉的理论批评去鼓荡散文精神内质的超越可能，激荡更为雄大厚重的思想境界与情感容量，以推动理论批评与创作实践的良性互动。

对散文传统、现代交融的“中国特质”与中国散文的民族性分析尚待开启。散文文体的文体论、方法论之争，虚构与非虚构、在场主义、大散文新散文之争，从本质上是借用西方文学理论范畴来诠释中国散文的历史与现实，然而，就中国古典文学中散文“文体划分、文体实质的发展、审美特征与创作实践而言，中国散文都具有鲜明的民族性。这种民族性直接影响着新世纪中国散文的发展走向”[②]。现当代中国散文并非天降而来，而是在本土散文传统的基础上经历了长期的异质文化交融与现代文学、语言变革后的历史形成的。中国文学传统中的“意境”“意象”“意味”等散文诗性审美架构与“赋、比、兴”等传统创作理念依然深刻影响着当代中国散文的创作、阅读、接受过程。在现代中国形成的过程中，文化传统的深层次基因依然存活

①参见张宗刚相关系列论文：《草民的颂圣：当代散文中的皇权崇拜》，《海南师范大学学报》（社会科学版）2012年第4期；《当代散文与性别歧视》，《南京师范大学学报》2010年第1期；《当代散文中的官本位意识》，《粤海风》2006年第7期；《无爱的显影：当代散文中的身份歧视》，《海南师范大学学报》（社会科学版）2013年第4期；《先在的优越——当代散文与伪平民心态》，《南方文坛》2006年第5期。

②辛晓玲：《论中国散文的民族性》，《中州学刊》2010年第1期，第242页。

于当代中国文化内部，中国文化也同样经历了“现代”意义上的改造，这就从内外、时空等方面决定了中国散文充沛的民族性。目前这一路向的相关研究极少，切需研究者以新的理论视野走出一条融传统与现代、民族特质与文化互动的凸显散文民族性的分析之路。而在研究视阈的上限方面，对当代散文创作的思想传统研究也往往仅上溯到“五四”，忽视了古今之变下不绝如缕的文脉，忽视了新世纪的散文作家既从社会现实与个人经历中感悟人生，也从中外文学特别是中国古典散文传承与欧美、苏俄的经典散文作品中汲取营养，难以体现散文创作对中外古典传统的思想传承、精神认同与风格继承，更缺乏对注重接受外国现代文学滋养的另一散文传统路向的开掘，这方面的工作涉及打通古典文学与现当代文学的精神传承、思想气脉与文章作法等内容，涉及比较文明史、世界文学等学科范畴，近年来一些研究成果[①]表明，这一研究路向在当代特别是近二十年中国散文的研究中是完全有可能出现新成果的。

新的社会历史语境下对当代散文的跨学科研究较为欠缺。随着互联网与移动信息载体的广泛使用，散文已不可避免地与大众传播媒介产生了密切的联系，它关系着散文与政治学、传播学、环境生态学之间复杂的互动。这一研究路向虽产生了少量的相关研究论文，但相较网络文化的迅猛铺展，散文研究在“现代”与“后现代”两个方向都未能及时地更新研究思维，散文研究界的方法论指导、运用与小说、

①陈平原在魏晋文学、明清小品文与现代文学关联领域的散文研究成绩十分突出，王风沿此路向也取得了一系列成绩。

诗歌、戏剧等其他文类相比更为匮乏。毋庸讳言，散文作为入门门槛极低、精神高度极高、社会受众最为普及的文学体式，就散文而散文的研究意识只会令散文研究陷入脱离社会现实的认识误区。

三、叙述策略与主题取舍

对城乡巨变与近二十年来中国散文的研究当然属于现代中国文学与文化研究，可以调动一切文学史、文化史研究的方法。作为刚刚过去的二十年，研究者目睹散文“历史”的发生、传播和社会反应，这就可以充分利用经验材料，以探求审美内质的差异缘由何在、写作立场的前后分化何来，比如对在散文领域的信仰重建上具有开创性意义的苇岸，结合苇岸对自然乡野的超验性，寻求与美国自然文学、中国古典田园文学的思想传承与续接，突出其在精神困顿的20世纪90年代力图重建信仰的精神超拔特质，以此启发自然乡野散文在韩少功、张承志、张炜、刘亮程所开辟的不同道路。再如对女性散文的分析，则侧重于对女性面对外部世界不同态度的分析与把握，展现筱敏、林白、陈染等女性作家的都市化特征，特别注重都市女性相较既往内在不同精神品质及女性诉求的辨析，以此铺展鲁迅“娜拉出走以后”这一重大女性启蒙命题的当代思索。当然，这些主题既指向散文审美表现的流变与分化，也指向中国散文内寓精神世界的重振之旅。

近二十年来散文创作的包罗万象，促使笔者尽可能尝试以粗线条去勾勒“现代”意义下的城乡巨变予中国散文创作的影响。本书在上、下编的末章以具体的散文家为中心进行个案分析。结语简析新时代散文创作的流向，最后的代跋则围绕当代散文理论论争的主要争议点，论述散文文体特质及其“功能性”内涵之变。鉴于本书是在“城乡巨变”的视野下尝试对相关散文创作进行粗线条勾勒，对近二十年众多优秀散文作品难免有很多疏漏，类如对乡土壮丽的诗性书写（任林举的《玉米大地》等作品），对乡土亲情的真挚倾诉（侯健飞的《回鹿山》、彭学明的《娘》等众多亲情散文），对乡土记忆情怀的温暖再现（桂苓、李晓君等人的散文），以及对反映城市生活中文化精神生活的回忆（王蒙、雷达、阎纲等人的散文）、艺术生活变化（冯骥才、肖复兴、周云蓬等人的散文）、精神重压与教育医疗问题（南帆、奥基弗、王小妮等人的作品）等诸多城乡散文之作，并未展开充分的分析，除了篇幅限制，也因为突出城乡巨变于散文表现的主题，这就产生了作家作品有所取舍的必要。限于笔者的学力、见识、取舍出现偏差，对重要作家关注欠缺，难现大散文家创作整体风貌，加之个人观点的偏颇，作品分析的不够精细，尚需读者容纳，谅解，这也是笔者行文的遗憾。这本小书是笔者辞去国家公职，重返母校南开大学攻读博士期间的附生品，它凝结着师长亲友的给予与温情，这是难于忘却的。

2018年春于南开园

目　录

上编　“地之子”的分化

上编　“地之子”的分化

第一章

面向自然的信仰重建

《诗经·小雅·信南山》：“信彼南山，维禹甸之。畇畇原隰，曾孙田之。”先民垦拓斯土，继者沃殖家园，“诗”的农事诗即为“风”“雅”，吟唱着农耕中国悠久深厚的田园文统。其后续连绵，杰作亦复迭出。田园情怀化为家园之思、乡魂之梦，饱含着农耕文明下一代代中国人的故土情深。乡土散文一脉出现的陈冠学、苇岸之作，迥别于诸多梦魂乡里的田园忆旧滥情，自蕴大地生长出的堂正生机，乡里亲情、对乡土的眷恋自豪在或新或旧的文化反思中，尝试越过现代乡土文学的批判性目光，去表现各自人生精神观照向内、向深的田园思索，中国散文直面乡土抒情的传统模式，在传统“底色”共通的田园沉思中焕发出在反“现代”中反而体现“现代”的健康人格之美，象征着中国乡土田园散文书写的又一种可能。

第一节　生命意志的自然归依

文学反映着社会敏感的神经，杰出的文学作品吹奏起醒世的号角。在工业化浪潮席卷下，自然本身和人化自然催动着环境大变革，催动了人类对于人与自然关系的持续思考。自然固然是不以人的意志为转移的客观存在，但在人类发展的进程中，随着面向自然、倚赖自然、开发自然与破坏自然，在浪漫主义的抽象审美观念与现实取向的生态整体观念矛盾中、在新时代环境变化的大前提下，人与自然的关系意味着人类面对自身外在世界的审美意识先行。从古希腊的亚里士多德、古罗马的维吉尔、英国田园诗人华兹华斯、美国开国元勋杰斐逊到中国的《诗经》创作群、陶渊明、孟浩然甚至曾国藩，自然山水与田园农事早已开出璀璨的文学奇葩。以中外乡土田园文学写作的传统而论，能够摆脱以物寄情或是单纯书写自然景物，进入人与自然的“现代”审美范畴，则在19世纪美国超验主义主要代表爱默生及梭罗、惠特曼等人的作品中进行了持续的探索，他们走出了从理论到文学审美实践的重要一步。爱默生的《论自然》、梭罗的《瓦尔登湖》与利奥波德的《沙乡年鉴》等自然理论的提出与一系列散文作品，不仅铸造了世界自然文学的一个高峰，而且将“现代”意义上的自然观以散文的形式传播四方。在我国，陈冠学在台湾岛进行的退隐田园的抒情书写，苇岸在华北平原上面向原野、记录季候的哲思，凝结为

《田园之秋》[①]《访草》《大地上的事情》诸种当代中国散文杰作，象征着走向“现代”的中国在面对工业化、城镇化浪潮时关乎“人”与乡土的深沉思索。

退隐台湾屏东的陈冠学著述等身，除老庄哲学研究以外，以《田园之秋》《访草》等散文集享誉已久。而39岁辞世的散文家苇岸于京郊昌平生没于斯，一部《大地上的事情》树立了他在散文领域的丰碑。二人南北相隔，身属田园乡土、物候地貌各个不同，笔底万物却都赋予丰富明亮的色彩。晴雨、田野、草木、虫蚁、禽鸟、花禾、麦蔬，村落农家物象比比皆是，于沃壤溪流中勾画出田园生命的图景。作为田园散文的大家，两人都能融一己之思于田园风物摹画之间，“使我们想起一些遥远的、渐渐陌生的人物：农夫、渔夫、船夫、樵夫、猎户、牧人、采药人、养蜂人。……他们是人类与自然之间的桥梁”[②]。陈冠学笔下的台湾屏东乡间直如亘古天荒时的始垦图景，在农人的活动中跳跃着清健活泼的心影。苇岸虽无心刻意展现华北风物，行间细写的动植物季候活动，依然透露出四季分明、风生寒起的北地气象。自然环境的差异赋予二者书写意境的差异，也正因这一差异，更能显出二者同为写实而“实”中生动之笔调特色。

“鸟有巢，兽有窝，人有家。我庆幸也有个家，一幢坐北朝南的平屋，坐落在大野之中。西面是一片已辟的田畴，直延伸到地平线。无尽的田园之美，就在这一片土地上，供我逐日采撷。”[③]家园

①《田园之秋》由上海东方出版中心2006年出版时书名改为《大地的事》，恰与苇岸《大地上的事情》几乎同名，后恢复《田园之秋》原书名由中信出版社于2014年出版。

②袁毅：《最后一棵会思想的芦苇——追忆苇岸先生》，《书屋》2001年第10期。

③陈冠学：《田园之秋》，北京：中信出版社，2014年，第11页。

平屋，让人想起如夏丏尊的《平屋杂文》等现代白话散文一脉传承。“平屋”可以是逃避，是休憩，是劳作，也可以是抗议，“平屋”中的世界别具人生只眼。“平屋”现于大地之上，既是人的劳作，也是生存家园的体验。平屋与平屋之外俱属家园，人的存在与动物、植物的存在在农耕文明中同赖自然的赋予。人的劳作与自然界生命的竞生既是积极的，也是天赋的命定存在。田园之美源于万物平等存在，源于和谐共存的自然，源于“和大自然和一片存有打成一片，不孤立，不对立，就连魑魅魍魉也会偶尔跟他们作对”[①]的“野地生物”似的农人与陈冠学蓄养的“赤牛哥”、花狗与麻雀、燕、喜鹊、眼镜蛇等农畜、野生物，它们都拥有自然赋予的原始生命力，化为生命链条上田园自然美德的一环。陈冠学对雀、鸟、蚁类象征的生命书颂与苇岸正相呼应，苇岸以简洁的文字清晰地展示了新的田园主题，“在造物的序列中，对于最底层和最弱小的‘承受者’，主不仅保持它们数量上的优势，也赋予了它们高于其他造物的生命力。草是这样，还有蚁、麻雀，我们人类中的农民也是其中之一”[②]。农，包含着农人与农耕活动，农耕是人类获得食物的主要生存方式，与自然万物并存于世，是最基础又最强韧的，这就从物种生存的角度肯定了万物生命的平等，肯定了农人与万物并存的内在合理性。

而在生物之外，“季节也是有生命的”[③]。对于靠地吃饭的农人和同样倚地吃饭的动植物而言，土地与天候是具有生命孕育力量的母

①陈冠学：《田园之秋》，北京：中信出版社，2014年，第193页。

②苇岸：《大地上的事情》，桂林：广西师范大学出版社，2014年，第39页。

③苇岸：《大地上的事情》，桂林：广西师范大学出版社，2014年，第32页。

体。土地孕育，天候生发、摧灭，苇岸将“季节”内化为与万物平等的一种生命存在，推动着自然依循规律生生不已。《一九九八：二十四节气》近乎行为艺术，立春、雨水、惊蛰、春分等农历节气之日，苇岸定时、定位，面向同一片乡野拍照观察，细小生命的萌发、苏醒与人类并行，季候催动大地呼吸的更迭，生命在自然怀抱中孕育和新生，近乎不变的田野满蕴变化。这样的土地田园，众多生命力充斥涌动，相互作用连接，刻画了当代散文的自然生命奇景。即使在寒冬前，“万物的声音都在大地上汇聚，它们要讲述一生的事情，它们要抢在冬天到来之前，把心内深藏已久的歌全部唱完”[①]。苇岸笔下的万物并非“拟人”，而是焕发了自我的生命话语，陈冠学写母鸟“为了保护幼雏装跛是常有的事。这证明了它们和人类同灵性，一样是灵性的生物”[②]，写群鸟集唱天籁之音，以群鸟生命的歌唱书写自然浩荡之美。苇岸以不乏工笔的态度细写蚂蚁的巢穴与蜂群的劳作，也就是细写微小生命的尊严与活力，细写不以人的生产生活而自生自灭于自然的生命意志。“面对周围的事物，他注重的是生命，以及同生命相关的部分，他的文章的深度自然无须通过理性的议论去表现，而在于生命的洞见与把握。”[③]它强调普通事物的主体性，也并未忘怀自然生命的主体性。苇岸、陈冠学对田园农事的归化吟祷，由生命存在的直感而生，似此而彼，若是而非，尽管思想相异，情感不同，却都洋溢着自然生命朴实沉着的“活气”。

①苇岸：《大地上的事情》，桂林：广西师范大学出版社，2014年，第27页。

②陈冠学：《田园之秋》，北京：中信出版社，2014年，第55页。

③林贤治：《五十年：散文与自由的一种观察》，《书屋》2000年第3期。

在两岸隔离的时空中，在土地中发现平等灵动生命世界的陈冠学、苇岸竭力突出自然主体的生命意志，也在生命意志的书写再现中寻找人间秩序的自然道德归依，他们基于生命平等的乡土散文写作与基于现代自然观的“大地伦理”产生了精神上的联系，他们可能并无佛学背景，但其写作又“无疑与中国佛教‘众生平等、万物一体’的信念遥相呼应”[①]，饱含着富于时代底蕴与解脱色调的心灵共鸣，同样具有催发作者、读者在回归自然的过程中寻求某种心灵解放的实效。他们的散文对田园生命意志的书写强调，呈现出文气贯注、心思凝聚的散文明净灵动之美。源于乡村的知识者在步步前行、反复求索，在一片泥土气味中试图去寻找、触摸精神的归宿。它意味着两三代中国人“寻找家园”的努力在散文世界中开始了较为坚实的落足，这一落足既有古典的精神渊源，又具现代心灵的空间营造。不无讽刺意味的是，这一古典与现代的结合，悖论式地站立于城乡、工农业文明二元冲突的根基之上。

①徐俊国：《想念苇岸》，《北京文学》2011年第10期。

第二节　与万物荣辱与共的灵魂

人与自然的对立统一、城市与农村的对立统一、个体的人与人世的对立统一，这三重对立统一构成了乡土田园散文内在的思想冲突。苇岸的《一九九八：二十四节气》系列散文写作，俨然是人生竞存中遵循自然规律以赢得生命存在的验证；陈冠学散文勾画的宛如天堂般的台湾乡野，隐藏着垦荒的艰困、毒蛇与洪水等原始自然性的生存危机。特别是陈冠学选择退隐田园，直接以农人的身份返归田亩劳作，貌似21世纪都市白领倦世归隐式的先驱，其实貌合而神离。生命的舒展解放在陈冠学笔下成为人的生活方式选择，在建构自我人生时体现的生命审美需求。审美意涵的“田园”分身三处：作为独立存在的“田园”、作为包括人类在内的万物生活的“家园”和作为散文写作者内化的“自我”生命意志。三者或分或合，都能在情感的归化中化为自我生命体验的叙述，再现了中国古典文学传统中天人呼应以“造境”的妙法。

毋庸讳言，中国当代生态观念的启迪得益于以美国为代表的世界生态自然观的影响。在自然思想与审美意识的传承上，陈冠学、苇岸都深受梭罗《瓦尔登湖》的隔世教诲，在避世般的回归田园中，陈冠学从梭罗那里汲取到田园理想的信念，《写在小女儿〈梭罗传〉译文之前》一文详述他在教养女儿时推动翻译梭罗传记的过程，在台湾版《瓦尔登湖》的译者名次变更中透露出他对梭罗的熟稔与喜爱。作为海子故友的苇岸原本写诗，在《一个人的道路——我的自述》中他写道："最终导致我从诗歌转向散文的，是梭罗的《瓦尔登湖》。当我初读这本举世无双的书时，我幸福地感到，我对它的喜爱超过了任何诗歌。"[①]"导致这种写作文体转变的契机，看起来是偶然的——由于读到了一本书，实际蕴含了一种必然：我对梭罗的文字仿佛具有一种血缘性的亲和和呼应。"[②] 梭罗对于人类生活的思索与躬行的实践态度，刺激着同样面临工业化背景下人的机械化、厌倦消费时代下物欲充斥的都市生活的人心。苇岸对梭罗的理解是深刻的，"梭罗的本质主要的还不在其对'返归自然'的倡导，而在其对'人的完整性'的崇尚……对'人的完整性'的崇尚，也非机械地不囿于某一岗位或职业，本质还在一个人对待外界（万物）的态度：是否为了一个'目的'或'目标'，而漠视和牺牲其他"[③]。与渐臻成熟的乡土"寻根"式文学主题不同，将乡土融入历史的起源追寻，寻求原乡原罪文化归属的使命，并非陈、苇的创作重点，他们散文所表现的核心始终不在营造"寻根"式的民族文化寓言，而在追寻构成一种文化传统的生命审美本源，通过跳开"文化"的表象，进入文化的源头活水。他

①苇岸：《一个人的道路——我的自述》，见苇岸《大地上的事情》，桂林：广西师范大学出版社，2014年，第4页。

②苇岸：《我与梭罗》，见苇岸《太阳升起以后》，北京：中国工人出版社，2000年，第120页。

③苇岸：《一个人的道路——我的自述》，见苇岸《大地上的事情》，桂林：广西师范大学出版社，2014年，第4页。

们在参与类似于梭罗般返归自然的过程中，加强了万物荣辱与共这一生命平等的心灵体验，对于不“漠视和牺牲其他”的自然与自我的合一向往，形成了其散文将“人”之心与自然结合的生命审美观。梭罗“人的完整性”观念与长久为“现代”语境困扰的乡土田园文学具有天然的高契合度。“在自然里，在田园里，人和物毕竟是一气共流转，显现着和谐的步调，这和谐的步调不就叫做自然吗？这是一种生命的感觉 。”①他们书写田园之乐与乡野生命的自在自足，是在自然本真中寻求与自然合一的平静。基于“生命的感觉”，寻求“和谐的步调”，实现“一气共流转”的人、物平等共处，成为陈、苇散文共通的中心主题。

田园、自然成为陈冠学和苇岸最有力的武器，它既是否定现实社会的手段与方式，也是在万物平等生活的“家园梦”中寄托自我观念和想象的精神自由王国。不过，二者并非没有分歧，尽管陈冠学在耕作中始终关注四周的环境和时事的变迁，但真正导引他明丽舒畅的台湾乡野写作与深邃思考的，是超越现代文明的中古陶渊明式的田园生活。他的思想火花来自他精神深处的两种文化的碰撞，或可言之为受“现代”教育的“知识者”与自耕农的自然人文化身份的碰撞。城市、乡村文化结构的冲突，使得“摆脱土地和依附土地就构成了新旧两代农民的精神搏斗”②。“摆脱土地”，意味着摆脱“土地”对于生存的物质、制度的束缚；“依附土地”，意味着土地及其生活方式、精神取向对于“人”的控扼与生命认知的限制。实际上这种“精

①陈冠学：《田园之秋》，北京：中信出版社，2014年，第4页。

②陈晓明：《审美的激变》，北京：作家出版社，2009年，第116页。

神搏斗”也并非纯“农民”的，它始终属于那些已经脱离了“土地”在经济、文化层面的制约而再度回望土地的人们，它是贾平凹、阎连科、陈冠学等从农民中走出的“知识者”特具的精神属性。陈冠学、苇岸等人的写作自觉不自觉地应和着现代文学中农民与知识分子两大主题传统的呼唤，只是呼唤变换了主题，对乡土野蛮落后一面的暴露为对中古田园生活的美化向往所代替。乡土耕读的陈冠学比现代文学中的“知识者”更具有行动的力量，更像“现代陶渊明”，他敢于回归田间，恢复农民的自然身份与农事劳动，而不是依附于人类组织的集团或者某个团体，这种纯属个体而非“下乡”式的回归乡土、亲族，仿佛是对“五四”以来一代知识者走出乡土、追逐“进步”与愈演愈烈的“现代”的反讽。

从盲目的、具有原始气息的自然之子走向有意识地对人类中心主义的生态观果敢质疑，是苇岸走过的思想之路，也是自然审美占据他思想中心的自然话语之路，更是一种“科学发展”和谐共存的自然观念影响下的自然文学姿态。与陈冠学不同，苇岸较为严厉地否认中国古典文学传统影响，他自言：“我喜爱的、对我影响较大的，确立了我的信仰，塑造了我写作面貌的作家和诗人，主要有梭罗、列夫·托尔斯泰、泰戈尔、惠特曼、爱默生、纪伯伦、安徒生、雅姆、布莱克、黑塞、普里什文、谢尔古年科夫等。这里我想惭愧地说，祖国源远流长的文学，一直未能进入我的视野。”苇岸的自述自觉甚至是刻意地去寻求自世界自然主义文学的文学思想渊源，对自然的爱浸透在对万物生命与生命灵性的热爱中，对自然人性的重视使他格外青睐擅长描写乡野风物的作家，这些作家作品中平等、博爱的生命意识成为他创作中至关重要的源泉。苇岸由此发出了不乏激进的感叹：“在中国文学里，人们可以看到一切：聪敏、智慧、美景、意境、技艺、个人恩怨、明哲保身等，唯独不见一个作家应有的与万物荣辱与共的灵魂。”[①] 对“与万物荣辱与共的灵魂”的强调，成为他散文格调甚乃对中国文学境界的精神品质化诉求。苇岸后期思想日益走向生态整体性的“专业化”，史怀泽的“敬畏生命”、卡逊的《寂静的春天》、阿尔·戈尔的《濒临失衡的地球》、戴维·埃伦费尔德的《人道主义的僭妄》等生态主义作品为苇岸突破以人类为中心的环保主义思想苑囿，进入人与自然和谐共处的生态整体主义观念提供了帮助。奥尔多·利奥波德的《沙乡年鉴》中深层生态学理念为苇岸生命后期散文创作提供了核心思想空间。他提出在万物相连相生的生命世界整体中，盲目的人类中心主义理应被摒弃，人类应在谦卑的姿态中与自然万物同心。生态主义文学姿态与“完整性”内蕴给予散文精神的调整，苇岸的反“中心”意识比陈冠学表现得更为强烈，它不同于古典的自然审美，不同于现代散文自“五四”以来以“现代”目光揭示乡村野蛮落后荒敝景象的批判反思主基调，也不同于“十七年”甚至更早的主导意识形态对乡村文化的盲目拔高，它意味着中国乡土田园文学传统在思亲怀乡、垦荒寻根、退隐养心等主题外出现了新流向，在内质上注入了新的散文之血。陈、苇二人的写作，绝非在外部生态保护观念影响下的文学反馈，如“随着生态危机的加剧和生存环境受到极大的威胁，保护生态环境、缓解生态危机成为全社会共同关注的热

①苇岸：《一个人的道路——我的自述》，见苇岸《大地上的事情》，桂林：广西师范大学出版社，2014年，第4页。

点问题。文学创作和批评应该自觉承担起警世作用，生态文学的萌生和发展正是这一问题在文学领域的热烈响应”[①] 等仅着眼于生态危机等外部压力而生的“呼应”，他们的散文不是由外而内而生，他们的写作重心涉及自然生态的现代观念，却归根到底并非在描述生态保护意识。在“人生天地中”生发出的生命意识与土地道德诉求，才是他们散文追寻自然生命与人之生命呼应的核心。

第三节　土地道德的散文迂回

中华文明是世界最古老的文明之一，周以来借小农主体之农耕创造、安定“天下”，“地无分南北”，奠定了农耕文明的文明本质。大陆型的农业文明、农人农事决定了民族性的形成、变化与稳定。作为一种构成华夏文化内核的民族性格，农耕文明有着应时、取宜、守则、和谐的内涵，以勃动之姿推动、影响着文学的生命歌吟。文学作为民族文化系统中跃动的感性表层，又从未停止对民族生活根部百川千流的汲取。农耕文明的民族性作用于民族文化，或言之民族文化反映民族性，是最易在大地田园主题中寻找到根底归化的。古往今来，士农工商，无数中国人面对田园溪山，自然生发出家山温厚、“家

①葛红兵：《忧患、信仰与拯救——当代生态文学的三个向度》，《社会科学》2010年第8期。

园”平宁之感。中国又为文章大国，南山之外，代有佳篇，田园诗文传统悠长亘远，特为发达。对于中国作家特别是对于陈冠学、苇岸这样侧重精神性的散文家而言，躬耕田园，走归乡野，其本质上是人生姿态向着本原的归化，是一种富于农耕民族性的复归。值得思索的是，在农耕文明的经济、社会基础上建立起来的中国古典文化传统，在一片“现代”的包围中何以在散文展开中？“以各尽其心、各正性命为主题的中国传统思想与以生产集体性为目标的现代性意识之间究竟能否协调呢？这已经成为一个必须要加以回答的问题，它指示着摆脱现代性认同的困境的出路。”[①] 在“致君尧舜上，再使风俗淳”的东亚儒家思想环境下，在“圣代无隐者”的政治、社会环境考量中，又是什么样的时代、什么样的政治使得古今散文写作中“隐逸”书写如此绵长强盛？不论创作主体态度如何，都是陈、苇散文面向旧文学传统不能不考虑的思想背景。

自20世纪下半叶以来，“老中国”的外壳淡去，当代中国工业化、城镇化进程持续奔行，在乡村面对城市节节后退、农业文明与工业文明世代更替之际，中国散文将目光投向原野与山河，以含蓄俊秀之笔力书个人心史、心事，融入了新的“现代”理解与精神血脉。面对社会人生的种种变动与矛盾，在重塑“田园”的独立角色之外，散文家汲取欧美自然主义文学营养，会同老庄哲学物我相融的神髓，不以夸张地方色彩、乡土文脉为能事，而是欲在反躬自省的复归中探索人生的沉郁，舒展备受“现代”压抑的“人”之“自我”，人作为自然一分子的自然“自我”，这是陈、苇散文在面向社会变动大潮时写

①陈赟：《困境中的中国现代性意识》，上海：华东师范大学出版社，2005年，第6页。

作的现实背景。

在这两重背景下，陈冠学、苇岸抱持高洁人格，欲于城镇工业物质洪流外的田园乡野间寻找新的生命支撑，却又面临如何在古典田园传统基石上超越既有的文化“自我”、再开新境的命题。或是出于生理、心理的双重厌倦，或是基于压力、动力的双重逼迫，陈冠学、苇岸对城市文明的粗糙描写恰与其对田园风物、自然生命的细腻观察、宏丽讴歌蔚成比照。恰是因为这种粗糙，他们的散文反而具有整体性的批判力度。他们与诸多反感城市文明却又无奈地生活在城市的作家们，共同汇就了反城市文明的田园讴歌潮。“这是一个被剥夺了精神的时代，一个不需要品德、良心和理想的时代，一个人变得更聪明而不是更美好的时代。仿佛一夜之间，天下只剩下了金钱。对积累财富落伍的恐惧，对物质享受不尽的倾心，使生命变成了一种纯粹的功能，一切追求都仅止于肉体。”[①]这种尖锐之笔在苇岸其实少有。陈冠学隐耕乡野，感慨高密度的城镇人居影响人的生存与尊严，“听说一些所谓文明国家，实际密度达到一千五百人以上，那简直成了猪圈里的猪，厕所里的蛆，算不得是人了，真不知道那是文明呢还是野蛮？实际上每个城镇，密度都超过此数，那是自我作践”[②]。略显愤懑的批判性语句在陈、苇散文中常惊鸿一现，给予他二人节制、富于分寸的文风以突破的刺激。城镇、工业化象征的财富和物质享受，令生命成为一种近乎幻灭的麻醉。其核心依然是现代人必须面对的“现代”生存空间逼仄、挤压万物生命的困境，是脱离人的原初生存土

---

①苇岸：《自序》，见苇岸《大地上的事情》，北京：中国对外翻译出版公司，1995年，第4页。

②陈冠学：《田园之秋》，北京：中信出版社，2014年，第28页。

壤，脱离自然的生命“被遮蔽”的困境。陈冠学在《家居的野趣》中说：“当城市当人世对一个人并不是天堂而是地狱的时候，人们对自然的记忆与感情就会全部苏醒，而渴望返归自然。”[①]与其他作家不同，“城市人世”既若当前地狱，往昔自然家园再现，而自然已不复“自然”，那么，重建自然的“土地道德”，恢复古老家园的美梦，自然成为陈冠学、苇岸们在困境前的直觉选择，又建构了当代语境下区分古典文学传统的新时代“预言”。他们终究不是在进行富于社会政治意涵的城市批评，而是在真正书写乡野田园的生命跃动。

与此相较，现代乃至当代中国文学与美国自然散文在人本位与自然本位上具有近乎天然的不同。“五四”以来的现代中国散文虽开辟了“人的文学”的潮流，但就文学本身而言，启蒙、革命与随之而生的呐喊、彷徨、觉醒，推动着现代中国文学在书写自然时往往别有所指，外在的现实压力促使中国作家更为急切地面对民族兴亡的命运，即如废名、许地山、郁达夫等人的田园山水之作，在古典式的遣怀抒情之外，散文作品涵纳的哲学世界与审美诉求常常非由自然本体而生，自然并非其重心所在，很难从生态学意义上将之纳入自然文学的范畴。“十七年”文学中碧野、刘白羽等人的《天山景物记》《长江三日》等作品，宣教目的鲜明，浸染着革命文化的“崇高”美学追求，且承上启下之间，不脱传统时代文人以笔墨书写江山怀抱的“寄托”旧痕。新时期以来，真正具备现代生态观念的自然文学往往附着于小说、戏剧与报告文学中人物主体对现实不满的抗议与反思中。阿城的《树王》、徐刚的《伐木者，醒来！》、李存葆的绿色系列散文

①陈冠学：《访草》，北京：中信出版社，2013年，第48～49页。

与沈石溪的动物系列儿童小说中，其生态观念、环保意识诞生出形色各异的文学表现。但究其根本，这些文学作品中的自然生态描写，是为人类社会服务的以“人”为中心的、具有保护人类整体利益的目的、在环境危机面前富于现实针对性的自然书写，它让人联想到20世纪80年代中国新启蒙思潮的环保意识的组成，在受到蕾切尔·卡逊《寂静的春天》中所描述的生态危机刺激后，中国环境保护观念的启蒙在文学作品中逐步有所表现。它们并未上升到人、世一体的信仰皈依层面，换言之，其面向自然角度的精神超拔程度不足。

另外，在“现代”意识不断深入的过程中，张承志、张炜、韩少功、刘亮程、任林举、孙惠芬、周同宾、杨献平、耿立、鲁顺平、傅菲等一大批作家都不同程度地参与到自然乡土题材写作中，他们的散文作品展现出各自不同的自然生态观念。比起吴伯箫精神贯注精气盎然的延安菜园，张承志散发着理想主义光辉的金牧场和西海固黄土塬，张炜突出个体意志力量的张炜式葡萄园、万松浦野地以及刘亮程表现农人命运和生命荒诞感的颓然平默的老沙湾黄沙梁乡村，他们对乡土山野形貌各异的多样化书写，凝聚着从现实、道德、心理多个层面对乡土生命力量的关注。在物欲时代里对精神、信仰、心灵的强调就此分为两路。在张承志、张炜等作家笔下，自然成为一种“外物”，而非内化于本体生命的自然本身。自然作为人格精神的寄寓，固然具备了本体意义，也深化了人在自然背景下的生命深层体验，却淡略了人与自然之间的平等之心。张炜在《你的树》一文中写道：“我们看到的很多从事艺术工作的人，并不具有这样的素质。他们对于世俗的得失出奇地敏锐，而对于自然、对于土地的变化却十分麻木。这就是我们的艺术衰落、让人失望的一个原因。”[①] 他将自然作为文学艺术审美感受的一种精神背景、一种出发点与精神原料，固有其积极意义，却并非自然文学上的精神本源。借助自然发扬中国儒学传统的“悲天悯人”之心，可以塑造出文化英雄与悲剧般的命运拷问，却从本质上属于悲欢离合的人世情怀，而非更具超拔意义的爱默生式的神会“超灵”式体验。这一自然中心实质是一种生态意义上的伪中心。至此，我们不由追问，真正属于中国心灵上的自然文学何以存在？对自然和大地的信仰是否真的难以超脱人世？是否真如苇岸所言，缺乏那种“一个作家应有的与万物荣辱与共的灵魂”？苇岸不乏激烈的质疑的本质是要在大地上寻求自足的伦理价值。土地是沉默的，但道德自始兹在，当土地成为自然界为人类利用的生产资源甚或盘剥对象时，超越旧有束缚人身心或以人为自然主宰的土地道德，以平等共生的生态整体主义目光竭生命之力书写“大地上的事情”，成就了“自然”的独立地位。“与万物荣辱与共的灵魂”即是“应有的”，是故在农耕中切身体验的陈冠学总结道：“老田园自来因实际经验，获得一条法则：物类共生则存，独生则亡，故生态必须平衡。”[②]这种“平衡”因其源于自然生存的本质，而非人格精神的替代物，因而简朴沉着，平等实在，能真正实现人的身心的放松，体验更为静穆高远的生命存在感，进而推动着人类生存环境与心灵的契合。

在面对城市文明时，基于陶渊明式倦世的“倦鸟”“故林”姿态

①张炜：《激情的延续》，长沙：湖南文艺出版社，1996年，第190页。

②陈冠学：《访草》，北京：中信出版社，2013年，第20页。

与华兹华斯式的远古自然返照，成为古典个体构筑田园文学的常见姿态。对城市文明的批判与对乡村生活的赞美形成书写的两极。无论是批判还是美化，散文写作者常在文字的琢磨与主体内外的“田园”间寻求平静。散文终归是文字的艺术。陈、苇二人文笔优美细腻自不待言，毕竟散文创作切需审视词句，琢磨文气。但在华词丽句身后，尚有思在物外的言外之意、景外之语。陈、苇虽隔沧海，却在书写田园农事时不约而同采用日记散文体，正表明二者散文文体表现“自我”之重。如同日本文学中“私小说”之“私”无处不在，澄阔深美的散文表现倚赖于“自我”以抒发，万物静观皆自得的自在世界无异于“私”的“私散文”创造。“让细雨匀匀地下着，轻轻地洗涤露在大斗笠外的手、膝、胫、脚。田园在细雨中这般安静，十甲地宽，大小数百只的鸟儿，除了燕飞起，偶尔叫发一声，没有一点儿声音，连雨也没有出声。我愿意和它们一起坐到天黑，才各自回家。”①这般与景相融的平静终归属于写作者自身，主体观物，只是由我而物，物情也只是自得。无物无我，则容易陷入审美的虚无。唯跳出“我”外而重归于“我”，才能得到新的生命审视与价值衡量。陈冠学、苇岸散文展现的静思之美、体悟之得、平等之态，其历程如林毓生所言：“我们对人生一切事物不关怀则已，一旦产生关怀，在不能表面明说的‘支援意识’(subsidiary awareness)中就已经与宇宙中的‘真实’(reality)产生接触，我们就在这种渐渐深入的接触中，接受宇宙的‘真实’的启发与指引，进行各种追寻人生意义与发掘真理的创造

①陈冠学：《田园之秋》，北京：中信出版社，2014年，第83页。

活动——亦即更深一层地认知宇宙的‘真实’的活动。”① 所谓“支援意识”，在接触田园自然中体现为对自然人生的真切关爱，而在宇宙“真实”的内心体验中才能感受、触碰“真实”。也唯有这种认知宇宙的“真实”，才生发出对于田园散文抒情传统的“创造性的转化”②。尽管陈、苇欲逃离物欲横流的“现代”世界，但他们终究难以彻底逃离，终究难以寻回自我记忆中温暖的“过去的世界”，而仅能力图在简约质朴的天、地、农人的自然自在中回归平静，深拓自我。不过，他们脱离了仅借田园实现精神抚慰“安心剂”的层次，上升到对万物存在与大地力量追溯求思的哲理层面，进而对现实、对未来披露出隐藏更深的宇宙人生的质疑。这种退守、体验、追溯与隐含的质疑，产生了中国散文对传统转化的新成绩，验证着散文再度转向人与自然天地的精神联系，进而洗雪新面的可能。

第四节 自“荒野”而田园的自然观

纵观美国自然散文的思想与现实，对自然的信仰归依始终存在着两种分途，或是高度抽象化如爱默生式的理性化的自然升华，或是

①林毓生：《中国传统的创造性转化（增订版）》，北京：生活·读书·新知三联书店，2011年，第413页。

②此处借用林毓生说法，表达本文对陈冠学、苇岸对中国田园文学传统同样具有“创造性转化”之功的看法。

走入荒林野湖中，在野性的世界中远离所谓“现代”与道德说教，回归简朴的生命存在。前者实质上是以自然为依托，寻求人在世界中独立存在的生命价值，后者是在摆脱旧的世俗生活中寻求更为自由的身心解放，将自我与自然融为一体以成为更高程度的自然本身。梭罗、约翰·巴勒斯、约翰·缪尔（“美国国家公园之父”）等人在自然书写中高度突出自然的原始野性之美，其用意不外乎在逐步走进工业化的美国从个人人性角度与民族精神层面提供心灵宿地与信仰归依，构成了美国文学中自然写作的一大传统。这一野性自然的呈现，高度浓缩于“荒野”所特具的美国民族性中。从华盛顿·欧文到库柏，从爱默生、梭罗到爱德华·艾比、薇拉·凯瑟，从惠特曼的中西部到福克纳的南方荒野，“在与自然抗争过程中，美国人民改变了美国大地的面貌，美国大地也重新塑造了美国的人民”①。“美国作家往往从荒野中获取灵感，把荒野理想化，将其描写成摆脱社会限制的理想王国。荒野意象是整个美国文学发展中的主要母题之一，并形成了美国文学的传统。”②“荒野精神”的核心是指一种面对任何困难时积极进取与乐观的精神；同时又生发为对自由的推崇、平等与民主意识以及一种强烈的实用主义态度。这种传统，起码在自然散文领域指引着人的生存精神，焕发出梭罗式的“一种无拘无束的自由，一种对身心健康有益，物质上简单而精神

①[美]卢瑟·S.路德克：《构建美国——美国的社会与文化》，王波、王一多等译，南京：江苏人民出版社，2006年，第37页。

②杨金才：《论美国文学中的“荒野”意象》，《外国文学研究》2000年第2期。

上富足的生活方式”[①]。

从卢梭所说的“文化原始主义”考量，中美两国大众价值观与最朴素的社会理想本有相近之处。“美国农民对于土地的观念与中国老百姓对于土地的观念极其相似。土地既是生育众生的神圣之地，也是滋养道德和精神的沃土。”[②]美国精神传承的一个重要组成部分就是面向阔野丛林的开拓前行，在广袤的北美平原或山谷地带，美国农民与中国农民一样，“日出而作，日入而息。凿井而饮，耕田而食。帝力于我何有哉”式的小农、自耕农式个人主义异国同心，杰斐逊式的“农民天然道德论”与泰勒的“田园共和主义”即便在现代化的美国，依然具有雄厚的民意基础。基于重农主义的文化传统与早期移民的清教徒的宗教信仰、意识形态有着深厚的渊源。自然被赋予信仰超拔的力量，成就爱默生笔下“神的种植园”，搭建起否认走向世俗化的社会、体会造物主浩瀚意志、滋养人之道德的渠道。梭罗与惠特曼都在这一基础上赋予自然和“森林”以接近上帝意志的特性。梭罗认为，人类需要在最简单的自然生存需要中学习，寻求生活的真谛。“我到林中去，因为我希望谨慎地生活，只面对生活的基本事实，看看我是否学得到生活要教育我的东西，免得到了临死的时候，才发现我根本就没有生活过。我不希望度过非生活的生活”[③]，这种寻求生活真谛的努力意味着面向林野的回归，它本身构成一种寻求路径的信

①李玲：《从荒野描写到毒物描写：美国环境文学的两个维度》，北京：北京理工大学出版社，2013年，第63页。

②方成：《美国自然主义文学传统的文化建构与价值传承》，上海：上海外语教育出版社，2007年，第45页。

③[美]梭罗：《瓦尔登湖》，徐迟译，上海：上海译文出版社，1982年，第84页。

仰。“荒野”构成了人类生存的环境，时时提醒现代人在人与自然间保持平衡，唯有遵循土地道德，才能保持人类的基本生存环境。“荒野”也成就着人类精神家园的物质实体，即便是人类精神“想象中的荒野”，也具备对“想象者”情感与道德滋养之效。

诚然，自然是人类生存之基础，也是文学长久的母题。对自然田园的书写，蕴含着乡情的寄寓、家园的温情、对于人类生存于土地上的思索与热爱，古今中外共通的田园自然情感确是文学传统中不可或缺的重要组成部分。但人既是历史的产物，又是环境与教育的产物，苇岸曾自述主要从外国文学中汲取营养，但他同样扎根于脚下的土壤，更毋宁说被称作“当代陶渊明”的陈冠学。与面向荒野、着力开辟新大陆文学传统的爱默生、梭罗等人不同，中国田园散文的“自然”文字，面对的并不仅仅是自然，而是不能不面对的更为深厚悠远的中国古典文化传统，不能不面对“现代”这一对于中国而言饱含着复杂情感记忆与现实压力的命题。

与雄旷的美国林野之声相比，中国自然散文的写作有着属于古老农耕文明的自然人生理解。陈冠学放弃教职在台湾退隐田园的生活，饱含着农家子弟面对沃土时的垦荒情怀，晴耕雨读，春种秋收，从一波波细致的农事描写与农作活动中体验到的自然田园之歌，刻画着他对自然与人生“平衡”的积极思索。苇岸犹如梭罗一样对大地充满了兴趣，这位大地的“观察者”为了更为细致地观察大地生命的活动，以中国传统农历节气为时标，定时、定点对同一片乡野固定拍摄，以在节气的变换中借景物的变化展现大地的脉搏。这些笔记最后合集为《一九九八：二十四节气》的系列短文。他们都直接化入梭罗式的践行之中，却又将这种践行的根基立足于中国田园文化的传统。他们或有走入荒野的乐趣，但即便自认从西方文学汲取更多营养的苇岸，也需要在传统农历节气中发掘大地的秘密。中国农历的准确性象征着农业文明的久远发展，意味着田园自然的散文书写也需要立足于本国本土的文化、物质基础，这或许是中国文学的别种基本国情。中国并非没有文学意义上的"荒野"，只是这荒野往往诞生在动荡时代与不稳定的社会生活中，对新世纪中国文学而言，"五四"以来知识者凝想的"荒原"固已遥远，沈从文式湘西山水情欲中的"化外之民"①野性不再。那近乎原始的"荒野"常常意味着鲁迅"血沃中原肥劲草"的狞厉心灵呐喊，以及消灭人迹的无情原始世界。作为中国文化传继下的子民，自上而下已经习于儒学传统式的家园观念，家园的建立立足于自然，自躬耕而始，儿女繁衍，桑麻稻麦，墟烟人家，"家园"就此转化为富于中国特色的"田园"，这一转化包容了地域文化、家族文化与作为文化形态补充的释道文化，从而将原始自然作为信仰归依的一分子汇入中国人家园意识的主流思潮中。对"家园"的重视，诞生了对于"田园"意象的丰富情感记忆，建构起完整的传统诗学审美体系。就此而言，忽略了中国自然散文写作的历史传统、现实依托与思想文化背景，就等于忽视了在现实的大地之外的另一个传统的精神"大地"。

在这一片精神"大地"之上，自《诗经》而楚辞、汉赋至《五柳先生传》，汇历代隐士田园文学之大成，中国文学传统中浸透了田园

①学者赵园认为，"五四新文学中沈从文湘西诸作写山民水民的放纵情欲，有一种类似荒原的状貌，是一片化外之民不为礼教约束适情任性的生命原野"。见赵园《地之子》，北京：北京大学出版社，2007年，第40页。

芳碧原生的气息。田园的兴废茂芜，隐然成为乱离时代高洁人格的现世验证。无论是从主体出发，舒展在官僚制度压抑下疲惫的人心，在自然与耕耘劳作中共享天意运行的体验，抑或以田园为繁杂人世的对照，在隐遁中寻求内在自我的解放与重建，中国古典散文已提供了丰富的文学经典。它搭建起以景写情、以情汇景的情景交融的生命书写链条，在发抒性灵、拓展心意的过程中，无穷情思涵括入无涯虚境。然而，“虚”亦不虚，田园或与我合一，或距我存在，或成为故乡心魂的载体。但在当代散文写作中，天、人、物、我、自然与人生合流和融，“田园”的村舍垄间实现了主客体合一，它或如陈冠学般灌注着道家天人合一的亲和观念，或如苇岸般在万物平等中有着生命归化般的澄阔。人生无论幸与不幸，无论是否能够抒发对于历史人生的积郁，都在田园的荫蔽下焕发着属于“人”本身的吟唱。田园隐然成为内化“自然”的抒情寄寓，承载着朴素的人生道德观、价值观，“田园”作为一个寄托主体生命意识、生命体验、生命归宿的独立物，既承载美学意义，也显示乡土物相以外“他生命”的危机。

面对危机，古今田园散文的书写，无论是以物入心，还是以心为万物一环反向拥抱万物，都具有化解人生痛苦面的共通本质。诸多走入田园、回归田园的散文写作，充溢着对“田园”外他世界的反思。田园与田园之外，构成足以激发世俗、精神这一对立两极世界的心景。在面向田园林湖的背面，分外凸显对于田园外世界的不认同乃至对抗，以乐观的态度看，这一“面向”蕴藏着极为“沉实”的批判与抗议，因其立足大地原野，力求人生自然一体，其批判透入人生基本生存需求中，在新世纪新人类物欲横流、声色犬马的物质背景下，于含蓄中备显深沉有力。以悲观的态度看，这一“面向”则存在无可奈何的逃避，田园既是存在的寄体，也是存在的意义，更有舍此无他的极端自然化观念。即使在田园中寄托避世的“自在”，也难逃自树高墙、隔绝世外、以点覆面之弊。由于他们侧重田园乡野自然风物之美的观照书写，陈冠学难免膜拜田园，苇岸则有着美化自然命运不可知的神秘性、忽略复杂现实人世的一面。如果将刘亮程、苇岸散文论断为在勾画“乡村乌托邦”[①]，不免忽略了刘亮程对乡村、人生命运不由自主的揭示，也未必充分考虑到陈冠学、苇岸特别是苇岸写作的目的，绝非回避世间残酷，而是欲在生灵平等意识中寻找生命和谐之道，借非暴力主义以济苍生紊乱的心灵世界。在苇岸的另一面，他早已意识到自然精神的诗性努力或是现代巨轮下的“螳臂”悲剧。“他的散文里，其实藏着一个诗人，而悲剧在于，为田园写颂歌与牧歌的时代已经终结。”[②]陈、苇的怀抱当然绝非单纯“牧歌”之笔，他二人即以中国传统标准衡量，自是仁人高士，“苇岸是物质时代的一个奇迹。他像圣徒一样面对写作，一直到死　”[③]。只是在极关切人世人生中未免距尘世过远。但在散文审美领域，勿论乐观悲观，只要写出“田园”与园中人生、人生思索之美，也就画出了小园实境中的幻境，道出了大千幻境中的实景。在虚实变幻之间，不为人世认同与不认同人世的人生痛楚得以缓解，生命浸润在清苦朴质的园野境中，生

①张宗刚：《〈山南水北〉·奥卡姆剃刀》，《现代快报》2014年7月28日。

②苏七七：《苇岸散文中的诗意》，《中华读书报》2014年9月24日。

③祝勇：《纸上的叛乱——一个“散文叛徒”的文学手记》，北京：东方出版社，2014年，第51页。

命意识反而更高涨，对那些追求新人生精神路向的发育大有助益。

第五节　天道人世的审美追问

“大自然的生命洪流环绕并贯穿着我们的身躯，它以其巨大的能量鼓励我们对它进行相应的行动——既然人类受到大自然的如此厚爱，并且即将进入全盛的阶段，那么我们为何要在历史的枯骨堆里胡乱摸索，或者偏要把活人推进满是褪色长袍的假面舞会呢？今天的太阳依然光照人间。”[①]在爱默生天命贯注般的宏大语句中，美国超验主义者的纯真自然与老中国人生人世的烂熟人间观念在文学上构成鲜明的对照，西哲海德格尔曾在其晚年就人生存在给出了诗学意义上的阐释，生态存在在他目中成为天地神人四重整体的交融。苍穹、大地、诸神与凡人彼此在距离中构成度测的比照。如爱默生“超灵”的自然捕捉一般，海德格尔认为即便上帝的意志也要通过林中空地来体现，存在与存在着彼此相互领会，需要林中空地（lichtung）的境地展示，林中空地亦即孙周兴所译的“澄明之境”。人世既然因为世俗要素构成了对世界人生真理的遮蔽，去蔽就成为原始存在论意义上的智慧启悟尺度。这一理解与中国哲学中天人合一的境界十分相似。梭罗

①[美]爱默生：《论自然》，见[美]吉欧·波尔泰编《爱默生集》（上），赵一凡、蒲隆、任晓晋、冯建文译，北京：生活·读书·新知三联书店，1993年，第9页。

何以要返归自然，陈冠学、苇岸何以要走入乡野？其根本目的不在于从人类中心主义的角度考量、利用自然，而是自始至终要将自身置入自然万物生灵平等的图谱中，以自然的存在去发现人生存在的终极意义，去实现内在自我与自然合一的体验，亦即体验“澄明之境”。自然天地给予人以参照的尺度，从以人为中心的人本主义向生灵平等为中心的自然理想进发，人性与超验的神性或言信仰归依建立了联系，有助于身处高度异化环境的现代人精神人格的健全。

从老庄到陶渊明以至禅宗，中国古典文化传统对此超验之境给出过诸多诗意的审美传递，现代中国与19世纪以来美国面临的政治、社会、文化处境极为不同，“五四”以来单线进化论的泛滥又为中国文学在现实层面的单向性发展提供了思想助力，“人的文学”纵然有其积极意义，但它在文学史上推动的每一次进步，在中国式语境下常常意味着面向传统的斩钉截铁的“断裂”。我们不难发现基于现代人性观的“人的文学”与孔子的“人道”之间的联系，但是类似于梭罗式美国自然散文所具有的返归自然、追索“天道”的精神，确是“五四”后现代中国文学思想建构的一大缺失。屈原悲语式的天问、陶渊明面对南山田亩的深沉思忆、杜甫面对黄鹂翠柳白鹭青天的欣喜似乎消失殆尽，作为自然一分子的人之拼搏、拓展、沉思并未在宏阔壮丽的中国山水间领会铺展，而是置之于世界任何一国度、一街市皆无可无不可。自然在中国文学中不再是寄托无数人间情意、天意真理的意识通道，而成为近乎陌生化的功利化客体。或许沈从文在他对人的生命书写中实现了湘西山水的自然本体化突破，但这种突破从原始存在的角度是无意的、片面的。回溯自鲁迅、茅盾、巴金以来现代文学传统，古典文化中象征天意的自然被沉重的“人世”挤压，在精神超拔的此岸与彼岸之间，彼岸的终极性消逝了，只有人世的信仰成为主流。在这一整体思想背景下，陈冠学、苇岸等人的散文对于当代中国文学的启迪意义起码涵盖了增扩重构文学空间、推动重审自我精神、扩大文学社会张力、引导现代生态文化需求的多项意义。

但更重要的是，陈冠学、苇岸开启了远接中国古典文化传统，近求爱默生、梭罗等自然土地信仰，立足于自我践行与生命体验的新思想之路。散文家林贤治认为，“在中国，如果说曾经存在过少数诚实的、严肃的、坚卓的写作者，那么，我必须指出：苇岸的全部作品所奔赴的关于‘大地道德’的主题，在中国现代文学中，具有开创的意义”[①]。“面对周围的事物，他注重的是生命，以及同生命相关的部分，他的文章的深度自然无须通过理性的议论去表现，而在于生命的洞见与把握。”[②]台湾南部“本土”文学史家叶石涛论陈冠学为“具有中国传统的旧文人气质，同时又有台湾知识分子参与（committed）的入世思想，他辞掉教职，毅然脱离看不见的枷锁，绝不能看作是退缩和逃避，毋宁是一种更积极地为求真理宁愿殉道而死的强烈意愿”[③]。陈冠学、苇岸们所倾心书写的自然主题之所以具有“开创的意义”，之所以是“为求真理宁愿殉道而死的强烈意愿”，不仅仅是因为它意味着有良知的散文家关于人与世界关系的深层次思索，高标

①林贤治：《未曾消失的苇岸》，见苇岸《太阳升起以后》，北京：中国工人出版社，2000年，第8页。

②林贤治：《五十年：散文与自由的一种观察》，《书屋》2000年第3期。

③叶石涛、陈冠学：《田园之秋》（原序一），见陈冠学《大地的事》，上海：东方出版中心，2006年，第4页。

着当代中国散文的内在品格，还因它象征着当代中国散文家从人本主义的启蒙时代话语向更为广阔的人与世界关系话语的调整转移，这一融合式的转移在当代中国语境下展露出中国文学重寻“天道”之路的思想努力，昭示了人类理想的普遍价值与中国散文蓄旧纳新的涵括能力，更充分展现了中国文化精神与中国自然田园散文内在的古老而顽强的生命。

在许多丧失了“天问”意识的中国作家那里，农村生活既有外在的社会压力，又有盖房、劈柴、修墙、耕种、喂养家畜、操持家务等劳动的重压，朝阳在《丧乱》中提到他“鄙视一切把农村视作田园的人们，他们不能理解劳动给予身体的痛苦和重压”[①]。刘亮程曾悲观地叹息中国人已经没有美学意义上的“乡村”，而只有农村，这是传统儒家家园观念笼罩下，现实社会、经济、人文重压中一代人丧失家园的写照与痛省。但转入苇岸笔下，“劳动是上帝的教育，它使我们自己与泥土和大自然发生基本的联系。但是，在这个世界上，有一部分人，一生从未踏上土地”[②]。这或许还可解释为苇岸缺乏繁重农务的压力，但陈冠学亲身投入艰苦繁重的农业劳动之后，他的书写则是，“让月光对直照满身，独自静静地在自己和族亲的土地中间行走，领略此情此景，不负此景，也不负此身”[③]。在泥土乡间行走中的陈冠学满怀“不负”之感，满含田野静气的人文情感输入，是否能令那些竭力摆脱田野，痛斥乡野恶俗陋性的批判性目光暂停启蒙，感

①朝阳：《丧乱》，《人民文学》2003年第6期。

②苇岸：《大地上的事情》，桂林：广西师范大学出版社，2014年，第15页。

③陈冠学：《田园之秋》，北京：中信出版社，2014年，第122页。

受自然天意的本质之声？是否能令现代人在重重精神重压下感受到田园生活的舒缓与自足？

作为中国传统笼罩下的“地之子”，陈冠学与苇岸们也许缺乏梭罗与惠特曼在原野荒林中锤打出来的野性目光，但他们能在与自然互视的平等目光中同样践行，同样毅然决然脱离世俗之桎梏，走入泥土的中国，领会利奥波德式的最朴素的“土地伦理”，体会人何以在自然中面对自我的命运，他们不是在泥土中去宣泄底层人世的苦难诉求，而是超越了历史的表象，在现代中国思想启蒙背景下，在现代性化为去神运动的历史进化观念中进一步选择超脱，在甩脱“现代”包袱后探寻精神的释放，从而重建“自我”与世界的联系。在工业化的历史悖论日益构成了新的文化冲突时，在当代革命历史叙述造成的时间断裂、物我脱离之中，他们从美国自然散文和世界优秀自然文学中汲取了诠释生命的力度，以唤醒中国人对于古老自然、天象、传统的敬畏与自省，重拾天人合一、物我一体、万物共荣辱的中国文学信念，这是一种更为远大的、重建自然人生观的、具有文学与自然生态双重意义上的道德努力，这种努力属于与自然人生达成了精神契约的、富于牺牲精神的中国心灵，也同样不失为一种积极的、具有强大历史推动力的精神自救。

第二章

故乡消逝的乡野彷徨

在过去的二十年中，古老的“乡土中国”在城市化建设加速的步伐中，仿佛节节后退，让位于“新新中国”“城市中国”的城市化、工业化进程。中国城市化带来的社会转型对传统村落造成了难以忽视的冲击及影响。《2012年中国城市竞争力蓝皮书：中国城市竞争力报告》指出，中国城市化率已超过50%，已经初步成为城市型社会。在苇岸之后，中国乡土脱离了20世纪90年代末残留的前现代工业化场景，被纳入加速发展的全球工业化体系之内，城镇郊区的土地被征用，大量农业人口外流成为进城务工人员，土壤、空气与河流等自然环境持续恶化，引发了一系列切关乡村社会生活的负面问题。“空巢”现象与留守儿童、青少年失学与乡村自然环境的恶化、现代物质文化消费观的普及化与乡村治安等诸多问题一一浮现，乡村社会结构的变迁导致乡土伦理传统难以为继，在中国大地上，除了少数农业自然条件优越、副业加工与工商业盛行的传统富庶之地，塞北江南，巴蜀闽赣，乡村田园的自然风貌与乡村传统价值体系都在发生巨大的改变。其中核心问题是，在中国工业化带来的经济、社会大转型中，乡土文化是否必然走向终结？是什么力量在推动其终结？当代中国文学或中国散文又是如何表现这种终结的？乡村的未来又会怎样？如果说近二十年来中国散文创作以一种充满痛楚的今昔对比书写了中国城乡的巨大变革，那么我们认为这种书写依然缺乏足够的表现力度，这种书写与历史转型中的现实境况依然存在着相当程度的差距，这种书写依然未能完成中国文学所应承担的历史与文化伦理重任。“地之子”们痛惜乡土家园的消逝，他们一方面面临着情感的失落，另一方面又面对自我精神的自责。他们无法、无力改变社会现实，只能走向对逝去的故园的彷徨，而这一变化不仅是文学的，更是社会的、历史的。

第一节　乡土想象的历史终结

法国著名农村社会学家孟德拉斯在其经典著作《农民的终结》中曾指出“20亿农民站在工业文明的入口处，这就是在20世纪下半叶当今世界向社会科学提出的主要问题”。[①]“沦陷”[②]，成为新世纪乡土出身的知识者面对乡土现实，一种基于情感基础的普遍性的文化共

①[法]H. 孟德拉斯：《农民的终结》，李培林译，北京：社会科学文献出版社，2010年，“导论”，第1页。

②十年砍柴的《每个人的故乡都在沦陷》、熊培云的《我的故乡因何沦陷》、陈璧生的《我的故乡在渐渐沦陷》、孟波的《不能承受的故乡底层沦陷之重》、潘采夫的《谁家的故乡不沦陷》、魏小河的《谁的故乡不在沦陷》等一系列作品俱以“沦陷”为名。

鸣。作家阎连科在《云灰色的落寞感》中写道："从我们划分的原始社会、封建社会算起，农民不是社会的农民，社会而是农民的社会。那时候，农民主宰着社会的一切，这时候社会的一切都在主宰农民。谁主沉浮？谁都主沉浮，唯农民不可。农民成了社会的农民，而社会不再是农民的社会。"[①]20世纪末以来的中国乡村发生着令一代乡土中走出的知识分子深感震惊、沮丧的变化。作家十年砍柴曾经援引了中国乡村变化的相关数据，"从2000年至2010年，中国自然村由363万个锐减至271万个。10年间，90多万个自然村消失。对在消失的村庄里长大的人来说，带来的当然是难以抑制的忧伤，但对中国社会转型和发展而言，这是不可逆转的趋势"[②]。冰冷板正的数据背后，"横亘在我们面前的是一个让人茫然失措的后乡村时代：农民纷纷离乡去了城市，大量村庄像是一个个被掏空的鸟巢，教育和医疗等设施日益衰败，乡村生产生活方式遭到遗弃，传统乡土秩序基本瓦解，乡土文明逐渐丧失了世袭的价值，眼看就将消失殆尽"[③]。传统的农业生产方式已在现代农业生产面前败退，传统乡村的社会生态也在大量人口流失的情况下瓦解。在十年砍柴乐观的预计中，"随着老人一个接一个离世，那些留守儿童、少年长大后涌进城市寻活路，这个村落终将消失。那些耗费村民半生打工挣来的钱所盖的楼房，将成为空空荡荡的建筑垃圾。对这样的图景，我并不忧伤，反而有某种期盼"。

---

①阎连科：《云灰色的落寞感》，见阎连科《阎连科散文》，昆明：云南人民出版社，2012年，第169页。

②十年砍柴的这一数据援引源于2012年全国人大常委会组织调研的结果。

③江子：《田园将芜——后乡村时代纪事》，西安：陕西人民出版社，2013年，"代序"第2页。

“当农民进城有社会保险托底，当农村的宅基地和生产用地可以在市场上流转，现代农业将是资本涌入的热门领域。劳动力进城的同时，资本纷纷下乡，农业生产和加工制造业、服务业成为不可分的整体。常住在乡村的人口下降到总人口20%左右甚至更低，达到一种理想的状态。我相信，那才是真正的‘新农村’，而‘留守儿童’也将成为历史名词。”①作家的盼望是真诚的，设想的方向是美好的，但这种对于历史前行的设想是否有一厢情愿的成分，其答案当然是肯定的。即便所有的设想都能够顺利成行，但文化的变革与人的精神存在也未必能够“与时俱进”，去实现人脑海中的农业文明向工业文明的过渡。贫困、农村农业水利建设、教育医疗及社会保障、留守儿童及空巢老人、农民户籍、环境污染、精神病症等诸多问题依然缠绕着乡村，乡土散文能否充分记录真实的乡村，已经超越了文学范畴，成为涉及乡土社会变革的历史性文本。

对于散文写作而言，乡土、田园，从来都不仅仅是农业生产一行行冰冷的数据，而是无数人曾生死离返、爱恨念系的生活家园与精神家园，在物质现实“进化”的历史线性进步观中，精神的现实是否也如期“进步”，其答案当然是否定的。故乡“沦陷”意味着中国的乡村社会在相当长的历史阶段都难以摆脱工业化、城镇化对乡村人口流动的影响，乡村原有的社会结构与生存形态陷于解构状态。古老的农业文明存在于具体而微的生活场景中，存在于一个个鲜活的乡村生命与乡村风物的体验、感受中，新的乡村建设将要重

①十年砍柴：《故乡沦陷了吗？》，见搜狐网文化频道：http://www.sohu.com/a/80731513_252634。

建的乡村形态必将建立在现代农业生产的基础上，如同马克思所说的，“发展着自己的物质生产和物质交往的人们，在改变自己的这个现实的同时也改变着自己的思维和思维的产物。不是意识决定生活，而是生活决定意识”①。新的乡村文化将会是一种怎样的形态，能够重现多少古老农业文明的优越性，现在看来尚存疑问，但新旧更替间的文化阵痛却成为一代人浸骨至深的悲曲。百余年前章太炎对中国子民精神的深沉质问，鲁迅在面对现代变革时心灵的惶惑与痛楚，在当代中国乡土社会的变更中，依然拥有振聋发聩的意义。鲁迅在回到故乡时感慨：“苍黄的天底下，远近横着几个萧索的荒村，没有一些活气。我的心禁不住悲凉起来了。”②20世纪20年代令鲁迅“禁不住悲凉起来了”的乡土景象与今人的“伤怀之痛”，汇流成两个世纪血脉未断的中国乡土悲情，汇流为中国文学中面对现代变革带来的动荡感时近乎永恒的人生追问。城市的繁荣扩大与工业化浪潮的持续，恰与乡镇村落的衰败构成正比。散文的情感书写在城乡巨变的现实背景下再度站在了书写现实生活的文学一线。对于乡土现实的艺术再现不仅传播着“国家的声音”，也同样弥漫着国人的普遍情感。盛聪在《收藏时光》一文中写道：“那么多年过去了，我也离开了小镇，每一次回去，都会有一些人再也无法见到。每一次在路途中见到那些荒凉、简陋、破败的小镇时，我的心便格外柔软、疼痛。我都会想起我那个不起眼的、被人遗忘的、让人心碎的灰暗小镇，想到那些如麻风

---

①《马克思恩格斯选集》（第1卷），北京：人民出版社，1995年，第73页。

②鲁迅：《故乡》，见《鲁迅全集》（第一卷），北京：人民文学出版社，2005年，第501页。

病人的脸一般糜烂的墙壁，想到那些结着蜘蛛网的像瞎眼老人一般空洞的窗户，想到平原上的熏风刮过小镇时，那些颤抖的瓦片……”[①]这股怀乡之情继“五四”后再度掺入了现代人的生存绝望，从而与新时期乡土文学中乐观看待现代变革的主导情绪区别开来。小镇生命的荒朽，或出于自然的时间流逝，或缘于人为原因的凋零，然而其惨状若病患，又反衬出作者内怀的对于“死亡”意识的认识与归同于死亡和生长的另一种生命意识。与韩少功一样，盛聪也使用了“麻风”这一病症作为喻体。乡土“病症”的重返，意味着“病症”自社会而人心的蔓延。他们可能都注意到“麻风”所特有的传染性与反复难以治愈。城市的物质景观翻新扩展与小镇的败落都具备了同样的特征。当“麻风”式的比喻出现时，难以治疗的，正是这二者共同带给人生的那种无力感受。人，在此不再是命运的主宰，而是为社会潮流裹挟着观看城乡巨变的无力者。这种无力，反令诸多反映城乡变化现实的乡土散文环绕着不平的悲鸣。

在这里，对于乡土的泛化定义常常影响着对于乡土的理解界定，乡土散文的旅居与“怀乡”模式有着很多不同，将中国文学史普遍意义上的“怀乡”、面对自然风物的赞叹猎奇、基于文化视角的山水政治都纳入散文的乡土范畴之中，通过扩大散文乡土书写研究版图去拓展“乡土散文”的内涵，这一概念有着先天的不足。在概念指向上它模糊了乡土散文所面对的“乡土”意旨，发挥了“土”即土地、大地书写的特征，而淡化了“乡”亦即出生、成长的地方这一本质含义。

①盛聪：《收藏时光》，见祝勇主编《21世纪中国文学大系·2006年散文》，长春：春风文艺出版社，2007年，第262页。

“乡”更富含着“家园”亲切、丰厚的人文内涵。

“乡土”是鲁迅、沈从文、汪曾祺等现代作家与诸多当代中国离家的文化游子所寄予“家园”情感的地方。虽然周作人的北平、周涛的新疆、马丽华的西藏都成为他们生命中的又一个“故乡”，但那旅居的人生与血脉维系的乡土有着重大的区别。他们的“乡土”更多地寄寓于文化乡土、生存乡土的含义，这涉及现实家园与精神家园的二重性问题，旅居与工作、生活在异乡的人们，可以高度认同自己所居住工作的地域文化，也同样可以高度不认同，它并非那种无可选择的唯一。人对于故土的文化思怀，实际上针对的是与现实家园相区分的精神家园而生，二者如能合二为一当然为宜，如果不能，精神家园的寄托反而是此类散文书写的核心命题。在陈忠实的《原下的日子》《生命之雨》及周同宾的《土地梦》《乡关回望》等散文中，关中白鹿原、南阳盆地不仅是地域文化背景，也是其生命文化的背景。他们祖辈生死于兹，他们从农民中来，以真正乡土出身的乡土“知识者”立场书写乡土的生存体验，突破了启蒙知识分子将乡土作为“自我”情感审美、“自我”现代意识验证的工具性背景，突出了乡土的“家园”性质。在此，“乡土”之“乡”，于他们而言，既融合了亲情、友情、劳作成长之情的具有综合性的“家园”的渴望，又通过对于乡土之“土”的描述性书写得以发挥。以这一思路去观照、把握中国乡村变化的现实，在拉近情感距离的同时，会看到近二十年散文写作何以会出现将乡村变革称为“沦陷”的现象，只因那是一代散文家面对传统家园消逝，甚至有可能永不再返的锥心之痛。乡土散文在持续的“怀乡”中，借助乡土去搭建家园旧梦，抒发自我生命的积压，消解甚或是压抑宏大题材的叙述欲望，不厌其烦地记录下乡土平民经历的历史苦难、日常琐碎生活、乡土情感与命运思索。它所呈现出来的一种悲剧性的氛围反映出城乡文化此消彼长的对立性裂变，这种内容与形式的高度吻合，恰好集中表现了一代人故园梦的破灭。

第二节　乡土文化的优势

如果说一代代中国人对于乡土有着近乎渴求性的情感、文化多重意义的“故园梦”，这一渴求贯穿着不同时代散文之间“乡土”的文化血脉联系，那么，对于当代中国传统乡土生态趋于解体的整体图景，在分析乡土文学共性的同时也出现了诸多不同的理解。李晓虹在《二十世纪乡土散文的嬗变》中分析：“现当代作家创作的乡土散文有共同的内在品格，也有不断生成变化的不同的因素。”[①]对于乡下人和乡村情结如何认识？怀乡情结的产生首先源于写作者对于乡村的“出走”与脱离，“出走”的“乡下人”身份是否带来过困扰？在城市化进程中又面临着怎样的精神矛盾？对乡村的不同解读又有怎样的文化背景？从怎样的文学审美维度去认识乡村“沦陷”的现实？这些变化的不同的因素，彼此独立又相互缠绕，它意味着中国乡土散文既

①李晓虹：《二十世纪乡土散文的嬗变》，《广播电视大学学报》（哲学社会科学版）2005年第3期。

延续着文学的“现代”启蒙传统，又始终在城乡文化冲突中存在着深层次的精神矛盾，一方面是乡土在现实中的无力与失语，另一方面则是看似弱势的、被改造的、“落后”的“乡土”，实际上占据着相对优势的文化心理地位。在这二者的基础上，诞生了乡土散文的诸多书写模式。

从文化社会学的视角来看，在“现代”近乎文化殖民的城市化运动背景下，散文的乡土书写占据着先天的社会伦理正义与民族文化正义。在乡村漫长的发展历程中，社会学、历史学意义上的村落是人类从狩猎文明进入农耕文明的产物。自秦汉时期的“庐”“丘”“聚”，到东汉中后期以“村”来命名的人们的自由生活聚落。[①]乡间的大小聚居地，通常都可称为“村落”或称为“村庄”。[②]村落由此形成了一个具有一定自主性的生产生活共同体。基于个人利益而形成的村落共同体，价值观上接受儒家理念，以此确立个体的行动规范，按照共同体发展的要求整合个体成员的行动，在政治、经济、社会各方面建立了其自主运行的结构体制。国家主要通过在各种形式的文化网络中塑造权威的形式来保持国家对村落的价值整合。现代中国激烈的社会变革、经济建设与文化更新，使得乡土社会及其内凝的本土民族文化在某种意义上被解构成现代文化的又一种“他者”。“现代性”推动着东亚文明古国向现代民族国家转型，“乡土”成为鲁迅笔下“哀其不幸、愤其不争”的落后要素。国家政权稳定后，现代化

①刘再聪：《村的起源及“村”概念的泛化——立足于唐以前的考察》，《史学月刊》2006年第12期。

②王庆成：《晚清华北乡村：历史与规模》，《历史研究》2007年第2期。

建设再次将“乡土”纳入其改造的视野，激进现代性设想逼迫乡土社会发生巨大的结构性改变，比如：人民公社制度曾作为农村基层社会组织形式，前后存在了二十余年，打破了乡村传统的生活模式。周同宾《饥饿中的事情》《那些天，吃饭不要钱》及彭学明《娘》等作品都涉及这一历史时期的个体情感记忆。而如陆天明散文《小岗朝圣三编》等文，也对这一时期到1978年农村生产承包责任制度实施后的乡村变化作了文学意义上的历史总结。这一时期到21世纪，中国被纳入全球化生产体系之中，经济要素的调整使乡村生存形态发生了巨大的变化。人们离开乡土，涌入城镇，成为全球工业生产体系中的一环。“农民工”一词凝结的政治、经济、社会、历史含义远远超越了文学文化表现，俨然成为一种现代化、全球化的副产品。空虚、破败的乡村在此过程中经历着生活形态的变易、人口的减少，经历着物质、精神的双重凋敝。秋风嘲讽一些学者对农业社会的全盘否定，对城市文明的全盘拥抱，“然而，如此全身心拥抱城市文明的意识构架，最终却落了个两头空：城市文明孱弱无力，乡村文明凋敝流失。乡村社会严重空心化，伴随着人员向城市的单向流入，乡村的文化资源迅速流失、灭绝。而这些由乡村流入城市的人口也并没有向城市输入新鲜血液，他们没有成为文化的缔造者。相反，乡村社会具有生命力的文化由于偏见的压制而耗散于空虚之中。”[①]摩罗在

①秋风：《乡村，国家精神的隐秘根基》，《杂文选刊》2009年4月下旬刊。

《我是农民的儿子》中感叹："无论这些东西怎么变化，农村最根本的东西没有变，主要是农民的命运没有改变，他们在社会结构中的地位没有改变，还是几乎被排斥在社会体制之外。"[①]梁鸿在《从梁庄出发》中发出了一连串的有力质问："从什么时候起，乡村成了民族的累赘，成了改革、发展与现代化追求的负担？从什么时候起，乡村成为底层、边缘、病症的代名词？又是从什么时候起，一想起那日渐荒凉、寂寞的乡村，想起那在城市黑暗边缘忙碌、在火车站奋力挤拼的无数的农民工，就有悲怆欲哭的感觉？这一切，都是什么时候发生的，又是如何发生的？它包含着多少历史的矛盾与错误，包含着多少生命的痛苦与呼喊？或许，这是每一个关心中国乡村的知识分子都必须面对的问题。"[②]梁鸿试图通过"梁庄"这一典型的中原内陆农村，用田野调查的方式去称述一种典型化的乡村经验和生存样态，以一个乡村的凋敝去投射整个乡土中国的溃散，这是一种基于文学却又超乎文学的积极探索。"梁庄"成为象征中国农村命运的隐喻，集中折射了乡村内在的生存状态。而在冯秋子的散文《荒原》中，在《九十九眼泉差错一眼》里频繁暴发的内蒙古沙尘暴，已经年年吹袭到北京。但在极尽书写沙尘暴的危害、逐步严重的生态现实之后，冯秋子笔锋陡转，从自己对一个搂"地毛"的农民郭四清的采访说起，继而逐步打开郭四清一家的心扉，讲述他搂"地毛"的

①摩罗：《我是农民的儿子》，见林贤治编选《村庄，我们的爱与疼痛：新乡土散文选》，桂林：漓江出版社，2013年，第49页。

②梁鸿：《从梁庄出发》，见梁鸿《中国在梁庄》，北京：中信出版社，2014年，第1~2页。

动因、甘苦和后遗症。[①]冯秋子并未将生态环保问题的严重现实简单化，而是将笔触深入到那些参与破坏环境的人生经历的苦难与必须如此的原因，这就与梁鸿一样，都试图从表象进入人的本质因素，进入到问题更深层面去思考。人与乡土、乡土与世界的联系在作家的思考中被进一步加深了，而从“人”的角度，去见识、思量乡土的真实存在的趋势也加强了。

城市化进程中乡村的文化命运是“在文明形态上判处乡村文明的死刑，使其失去存在的时代理由” 。现实命运则是走向“历史的终结”。“不论是全覆盖的‘拆村建区’的城市化，还是来自某些大城市市域内村庄社区化管理，以及在许多县正在搞的‘拆村进城’农民被城市化；不论是主流学者所主张的五年内让农民工终结的城市化，还是各地政府正在编制的、雄心勃勃的城市化率成倍增长的城市化目标，在所有这些理论和行动的背后，都不约而同地包含这样一个逻辑：中国城市化过程就是让中国乡村走向终结的过程。”[②]这就使得乡土文化始终不能不被迫以毁弃的面貌出现在文学视野中，这一现实产生了两方面的作用：一方面是文化危机，作为“弱者”的乡村是华夏农耕文明的根系，当根系遭遇到瓦解的危机时，也就意味着华夏文明生命体组建的基因出现了严重问题；另一方面是针对危机的反应。正因为乡村田园的“弱”与分散，使得它从多个层面激发了中国文化中同情弱者的情感因素，一系列针对乡村之敝、田园之败及具体发展模式的历史的、现实的、文化的反思蔚为潮流。“在法律上，这种

①冯秋子：《荒原》，见冯秋子《圣山下》，厦门：鹭江出版社，2006年，第208~279页。

②张孝德：《中国的城市化不能以终结乡村文明为代价》，《行政管理改革》2012年第9期。

政府主导的运动式逼农民进城的城市化，侵犯了农民起码的居住自由权、农民拥有宅基地财产的自由处置权。从经济上看，逼赶农民进城的城市化，成为变相掠夺农民利益的城市化。从文化上看，农民被逼进城，文化环境变化，带来心理失衡、导致疾病的代价更是补偿中无法计算的代价。”[①]这些疑问带动了人们对现代性可能拥有的多元路向的持续反思，那种将现代进程假定为具有先天优越性的看法，令乡土叙事抒情蕴含着一种传统人性、精神回归的社会正义、伦理正义。对于“现代”的疑问不仅诞生于20世纪的知识精英群体，且再度激发起新一代“地之子”们的文学呼吁，这些呼吁推动着从官方到民间、从城市到乡镇整个社会层面都必须去思考：到底是乡村阻碍了现代化进程，还是我们对于“现代”的理解过于单一，过于循向一种单纯引进而非充分发展出具有独特性质的“现代”？到底是以乡村为渊薮的本民族文化之根已经在“现代文化”面前成了没有“文化”的落后地区，成了民族“发展”的累赘，还是我们对于文化的理解也同样过于单一，过于倾向于一种西方城市文明的现代文化？

乡土书写唤醒的故园意识满足了人们独特的家园温情与各层次的心理审美需求，开掘出对现代中国乡土书写主题的更新与超越，但也埋藏着古老文明的悲悯扫视。乡土不仅仅是时空意义上的乡土，也在人类族群精神变动中内化为心灵世界的乡土。现代中国文学开启的“离去—归来”主题模式，在近二十年的中国散文创作中

---

①张孝德：《中国的城市化不能以终结乡村文明为代价》，《行政管理改革》2012年第9期。

得到了再度复兴。“回归”的知识分子情感叙述与变动着的心灵书写取代了新时期以来通过高考、参军、招工就业等以各种方式离开乡村的“离去”书写，其成为散文乡土书写的重要主题。野夫曾经在长篇散文《乡关何处》中描述过对于故乡的理解和对于“丢失”故乡的人的感受，“不管怎样变迁荒芜，我以为，有故乡的人仍然是幸运的。许多年来，我问过无数人的故乡何在，他们许多都不知所云。他们的父母一代是有的，但到了这一代，很多人都把故乡弄丢了。城市化和移民，剪短了无数人的记忆，他们是没有且不需要寻觅归途的人。故乡于很多人来说，是必须要扔掉的裹脚布；仿佛不这样遗忘，他们便难以飞得更高、走得更远。而我，若干年来却像一个遗老，总是沉浸在往事的泥淖中，在诗酒猖狂之余，常常失魂落魄地成了一段乡愁”[①]。故乡激发的从来并不只有怀念、温情，也揭示着野夫所说的“飞得更高、走得更远”的赤裸裸背离、嫌弃与刻意遗忘。能够如沈从文一般自诩为一个“乡下人”的人始终很少，更多的是怀抱着一种高高在上脱离故土的悲悯感去俯视瞭望。

乡土主题的更换意味着知识分子立场、视角等思想内涵的相异，梁鸿曾说：“一个归乡者对故乡的再次进入，不是一个启蒙者的眼光，而是重回生命之初，重新感受大地，感受那片土地上的亲人们的精神与心灵。它是一种展示，而非判断或结论。”[②]当现代性启蒙的光环减弱，更多平民化与真正意义上乡土出身的知识分子进入文化话语权体系及散文书写的平台，也许实际感受并不如梁鸿所

①野夫：《故乡，故人，故事》，见野夫《乡关何处》，北京：中信出版社，2012年，第195页。

②梁鸿：《从梁庄出发》，见梁鸿《中国在梁庄》，北京：中信出版社，2014年，第4页。

写下的那般诗意，但在乡土与生命的联系上则表现出更本真的心灵质感，就像习习在《春日祭》中所写的：“有一刻，我用远处的目光望了望我们。我们像一棵枝叶交通的大树，树根埋在土里，土里有我们的亲人。”[①]遥望故土，将精神之“我”抽离出来再望“我们”，新的散文“人性”中隐藏的依然是根性紧连的乡土情怀。

二十年来的中国，一代人从乡土出发走向千百城市，当他们再度凝视乡土，已与新时期以来写作主体对现代性的信仰拉开了距离。他们面对乡土的“山水”“建筑”“植物”“风土”“器具”和“生灵”[②]，也已经不再是昔年文学“寻根”意义上的面向西方的“自我”初现。“寻根”固然展现出高度的文学民族性，但同样高度凸显了民族文化、边地文化中考古性、边地性的一面，将某些失落的文化与非主流文化作为文化之“根”特加表现，而不是挖掘在现实生活中占据国民心灵的主流观念，对浩荡悠久的中原文化、儒家文明的正面文化基因或视若无睹，或刻意忽略、规避，反而呈现出舍弃主流、推崇支流的文化定位，这当然在其时代文化语境下有其特定的文化寓意，却表现出对于西方文化“文化”寻根效颦认同的效果。此外，寻根文学对于底层、民间的关注，始终抱有相当强烈的精英意识与启蒙观念。新世纪乡土散文体现的“乡土”，与“寻根”一脉貌似相通，在文化姿态上却有着重大区别——它不再是知青文学、寻根文学中被

①习习：《春日祭》，见林贤治编选《村庄，我们的爱与疼痛：新乡土散文选》，桂林：漓江出版社，2013年，第93页。

②黄金明：《田野的黄昏》，除开篇和尾声外分别书写了凤凰村的黄金明为我们留下以凤凰村为样本的诗意乡土的丰盈细节，也留下了凤凰村荒废乃至消逝的渐变过程。这里有屋舍、祠堂、庙宇、学校、桥梁等现实的乡土居所。

高度凸显的客体，而成为自此走出的“本土”知识分子在乡村“沦陷”巨变之际回望往日时的梦里家山。近二十年散文的乡土书写也因此分化出高度抽象、纪实写作与泛化抒情的不同路向。如果说刘亮程以一种乡土哲学视角去扫视人之生命与土里人生，任林举、杨献平以一种史诗性的审美视角凝视“玉米大地”与南太行乡村，孙惠芬要在乡村的街与道中寻找生命的宗教，周同宾、冯俊科在中原大地上以今昔之变透视乡土之情、民俗风物隐合的沧桑。梁鸿、江子、摩罗、熊培云等青年作家则从自传性纪实写作的角度开拓了散文乡土写作的又一种形态，诸多泛化抒情的乡土创作，其创作、阅读群体在体、量两方面都更为广泛。散文乡土书写的“乡土世界”就成为具有多重意义的符号世界，区分出土性乡土、文化乡土与神性乡土的不同层次。①它既有对农民生存方式和命运的关注和反思、对乡土自然的审美体验和生活感悟等自乡土生活的自然常态出发的“土性”；也有以当代文化视野去凝视乡土世界，推动乡土散文家以主体意识回归乡土，以乡土精神对抗工业文明下产生的工具理性；将地域文化色彩带入乡土美学意识空间的营造之中，也就是文化乡土的美学意义所在，更有那种对于精神家园的神性乡土的超越性思索。三种乡土相互联系，互为弥补，面对心物分裂对立、人的自由再度受到全球化时代新的“现代”内涵的强压，以“乡土世界”共同凝造出一个面对现实的新的追求，去实现一个超越性的文化抵抗空间，正是近二十年散文乡土书写的时代意义与美学价值。

①曹凌霞：《“乡土世界”的符号学阐释——以乡土散文为例》，《文学界》（理论版）2012年第4期。

第三节　苦难焦虑症后的再度“彷徨”

沈从文在《论冯文炳》一文中说：“时代的演变，国内混战的继续，维持在旧有生产关系下而存在的使人憧憬的世界，皆在为新的日子所消灭。农村所保持的和平静穆，在天灾人祸贫穷变乱中，慢慢地也全毁去了。”①其实百余年来农村的“和平静穆”，从来历时甚短，在斗争哲学流行之际，农村更从来不是避世的净土。不过，“三十年前，尽管遭遇了难以计数的天灾人祸，村庄仍生机勃勃，一度在二十世纪八十年代中后期达到了史上的繁荣”②。黄金明、贾平凹笔下的20世纪80年代乡土中国的短暂复苏，仿佛更大的破灭预言，标志着两个世纪间相异的话语环境冲突。新世纪历经商业主义改造的乡土中国，人在变异，乡土文化也在自身失控的情形下同样面临着“异化”的处境。“从商品的意识形态出发，农村成了文化生产和消费的死角。失去了革命的象征身份后，乡土文化整体上无力发言，在某种程度上成了城市文化的模仿秀。与此同时，

①沈从文：《论冯文炳》，见《沈从文全集》第16卷“文论”，太原：北岳文艺出版社，2002年，第150~151页。

②黄金明：《田野的黄昏》，天津：百花文艺出版社，2015年，第3页。

都市文化景观却凭借现代生产方式主动出击，将乡土文化重组、消费。”①乡土散文面对的不再是被土地、宗法制度束缚的农民，不再是被“五四”启蒙先驱所竭力打破的野蛮的、非人性的乡土，而是在现代进程中传统农业经营模式被严重冲击，被迫背井离乡、出外求生存谋发展的新一代乡村民众。这一重大的背景变化，决定着近二十年中国散文创作中，知识分子、农民这两大文学主题表现的立场、情感也随之产生分化。换言之，写作主体不仅基于文化身份，而且源于现实刺激去激荡着两个方面的分化，它既在面对“弱者”的书写中承认现代物质发展对于生活改进的积极一面，承认乡村改造的必要性与传统文化的形式化，如莫言曾写道：“保留传统文化是要以闭塞落后为前提的啊。各种古老的习俗传统，流传日久，尤其是赖以产生的政治经济条件、地理风貌发生变化之后，大都失去了原来的庄严和辉煌，变成了一个空壳。”②又不能不在乡村的凋敝中激发对于现代的反思，激发自我心灵深处对于乡土的原初文化本能的现代认识。这一分化意味着在“地之子”的现实归属与精神归属、文化自我与社会自我之间出现了近乎不可调和的存在质问。

流亡与漂泊的当代“地之子”们内心的“二元分裂”源来有自，乡土“也是‘现代性’的一个有机组成部分，只有在‘现代性’的思潮中，人们才会对‘乡土’强调非常龌龊，才会试图关怀‘乡土’的价值，并且以‘乡土’来与城市或‘现代’对抗”③。诸多造成乡土

---

①南宋、国丽芸：《景观处处 乡关何处——文化视野中的乡土世界分析》，《名作欣赏》2006年第20期。

②莫言：《马蹄》，见莫言《会唱歌的墙》，北京：作家出版社，2012年，第10页。

③陈晓明：《“去乡愁”与幸存的乡土经验》，《文汇报》2009年8月16日。

凋敝的因素，并非完全缘于市场化改革后的劳动力流动，而在于长达半个多世纪甚至更长久的历史结构与制度、文化心理因素。鲁顺民在《1992：我们的蓝皮户口》一文中不仅讲述了农民买户口的真实经历，还记录了农民户口对于自己的真实心理刺激："我清楚地记得，上小学的时候，老师说：市民同学请举手！我举起了手。因为我家住在县城边上，根本不知道'市民'和'农民'的区别，以为住在城边子上便是市民无疑，不想，老师从隔着四排的教台上奔驰而下，就像一个嫖客发现身底下的处女竟然没有出血，狠狠地打落我举起的手，说：你家是个什么我不知道？你个烂农民装甚装？""我那时刚刚九岁，刚刚九岁的我便是一个'烂农民'，这种耻辱一直映在心底里，让我感到身边的世界原来是如此的龌龊不堪！"①城乡二元体制不仅是现实的分割，带来了情感的伤害，还意味着现代性与本土性的某种对立。人之自我精神的对抗与外在的城乡文化对立合而为一，塑造了散文作家的乡土与城市、反现代与现代意识对立，关联着当代中国历史转型、文化转型的复杂与艰难。当这种艰难进入情绪、意识层面，就与鲁迅、沈从文等人开创的现代乡土散文一脉产生了隔世的呼应。问题在于，与鲁迅等人所处的历史环境不同，现代性不论利弊，都已如此深刻地深入人心，在长久的城乡分隔之后，城乡二元已经不只是现实的社会结构，而内化为人们的固有价值判定。甚至不妨说，中国农民与农民知识分子已经缺乏与现代性对抗的能力，他们不能不依附于更为强大、集中的文化话语权力如商品化的文化话语才能得以"发

①鲁顺民：《1992：我们的蓝皮户口》，见林贤治编选《村庄，我们的爱与疼痛：新乡土散文选》，桂林：漓江出版社，2013年，第3页。

声”，而不是斯皮瓦克式的“消声”。当一种质疑的声音出现时，它所能够影响的往往也并非真正的弱势群体，而是将之作为一种思想、文化消费体验的知识分子群体。更令质疑者对自身的声音反向质疑的是，当现代后殖民主义谓之的“臣属”意识与古老农耕帝国形成的价值观念结合时，“乡土”反而形成了一种非现实的、臆想的想象空间，而非大地生民的真实价值诉求及其审美选择。这种内在的矛盾性使得散文的乡土书写即便千姿万态，却在意图摆脱现代性制约中不自觉地成为文学现代性反观的对象。它既关系着当代中国的精神难题，又仿佛陷于梦境/现实的又一轮交错中，又怎能不形成“五四”后的再一轮“彷徨”？值得注意的是，近二十年中国散文的乡土书写呈现着当代人特有的一种精神焦虑。即便是与现代相似的“彷徨”，也另外带有一份缺乏自信的躁急。如果说鲁迅、沈从文们在追问现代知识依然立足“现代”，多少还能在衰败的故乡得到些许精神抚慰，激起某种源自“古国”的文化自许。那么，今天的“地之子”们面对故乡的消逝，传统瓦解，宗族星散，正是此乡彼乡，面目全非，难以信任以“乡土”去平复现代性创伤的可能。

“彷徨”添加了“焦虑”，使散文写作从现代性的批判乡土转向对乡土的全面同情。在此，乡土悲情实质上已转变为流散漂泊的“地之子”的自我悲情的释放，主体在返观乡土的过程中发现了“现代”的荒诞，而那种乡土式的反“现代”明显难以倚靠，乡土“知识者”在彷徨无地中充分感受到自我精神进退维谷的困境，也正是在这种进退维谷中，全面城市化成为一种近乎“黑洞”的现代性深渊，它吸收了乡村物产、人力几近所有的精华，却表现出一种文化鄙弃的心态。

另一方面，滋养乡土的乡村精华的流失，使得本乡本土的建设与保存难以进行，而只能看着它逐步走向破碎。前瞻路窄，后退难归，在无路可走中乡土知识分子们难以再现鲁迅式的彷徨，而只能将散文的书写作为一种历史的见证，一种“对抗遗忘”的自身确认。黄金明在《田野的黄昏》中叹息：“我在纸上建筑另一个村庄的妄想太过徒劳，但这种对抗遗忘的想法让人安慰。”[①]为了实现这种“对抗遗忘”，散文家们详细地书写着原乡故人的流散、卑微与死亡，乡土景观的污染、破坏与衰败。他们的彷徨因现实的无情、无奈出现了纷纭多变的乡土主题。

首先，是面对非正常失踪与死亡的彷徨。江子在《消失的村庄》等文中写到故乡的疾病、瘟疫与一连串乡邻亲属们的非正常死亡。“铁匠大四子的女儿喜梅子，20世纪90年代末去广东打工，开始进一家毛织厂，来过信说因为嫌工资低和一个四川的女工出了厂，后来就杳无音讯；捕蛇人王三伢子他爹，患了老年痴呆症，在前年的某个下午，沿着墙脚走着走着一不留神就没了踪影，至今家乡方圆十里许多村子的电线杆上，还留着王三伢子贴的字迹模糊的寻爹启事；六六陀去湖南贩卖假烟，开始的时候挣了不少钱，后来又一次去了湖南，就再也没有回来，据说走的时候身上带了三万块钱；杀猪佬刘汉章的女人带五岁的儿子去县城走亲戚，在大街上把儿子给走丢了，他女人从此发了疯，看到五六岁的男孩就追着叫儿子，让人看了十分难受，不过久了也就觉得平常不过了……”[②]江子家族的亲人在外出打工的生活中，或在化工厂打工而导致脑部肿瘤，或在城市的脚手

---

①黄金明：《田野的黄昏》，天津：百花文艺出版社，2015年，“作者手记”第1页。

②江子：《消失的村庄》，见江子《田园将芜——后乡村时代纪事》，西安：陕西人民出版社，2013年，第72页。

架上坠下，遗下孤老妻儿。在村庄老人、乡村暗疾、乡村失踪者、进城青年和苦苦挣扎在城市夹缝中的众多打工者身间，失踪与死亡似乎是与生命伴随的暗影，构成一幅幅反复链接的死亡链条。乡土频发的非正常死亡成为生存思考的反照，死亡的突发性与非自然性拷问着人的生存现实。

其次，是面对生存日常困境的彷徨。散文《在城市》中所写的搬家民工、失地农民申请低保、睡在地下过道中的民工，种种城市外来者的“日常”是一种流着血和汗的日常，也是自我生命深处散发着强烈卑微感的日常。彷徨并非知识分子所独有，对于这些乡土人而言，社会身份的低微与面向现代变革中的种种不适感，才是彷徨的真正来源。而在彷徨中，他们更清楚地认识到自我与社会的失衡，他们难以与这种现代形成一种精神和解。在“现代”的主导下，他们或主动或被动地进入“现代”，以“现代”去试图实现价值选择，但他们中的大多数难以实现“现代”的成功幻象。吴佳骏在《风吹在贴着纸的墙上》刻画了“进城者”面对贴满招工小广告的墙壁的现实图景：“天色暗下来。昏黄的光线笼罩着墙面，刺激着看墙人的视觉。站着的每个人都在努力从墙上的纸中寻找可能改变自己命运的信息：车工、钳工、保姆、店员、文员、迎宾……不少人从背上的蛇皮口袋里掏出半截铅笔头，在一个皱巴巴的小本子上记录着电话号码。”可能的城市工作机会带来的是“一张薄薄的纸就这样使很多的人相信了活着的幸福”[①]。对乡土中人这种追逐“现代”，却总是为“现代”无奈地定位、无情地舍弃的命运，隐含着相较以往乡土散文更为细致

①吴佳骏：《风吹在贴着纸的墙上》，见林贤治编选《村庄，我们的爱与疼痛：新乡土散文选》，桂林：漓江出版社，2013年，第122页。

的书写。乡土对于“日常”的理解近乎天然地与城镇不同，它具备更强烈的文学政治性、社会性特质。“健全的日常叙事,离不开对日常生活完整的审美观照和对终极价值的追问,同样也不能摒弃与国家民族、社会人伦等文学传统相通的精神联系。”[①]这种理论“自觉”，意味着散文艺术的探索必须建立于对生活复杂性的真实体验基础之上，批判现实主义的当代生命力，即在于它始终体现着人类精神突破生存困境的努力，它呼唤着一代散文作家突破中国文学中对于“日常”日渐狭窄的“过日子主义”的“新常识”限制，[②]突破“现代”重压下作家们对“日常”的理解和框定。尽管新的散文家们对“日常”的书写依然有所遮掩，散文艺术的技巧也不够细腻，部分作家人文视野尚不够宽宏，难以充分表现历史转型于个人生存状态的多方面影响。但从身经目睹的经历与现实出发，他们起码走出了风花雪月、小桥流水的乡土散文抒情套路，进入一个融有血汗、低微的新的文学表现空间中。

最后，是面向无以解脱的绝望与希望间的彷徨。从文学审美的向度出发，乡村“沦陷”的生存现实对作家的影响非同寻常。存在主义哲学对于本质存在的反复抽离疑问，恰与它对于“自我”存在的深刻认知相关。当走出乡村的“地之子”们回到乡村现实时，生存想象与现实的错位勾连起故园不再的悲情冲动。当现代性将存在的现实根源磨灭之际，他们与鲁迅一样，脱离了故土，却又在故土面

①滕斌：《近二十年日常叙事困境的理论审视》，《重庆邮电大学学报》（社会科学版）2017年第5期。

②彭松、唐金海：《日常叙述的困境与当下文学的批判性反思》，《广西社会科学》2014年第10期。

前成为乡土、底层生命本质追问的命运体验者。“不承认本质存在（essential）先于现实存在（existential）的存在主义哲学的信奉者，虽然获得了自由，但却不得不承担孤独和不安，以及无止境的怀疑和绝望。”[①]丧失了田园，也就丧失了物质、精神的双重归属。即使经济高速发展，使城市为新的“进城者”提供了基本生存保障，其强大的异己力量却带给人强烈的不安感，乡土面对的严峻现实是乡土底层之外的人们所难以体会的，也触发了作家重新审视自己的想法。作家夏榆曾写到萨特对他的启蒙意义，他说：“人的一切生活经历都凝聚在对‘说出的存在’即对一切的审查之中。”“萨特的这个想法帮助了我，他使我重新打量自己的生活。我试图为自己的生活命名，试图说出我的生活的存在。”[②]对于那些生存于现代作家力图破除的传统价值观念与伦理秩序下的人们，现代性摧毁了“自我”的往日，现代性却又以启蒙的目光激发着某种离失故土后的文化“边缘”体验与再一轮的更为复杂的“人”的自我认知。在彼此背反的双重认知中，作为写作主体的“我”始终处于深刻的矛盾中，就像刘亮程在《今生今世的证据》一文中，反复以“我走的时候”去试图触摸今昔陌然的意识深处：“我回到曾经是我的现在已成别人的村庄。只几年的工夫，它变成另一个样子。”“我走的时候，我还不懂得怜惜曾经拥有的事物”；“我走的时候还不知道向那些熟悉的东西告别”；“我走的时候，我还不知道曾经的生活，有一天，会需要证明。”[①]已经存在的

①[日]山田敬三、魏雯：《鲁迅——无意识的存在主义》，《北京大学学报》（哲学社会科学版）2009年第5期。

②夏榆：《悲伤的耳朵》，见夏榆《黑暗的声音》，北京：新星出版社，2011年。

“存在”变异，是现代的，也是穿越了现代与古今中外面对变易相通的情感审美。正是这种已经体验到世间无常，却又希望在变动的无常中有所留痕，然而终究无法留痕的矛盾的绝望，带来了希望与绝望间反复挣扎的精神彷徨。与“五四”一代的“彷徨”相比，乡土巨变的现实有着相似的面相，但新一代乡土知识者的“彷徨”在全球化中更具备本土文化坚守的意味，它是一种在意识上同样追求深刻，在表达上却更“浅显”的“彷徨”样态。

第四节　乡土“彷徨”书写的身份问题

20世纪二三十年代、80年代与近二十年中国散文的乡土书写所依据的中国场景与写作主体的文化身份不同，也就形成了迥乎有别的整体气质。20世纪现代精英的启蒙立场决定了在现代中国文化的变革中，“乡土”既是绕不开的命题，又始终作为现代精英的俯视对象存在。借助对乡土的批判与同情，散文的现代审美才能得以充分铺展。

郁达夫在《〈中国新文学大系·散文二集〉导言》中曾说：“中国古代的国体组织，社团因袭，以及宗族思想等等，都是先我们之生而存在的一层固定的硬壳；这一层硬壳上的三大厚柱，叫做尊君、卫

①刘亮程：《今生今世的证据》，见刘亮程《一个人的村庄》，沈阳：春风文艺出版社，2006年，第276页。

道与孝亲。经书所教的是如此，社会所重的亦是如此，……做文章的时候，自然更加要严守着这些古圣昔贤的明训了。这些就是从秦汉以来的中国散文的内容，就是我所说的从前的‘散文的心’。”[①]他将“个性”作为“现代散文之最大特征”[②]，是从现代个人意识出发的散文体认。但容易造成歧义的是，秦汉以降之名家散文得以淘沙余金，源其特具的时代性质与文学个性化的审美发挥。郁氏所言的“个人”，实为“现代”的“个人”。这种“现代”冲决传统，与20世纪80年代启蒙精英的立场十分相似。在两个不同的时代，现代启蒙者面对“现代”而生的高度文化自信，既与中国文学顺天应时、以应“革命”的传统有关，又与以“现代”拯救中国生存危境的价值选择相系。所不同者，在于前者自有一种基于积弱时世而生的“悲凉”与沉郁的感伤，后者不免以时代共鸣相激，多了一种盲目却又值得称许的乐观与豪情。但在现代散文作家中，既有鲁迅追问“现代”的“绝望”，也有沈从文以审美化、浪漫化的乡土对抗“现代”。这一文脉立场始终是隐含而非直露的，它与近二十年中国散文现实实则有着相当的不同。如果说沈从文比鲁迅呈现出与乡土更为直露的“贴近”性，但隐含的“士大夫”趣味使他依然不同于当下散文那种更为彻底的平民化立场。“即使沈从文，他的乡村描写中更多的是知识分子、士大夫趣味,见出明晰的传统渊源,与其真正的田父野老的经验相去不

①郁达夫：《〈中国新文学大系·散文二集〉导言》，上海：上海良友图书印刷公司，1935年。

②郁达夫：《〈中国新文学大系·散文二集〉导言》，上海：上海良友图书印刷公司，1935年。

知几何。”[①]无所归依的“彷徨”，终究不是无资本的“彷徨”，能够“彷徨”意味着知识者在多大程度上能够与现实人生的“无定”性取得共鸣。在文学传统承续的意义上，“彷徨”甚至已经成为当代散文写作者对古典、现代的知识分子们建构的感时忧国传统的延续。

面对散文的大众化命题，研究者曾揭示了进入21世纪以来散文“平民化”写作方式的优长，“以平常心写平常事，抒发了平民心怀，表达了对平民的体恤和关心或干脆就是平民写平民。散文的这种平民意识正是当下散文的特点，也是当下散文生命的支撑点。关注民生，关注民瘼，使散文成了真正的大众文体”[②]。“关注民生，关注民瘼”，在中国历史文化传统中本属儒家“民本”思想延伸而发，是基于人本意识与人性观念逐渐内化的政治、文化道德诉求。与其说是因为这一因素导致散文成为“大众文体”，不如说是平常心、平常事、平民心怀与“平民写平民”等平等、拉低的写作视角变化，促成了散文的“大众化”。平民并不意味着散文文体的“俗”化，乡土本色的体现也并非一定要借助乡言土语才能得以充分表达。恰恰相反，只要真正的有着平民心怀与基于普遍人性出发的同理之心，而不是去俯视“乡土”，散文的乡土性是不会因其气调、风格的雅俗而减弱其“大众的”审美特质的。它是知识分子源于最基本的人性而发出的忧我田园、患彼无声的现代文明的忧患之声，也是在一个初等教育普及

①赵园：《负重累累的“地之子”》，《文艺报》1989年3月4日。

②杨福生：《平民化：新世纪散文的趋向》，《安徽大学学报》（哲学社会科学版）2006年第6期。

的国度里，掌握了散文语言的本土知识分子对现代文明将中国乡村生活持续“他者”化、对华夏文明基础持续“他者”化的本能反应。

“怀乡”，固然是情感的需要，“去乡”而再“返乡”，一大批散文作家就已不再满足于田园牧歌的滥情，而为冰冷的现实所震撼。中国农民毕竟不是美国或巴西的“farmer”，而是作为标准的家户经济制度下的小农。土地不是现代农业经营模式的“资本”，而是先民筚路蓝缕开拓的生存之基、一代代祖先亲族生死于兹值得固守的田园。在中国传统社会格局中，农事之作与农人是国家的根基、文化的主脉。而在城乡二元分立的体制下，农民的社会身份、地位大大降低，以社会学者李培林的看法，“在中国语境下，无论将农民放在社会分层的什么位置上——工人阶级最亲密的同盟军也好，社会金字塔的最底层也罢，中国农民都不是劳动分工意义上的类别，而是社会身份和地位上的类别”[①]。村落的终结和农民的终结不是完全同一的过程，不是非农化、工业化和户籍改革就能解决的，村落的终结更加艰难，更加漫长，一蹴而就的结果往往是造成社会的断裂。村落组织的传统本土资源，并不完全是现代性的对立面，它也可以融入或被用来构建现代化的新传统，在所有被视为对立两级的中间，都存在连续性的过渡和多样性。[②]这一分析为那种农业文明的“终结论”提出了另一种更为细致和温情的乡村改造图景。它不仅涉及农村与农民的经济

①郭于华：《当农村趋于凋敝，农民并未“终结”》，见财新网“观点”2017年8月30日。http://opinion.caixin.com/2017-08-30/101137775.html。

②李培林：《村落的终结——羊城村的故事》，北京：商务印书馆，2010年。

构成、生产生活形态的变迁，更为重要的是，也意味着对传统本土资源的重视再度摆上台前时，农业与生长于其中的农人的内在文化价值完全可能有另一种阐释，意味着现代文化身份建构改写的可能。

乡土巨变作为近二十年散文写作的重要主题，已不仅仅是文学生态的一种反应，更是多年来乡村价值体系为“发展”遭到的观念质疑。此时的散文写作有着美化、固化乡村景观之嫌，更成为本土文化主体性存续的重大现实问题。但乡土绝非本土文化的“天堂”，乡土传统中既有仍需启蒙的落后一面，也有切需知识分子反省自身启蒙心态的一面。在近年的写作中就出现了不少涉及乡村与性、乡村信仰的文字。阎连科《乡村与性》一文引小说叙事笔法入文，夹叙夹议。在还原乡村生活场景时，延续了具有启蒙性质的人性化的性观念，多方面地展现与评议乡村男女在性上的自我压抑和折磨。摩罗在面对故乡的二哥去世与母亲的乡间原始信仰时，从自身经验出发进行了深入的反省。他说：“我从书本上学的东西越多，越认为自己很有学问，就越加坚决地否认父老乡亲们的信仰和习俗。我像所有的政治精英、文化精英一样，骂他们愚昧无知，骂他们封建迷信。”“我发现底层人的信仰是如此坚不可摧。精英阶级的信仰像走马灯一样变来变去，乡村社会的信仰却十分稳固。”“乡村社会，才是真正坚不可摧的世界。”[①]阎连科与摩罗的散文道出了乡土生活内在价值观念的多面性，它既有需要解放人性的一面，也是抚慰底层人心的民族文化之

①摩罗：《母亲的神灵》，见摩罗《我的村，我的山》，北京：东方出版社，2010年，第153~155页。

源，他们揭示出的乡村人性之苦，实际意味着乡土真实的人性体验、智慧与实际心理需求，不应始终被现代性压抑，而应具备文学写作中平等、理性的态度，去尝试真正理解乡土社会。

四十多年的改革开放，随着时代的变迁、乡土现实境况的改变，“乡土”作为一种对象化的客体，经历了由落后愚昧、顽固守旧到改革开放生机勃勃，至今人去楼空的形象变化。而在这一时期涌入城镇新一代的乡土之子已经成长起来，相关统计数据显示，全国农民工总量已达2.7395亿人，其中新生代农民工已成为这支流动大军的主体。农民工的“新生代”已不单纯是年龄或代际概念，他们受教育程度较高，不愿认命，有着更强烈的表达利益诉求和对未来更好生活的要求。但这代人所面临的似乎无解的现实，却是融不进的城市，回不去的乡村。也许乡村“沦陷”确是历史转型无解的命题，但真正从人性之真出发的散文写作，会看到在乡土再非家园的理想梦境破灭之后，更为坚韧的生命存在与精神的固守。杨献平在《散文的乡村》中发出了这样的叹息：“不因一己之见而妄自推测他人内心，不以个人之私而遮没和蒙蔽那些平凡、卑微、酷烈的生存实际及生命景象，用最大的真诚和自由的笔触，去书写大地及其众生的种种真实境遇、生命影像和精神要求。”[①]这或是在存在者强烈的虚无感中，一个个孤独飘零的“个体”在散文中所能尝试的“最大”可能。而在另一方面，“散文的乡村”也意味着散文家写作的立场、观念、方法是判别城、乡巨变下乡土写作现状的主要因素，它最终将影响作者如何处理

①杨献平：《散文的乡村》，《文艺报》2011年8月12日。

“乡-人”“城-乡”以及乡间“人-人”等多组关系，决定着散文世界中乡土-民族精神的文化“自我”身份认同。而这一点，是本民族存在于世界民族之林的文化之本。

第三章

风景与回忆的意识反复

从柄谷行人《日本现代文学的起源》中译本问世以来，对于“风景”的再发现与其意味的“自我”深化的解构，已成为刺激研究界再度审视“现代”及相关方法论的创新要素。但柄谷之书与其说是对于“风景”的再度感悟，不如说是身处后现代语境下对现代性特别是杰姆逊称之为他种现代性的实验性分析。对于“风景之发现”“病的意义”在东亚文化背景下的共通心理体验，掺杂着全球化背景下中西文化互动杂糅的中国式“误读”，更体现出长期以来借西方文艺理论阐释中国文学作品时的某种“误读”或理解错位。风景在解构主义式的文学符号系统中，成为一种关联意识形态、文化构成、审美意识等历史性的人文审美认知。换言之，“风景”构成了一种文学艺术审美的意念符码，对“风景”的认知、体验、再现，已经成为人类艺术史中的重要组成，关联着人对外部环境的艺术审美。英国艺术史学家西蒙·沙玛的《风景与记忆》在论及写作宗旨时提出：“即使是那些我们认为完全独立于文明的风景，只要详加考察，也同样是文明的产物。”[①]借助对“风景”符码的重新解读与建构，易于触摸那些更具普遍性的文明问题。“风景”作为一种符号化式的解构理论共同构成了当代散文的双重前提，与近二十年来中国乡土社会形态巨变意味的“现代”及其制造的文化认同，已脱离了单一的中国古典文化传统，而进入传统现代性与后现代反“现代”而现代的认知空间。近二十年中国散文的乡土“风景”，在此“现代”的复杂变化中呈现出纷繁多貌的文本表现。在诸多风景与回忆的交错意识中，在为乡土“风景”变幻所引发的哀鸣中，所构筑起来的、所反复呼唤的依然是“现代”变幻中的本土，依然是人生天地之中，面向乡野与家园巨变而不能不忧叹、不能不怀有敬畏之心。

第一节　风景的指义与“乡土”

汉语中的所谓“风景”，以《说文》释之，风为“八风”之义，景则是光。《诗经》以来，“风”的字义渐广，从一种自然现象逐步演化为融入了人的情感与思想的社会文化潮流。景则成为一种人对于自然环境的观照。公元400年前后，即东晋末年至南朝宋初年，“风

①[英]西蒙·沙玛：《风景与记忆》，胡淑陈、冯樨译，南京：译林出版社，2013年，“导言”第9页。

景”作为单一词组开始出现，[1]实际意味着一种新型的人与自然关系的审美观念的形成。中国文化史上，“风景”一词出现在玄学观念盛行的魏晋南北朝[2]，有着时代性的文化原因。混乱的时代人的主体精神在不断加强，人的精神性也就笼罩、赋予了客体世界以人性的色彩和某种社会性。在人与自然的搏斗中，在人类精神尚为自然所压制，而视天地万物为神造神意之时，“风景”尚不足以在未能突破自然生存桎梏的人类头脑中产生。但在人类获取相对宽松的自然生存可能后，自然逐渐减弱了它对人类生存的威胁性，人类得以以一种平和的心态看待自然。人类精神的发展使“风景”从审美的客观存在演化为独立的精神主体。斯宾格勒的乡村“风景”就与人类灵魂交相回荡。“在最早的时候，只有‘风景’的形象统治着人类的眼睛。风景赋予人的灵魂以大致的形式，并产生回响。自然的感受与丛林的呼啸，互相交融，一起脉动；草原与沼泽，都适应着风景的形态、历程，甚至外表而存在，村落之中寂静的山丘型的屋顶，黄昏的炊烟、井阱、篱笆、牲畜，都完全融合并嵌入于风景之中。至于乡村的小镇，则巩固

---

①李可欣：《风景的美学意义》，《文史杂志》2013年第6期。该文并列其时古诗证之：如（1）“露凝无游氛，天高风景澈。”（陶渊明：《和郭主簿二首》其二）。（2）“怨咽对风景，闷瞀守闺闼。”（鲍照：《绍古辞七首》其七）。（3）“风景不殊，正自有山河之异。”（刘义庆：《世说新语》）

②“汉末魏晋六朝是中国政治上最混乱、社会上最苦痛的时代，然而却是精神史上极自由、极解放、最富于智慧、最浓于热情的一个时代，因此也就是最富有艺术精神的一个时代。”宗白华：《美学散步》，上海：上海人民出版社，1981年。

了乡村的本身，故而是乡村图像的一种强化表现。”[1]当自然成为一种人的意识主体、自我存在之外的客观审美对象时，不同民族基于其生存区域的地理属性与其各自的心理审美特征，使“风景”作为一种独立于人类自我意识的外化物，寄寓着人类的精神状态，与不同文化群体的价值观内化。风景也是人类精神投注于原始自然、改造自然而形成的审美意义的“他者”。

有关现代风景的研究是建筑在对人类生活的整体性把握之上的。以物质文明角度来看，《全球风景公约》将风景定义为“土地、水系和（或）海洋区域的总称，其面貌是自然和（或）文化因素单方和（或）相互作用造成的结果”[2]。从现代文化研究的角度出发，20世纪末文化研究界兴起的景观研究及视觉文化研究思潮，推动着风景研究被纳入人类学研究的视野之中。风景内涵的丰富指向，可以“指涉‘地方’‘景色’‘背景’‘土地’‘农耕模式’‘定居方式’‘可视性的环境’‘疆界’‘自然’‘空间’等意义”[3]。风景的诸多内涵，无一不关涉人类对于自我生存方式与族群存在的认知。美国学者米切尔申明其编辑《风景与权力》的“目的就是要把‘风景’从名词变为动词。它提出，我们不是把风景看成一个供观看的物体或者供阅

①[德]斯宾格勒：《西方的没落》，陈晓林译，哈尔滨：黑龙江教育出版社，1988年，第351～352页。

②国际风景园林师联合会执委会：《全球风景公约》，刘晓明、赵彩君译，《中国园林》2011年第3期。

③张箭飞：《风景感知和视角——论沈从文的湘西风景》，《天津社会科学》2006年第5期。

读的文本，而是一个过程，社会和主体性身份（subjective identities）通过这个过程形成”[①]。柄谷行人认为，“风景是一种认识性的装置”，是人的主观能动性在这一装置上产生的一种逆转，也就是“颠倒”，且只有“内面的人”，也就是对外部世界漠然，只关注内在问题的人才能得以发现。风景不等同于自然，它始终是一个为现代人关注的审美客体。然而，风景又以人的视觉为基点，视觉中的风景自然会影响着人的情绪，塑造着作家的审美认同或者说对于风景的好恶与观察的角度、情感，这无疑对文学创作有着重大影响。

当风景成为一种可供再现的精神资源介入有关散文创作分析时，风景也就成为一种固化的意识产物。它联结着散文自身的文学抽象性，反复而深刻体现了主体对客体的意识再塑。借用中国山水画的观念来说，它与西方风景油画强调客观而忠实地再现自然不同，而是相当侧重“造境”，着重创作主体情感和主观精神的表达，主题随类赋彩，乡野自然、山川草木为人之主观精神所关注，形成了富于中国民族特色的“气韵”传神之美。中国古典文学传统从来都不缺乏对风景的细微把握，历代不同的文化心理与审美特质都在“风景”中得到不同程度的呈现。自《诗经》以来的比兴风景书写，发展到魏晋南北朝文学艺术自觉时代，山水诗中的风景描写逐渐取得了独立意义。景物本身终于成为诗歌创作的目的，不再承担审美之外的任何功用。[②]

---

①[美]W.J.T. 米切尔：《风景与权力》，杨丽、万信琼译，南京：译林出版社，2013年，“导论”，第1页。

②陈广通：《中国古代文学中的风景》，《青年时代》2015年第17期。

风景作为客体的审美独立性日益加强。初唐、盛唐文学的风景书写已经进入一个相对成熟的时期，“唐宋八大家”将人、事、物景融为一体，推动着中国古典散文进入一个骈赋以来的新高峰，深刻地影响了明清小品文中的风景意识。在这一时期，人的情感成分加强，风景则成为愈益固化的符码系统，统摄着中国文人心态的转移与文化、生活情感的抒发。无尽绵渺、不可言说的心绪以物化的风景达之，呈现出一种汉民族文学特有的含蓄隽永之美。

中国悠久灿烂的风景书写传统意味着两个世纪以来的现代中国文学始终难以逃脱传统的覆盖。以散文创作而言，不妨将之分为继承了古典文人气味的山水风景写意传统、社会主义现实主义的风景传统与新时期以来基于现代化进程的城、乡风景写作分流。乡野风景的变迁与城市建设的洪流结合，汇入当代写实主义与文学本体抽象化的矛盾性并存之中。当代中国历史语境下的城、乡“风景”变革，既是基于城市文化与乡村文化的冲突而生，也是在同一宏观文化背景下并生共存的产物。面对体量规模巨大的中国城镇化转型，尽管凸凹（《悖语人生》）、祝勇（《草鞋下的故乡》《蓝印花布》）及刘鸿伏（《凝望田园》《板桥上的乡愁》）等人以一种今人的古典情愫进行积极的文化思考，“乡土”在近二十年的散文表现却再不复汪曾祺、贾平凹等作家的文人清歌，而成为乡村“沦陷”中的破败故园，成为江子笔下的“田园将芜”。对于乡村生存状态与外在物质景观的再现，包含了与当代乡村“风景”蕴含话语意义密切相关的社会反思——村、人、树、田、原等广瀚国土内不同区域的传统乡村、牧场形态，在现代性的文化冲击中成为被销蚀、瓦解的机体。它是冯俊科的“水愁”“地愁”“树愁”与消失了的黄河滩[1]，也是艾平深爱的逐渐干枯的呼伦贝尔草原，她在《风景的深度》中着重书写的是“现代”对草原的冲击与对传统的漠视，是外在风景与内在“风景”的难于协调，“呼伦贝尔的风景就这样缺失了深度”[2]，在那些隐含着忧愁、愤怒与近乎屈辱性的乡村文化体验中，隐含着我们这个国家转型的“疼痛”。在那些推倒了诸多斜阳古柳、稻波麦浪的乡村寻常景致的压力中，看似寻常的风景一旦发生变幻，实际上寄寓着文化符码系统为外力作用的毁弃状态。乡土散文对“风景”的现实写照，已经不仅是一种“绘画和纯粹的形式视觉性（formal visuality）的作用去中心化”[3]，更成为从符号学意义出发，蕴含着民族固有文化心理与意识形态双重主题的寓言和文学纪录。

第二节　丧家：“风景”的文化认同危机

“麦子是世界上最优美、最典雅、最令人动情的庄稼。麦田整整

---

①《水愁》《地愁》《树愁》及《黄河滩》等书写乡土环境恶化，可参考冯俊科《江河日月》，北京：人民文学出版社，2011年。

②相关文字可参考艾平的《风景的深度》，北京：作家出版社，2016年。

③[美]W.J.T. 米切尔：《风景与权力》，杨丽、万信琼译，南京：译林出版社，2013年，“导论”，第1页。

齐齐摆在辽阔的大地上，仿佛一块块耀眼的黄金。麦田是五月最高贵的财富，是大地蓄积的精华。”[①]麦田、土地在苇岸笔下被置换成一种隐喻着人类处境的象征背景，类似梵·高金黄色调的大地成为一种近乎永恒存在的哲思背景，引导着他对土地的深情和对“土地道德”的理解，如果说“作家不再试图描述、感受，而是试图分析、探讨、展示乡土存在”[②]，那么苇岸展示的就从乡土这一人化自然于人类的解放出发，对于自然的总的存在意义表现出深刻的认同。风景自身是沉默的，不沉默的是人类的思辨之维、情感之声。对家园进而家国的认同，与风景有着难以分离的联系。“风景对确立归属感的重要意义：归属感即是一种由于传统、家谱和对‘家’的认同从而产生的立足于一片土地的感觉。这种感觉可以出现在地方和地区层面，也可以出现在国家层面。”[③]通过个人、家庭、地域、国家等逐层扩张的身份感知，使“风景”在不同的文化场域与生命体验中呈现出不同的面目。它固然从个体情感的角度切入，却也能够从集体甚至更具目的性的话语权力出发，去实现一种微妙的审美意识控制。

在具有集体性的阶级、阶层情感中，即便是原生的自然风景，一旦映入人的眼帘，其背后依然是人的再现与表现问题。18、19世纪的

①苇岸：《最后的浪漫主义者》，广州：花城出版社，2009年，第2页。

②梁鸿：《“灵光”的消逝——当代文学叙事美学的嬗变》，北京：文化艺术出版社，2009年，第153页。

③国际风景园林师联合会执委会：《全球风景公约》，刘晓明、赵彩君译，《中国园林》2011年第3期。

欧洲风景画中，无人的旷野、幽谧的田园往往清除了农夫与相关的农业过程、物质生产环境，这是一种典型的特权者视角，“无人风景是一个严格的等级秩序的产物，它把权力关系神秘化了”[①]。而在米勒的《拾穗者》与柯勒惠支的版画中，对生活真实的揭示意味着对现实主义的强烈批判。散文的“风景”往往意味着一种双重的认知空间，它确实是一种地理的存在，但它之所以能够构成“风景”，是因为它呈现着主体的自我精神与文化立场，它同时也是一种由各种意义系统编织起来的空间。散文作为一种文学体裁，不可避免地与文学的社会性发生联系，在书写“风景”的过程中涉及创作主体自身的精神状态与自我认同问题。谁有权去表现、改造与控制“风景”，成为话语权力的内在权衡。即便是表现者本身，也存在着个体自我向公共自我的意识转化问题，“风景”不仅仅是为“我”所理解的景物，还容纳了在历史环境中去试图解释、确认的文化自我确认的内涵。“我的故乡，和中国无数个村庄一样，拥有属于自己的地理经纬、民俗禁忌、方言俚语、骨血静脉和历史记忆。”[②]江子以“无法到达终点的返乡之路”为题，写下的是“自我”无法脱离的“风景”重叠属性。“风景”与自我构成一种对立性的统一，“风景”的客观审美，意味着现实存在的乡村，却又是作家笔下的“乡土”环境及环境中的历史。

“风景”也是文化和经济实践的主体，“在社会主体的形成过程

①[美] 温迪·J. 达比：《风景与认同：英国民族与阶级地理》，张箭飞、赵红英译，南京：译林出版社，2011年，第42页。

②江子：《无法到达终点的返乡之路》，见江子《田园将芜——后乡村时代纪事》，西安：陕西人民出版社，2013年，“代序”，第1页。

中扮演了重要角色，而社会主体则为不可读的‘私人’身份和由地方和民族认同模塑出来的决定性的公共自我”[①]。“风景”成为地理空间、话语权力共同构成的审美意态产物，它早已超越了单纯景物书写，而将城市、乡村日常生活作为普遍性的人类生活景观纳入自身视野当中。建筑、地域景象、农牧生产生活场景，乃至语言、民俗，都成为富含生命体验与历史变迁的散文“风景”。乔忠延将脸戏、滚水、猴下、趔辙、恶煞、荷住等晋南故乡的乡村土语视为“无形的文物”，其用意既在追怀“远去的”历史、文化、文明，也在言说乡村的心态、思维、生命状态。《乡村土语》一文貌似写人的语言，却借“土语”将乡村的“风物”“风土”“风情”都演化理解为一个充满丰沛人性力度、包罗众象的整体的乡村文化天地，这也许才是那种具备粗糙质感，却又体现乡村生活常态的乡土“风景”。它的优势在于对乡土“风景”的“贴近”，却也需要以更深邃的文化、历史经验，去汲取亲情外的抽象体验与深度透视。

“家园”，这一近乎中国人永存的精神心灵归属，也就成为当代中国乡土散文最集中的“风景”意象。它超越了地域、方言与时代的隔阂，以一座座故里的“消逝”凝聚成散文家的乡土人情依恋。如果说苇岸为近二十年中国乡土散文奠定了一种超越性的哲思基调，后来者则在美学上或实或虚、或明或暗地开拓着对于现代化迅猛推进的深切反思。梁鸿以纪实的手法去写作中国“梁庄”，黄金明以近乎沉沦

① [美]W.J.T. 米切尔：《风景与权力》，杨丽、万信琼译，南京：译林出版社，2013年，“导论”，第3页。

的美学基调书写粤西小山村“凤凰村”故里，江子赣西乡村的生死世界与雷平阳的“土城乡”都凝聚着“自我”意识观照下的乡村世界。乡村面向“现代”的“沦陷”使得“地之子”们丧失了家园，让他们在面对现实时充斥着对古老农耕文明彻底走向解体的末路“绝望”。新的乡土散文扫荡了那种清新却不免造作的古典情思，将乡土底层生存现实以近乎自然主义的“风景”书写呈现于读者面前。如果说中国文学传统中自然与主体常常呈现一种彼此交融、物我合一的状态，那么中国急速推进的现代化进程则打破了那种乡野原初的自在状态与源远流长的文明传承。无论是自然本体还是人化的自然，都成为现代化进程中需要被改造的对象。与人的异化一样，在工业文明面前的乡土，也同样被异化成为一种物质主义和功利主义的存在。对于功利主义的否认与排斥，成为散文“家园感”这一伦理取向中最值得珍视的情感立场。

恰恰在这一点上，家园的“沦陷”意味着“风景”的改变，它不仅限于乡土，不仅面向更为广阔的人类生活景观的变迁，更意味着现代人无所依归的心灵窘境。山林的砍伐、河流土壤的污染、空气的恶化、道路交通建设与城市巨型建筑的兴起、遍布中国城乡的拆迁改建，伴随巨大噪声的“风景”之变，介入、影响着当代中国人的日常体验。当代散文所表现的乡土风景的变迁，不仅震撼着走出去的“地之子”，而且还以题材解放构成了一种对城市“风景”易换的话语遮蔽，相对淡化了城市景观变易的意义，不过这一变迁改变着悠久农业文明形成的物质生活形态，消解、摧毁着中国人根深蒂固的乡土情结与家园梦想。“现代”带来的乡土“风景”与古典传统营造的明净、淳美、宁静、质朴的乡土文学世界形成了逆反性的风景对比，“坐在开往村庄的长途班车上，还是大片的烟尘，从附近的铁矿和煤矿当中，大口大口地吐出，又被穿梭往来的车轮连续炸起，在空中，在大地所有生灵身上，飞舞、下落、进入和消失”。正是这样，“我的村庄我的痛”会引发悲怆的叹息，“父母的村庄，我们的村庄……像父母一样，在时间中活着，在泥浆和风尘当中，慢慢老去”。[①]打破传统散文“诗性想象”的，是杨献平南太行故乡乡村的烟尘滚滚，林木萎病，土地干旱，是摩罗故乡鄱阳湖畔“卫生情况一年比一年糟糕，几乎所有的公共池塘都成了垃圾场，池塘四周堆满了生活垃圾，水源受到严重污染。每个小镇都脏得惨不忍睹。街道两边的店铺都将垃圾倒在街道中央，汽车一卷，风一吹，满街都是灰尘”[②]。在更严重的污染地区，已经成为柴静笔下“村里各条路上全是煤渣，路边庄稼地都被焦油染硬了，寸草不生”的“焦黑的世界”。[③]鱼米水乡，西部旱塬，在现代中国的经济变革中都在付出转型的代价，以至于满怀古典意趣的刘鸿伏回到故乡，会叹息：“从前那些牧歌悠扬的美丽阡陌和田垄，此时被荒草弥漫，那些耕作的父兄哪里去了？村庄上空斜着几缕炊烟，这偌大的村落，除了几声犬吠和鸡唱，听不见人语。”[④]

①杨献平：《我的村庄我的痛》，见《原生态散文13家》，天津：百花文艺出版社，2007年，第12页。

②摩罗：《我是农民的儿子》，见林贤治《我是农民的儿子》，广州：花城出版社，2005年，第14页。

③柴静：《山西，山西》，《莽原》2013年第3期。

④刘鸿伏：《父老乡亲哪里去了》，见林贤治《我是农民的儿子》，广州：花城出版社，2005年，第124页。

这就是基于消逝生活表象的第一重“风景”追问，其潜台词就是家在何处，家人何处。更进一步的疑问在于真正的田园牧歌是否真实存在，是否脱离了现实的社会历史背景。基于生活直觉的风景凝视即使再优美，却也无法摆脱那种面对人生实景消逝的浅层次感伤。当来源于“归乡”的渴求无法满足时，现代人无所归依的更深层次的颓废油然而生，“在我居住的遥远的地方，没有我的田园。故乡再也回不去了，它就像空中花园在塌陷的乌云中崩溃，一场大雨就要从天而降，像我失控的诗篇。雨越下越大，我没有回头。在白茫茫的雨幕中，将有一辆公共汽车开过来将我载走，在铺天盖地的雨声中，交织着叶赛宁的忧伤”[①]。“叶赛宁的忧伤”不是无由而生，而是一种文明的消逝、再无故乡的悲哀。从沈从文到黄金明所竭力刻画的古老文明被毁弃的痛楚，在山水、建筑、植物、风土、器具和生灵共同建构的故乡风景中，前现代性的乡土文明在乡土之子们的忧伤注视里默然消逝。“地之子”们或遗憾，或愤怒，或忧伤，但那种在乡野民俗“风景”中发现的生活世界，凝聚着他们内心认同的正在消逝的乡土世界。就像陈忠实在《漕渠三月三》中步入漕渠庙会时，“我自然联想到我的父辈和爷辈就是构成这个世界的一员或一族。我向来不羞于我来自这个世界，属于这个世界，壮大于这个世界，说透了就是吮吸着这个世界的气氛，感应着这个世界的气场生长的一族”[②]。

---

①黄金明：《田园的黄昏》，天津：百花文艺出版社，2015年，第290页。

②陈忠实：《漕渠三月三》，见陈忠实：《原下的日子》，北京：十月文艺出版社，2008年，第118页。

一场场乡土风景的文字追忆，其实意味着转型的现代社会中人的本能选择。阎连科、梁鸿说过，“人最本能的其实也就是最人性的。也许正是最本能的选择，瓦解了我们用数千年文明堆积起来的种种制度以及我们的所谓‘发展和进步’的宣言”[①]。如果所有的“进步”都是以人的情感丧失为代价，以家园的崩溃、旧有价值的破产为代价，我们当然可以发问，这种风景的变易是否合理？它隐藏着怎样的文化语言权力？那些“无声的风景”在散文家笔下得以发出的声音，是否拥有天然的正义性？“往日的风景”又是否真那样美好？散文与其他文体相较，又怎样呈现出乡土之“风景”？

第三节　记忆、现实、梦境的散文“风景”血脉

“事实上，如果没有文化联想，也就根本无法想象或描绘自然风景。”[②]“风景”可能是最难以判断的文化血脉之一，因为它关系到太多的文学“联想”。乡土“风景”的歧义不仅体现在面对现实故乡

①阎连科、梁鸿：《“发展主义”思维下的当代中国——阎连科访谈录》，《文化纵横》2010年第1期。

②[英]西蒙·沙玛：《风景与记忆》，胡淑陈、冯樨译，南京：译林出版社，2013年，第64页。

的态度，更在于他们的情感唤醒压抑着“地之子”们的记忆，现实变迁与理想梦境的反复，连接着生命起初的血亲印记。传统人情乡土的美好，对于许多在现代生活中满布“漂流”感的乡土知识者而言，具有无可阻挡的魅惑。自我与他者，此地与彼处，故乡与他乡，种种现代社会交错分离的图景，都会引起“地之子”们灵魂深处的惶惑与痛楚。

基于文化冲突的压抑感挥之不去，催生了人对于自我生命的深度体验，演化为更深层的散文咏叹。乡土的文化自觉与情感寄托，又推动着乡土散文创作的使命感。散文家们的历史意识被再度唤醒，从田园抒情的美梦走向文学的记录，“记录下依然保留在村里人口碑中的往昔，书写故乡的自然、文化与情感，为故乡立传，便成为我这个从乡村出发的写作者的重要使命”①。然而，这种有意识的树碑立传式的书写往往并不成功，当创作主体为过于强烈的生命意识主导时，并不一定能够将“风景”凝结为艺术。“风景首先是文化，其次才是自然；它是投射于木、水、石之上的想象建构。”②这意味着基于潜意识的“想象”成为“风景”书写的文学根脉。朱光潜的《文艺心理学》借用克罗齐的直觉论，将心理距离说作为美感经验的支点。主体要实现“物我两忘”的美感经验，就需要在“孤立绝缘”的情况下，突出形象的直觉。“直觉是突然间心里见到一个形象或意象，

---

①江子：《无法到达终点的返乡之路》，见江子《田园将芜——后乡村时代纪事》，西安：陕西人民出版社，2013年，“代序”第1~2页。

②[英]西蒙·沙玛：《风景与记忆》，胡淑陈、冯樨译，南京：译林出版社，2013年，第67页。

其实就是创造，形象便是创造成的艺术。”[①]这种创造“物”“我”的把握，意味着古典意义上的“物我两忘”，从而在有意识的基础上实现无意识的“物我合一”。当散文的“风景”再度回归直觉性的审美审视中，实则关联着一种文本内部的叙述写作与“观看”。当过于同类化的“风景”叙述大量罗列时，散文的意境也就荡然无存，成为社会考察报告的重复。只有保持“观看”距离的散文作品，才能以文学的笔法去表现“对象”最为“自然”或者 “本真”的状态。但另一方面，如果说不被干扰的“风景”即为本真的生活，不免忽略了主体的精神介入与构成某种压制性要素的社会历史语境，涌发出柄谷行人从反面阐发的“浪漫派”冲动。因而，这种两难矛盾不仅表现于乡土散文，也是当代中国乡土文学所面临的普遍问题。

写乡土“风景”，意味着对乡土的情感反哺和归宿，乡土的记忆联系着身体感官的印记，在那些进入城市学习、工作、生活的乡土知识者那里，当城市成为生命日常的一部分而挥之不去之时，泥土、河流与山川的记忆反而在压抑下苏醒，对写作主体构成强有力的精神暗示。面对乡土“风景”的情感在审美距离的观照下，充分考验着写作主体自我记忆的建构，考验着乡土经验的凝结能力，实际上成为文化构成、自我认同、思维态度与文学视野等多重因素的复杂综合体。近二十年散文乡土写作由此产生了与传统散文相区分的重要转向——基于现代体验的“风景”内视角的确立。从对生存的现实表象上升到对

①朱光潜：《文艺心理学》，见《朱光潜全集》（第一卷），合肥：安徽教育出版社，1987年，第215页。

于人生存现实的命运体验，散文家们对当下乡村“风景”层层递进的不断追问，关系着主体对乡土生活世界的记忆选取。浓郁的情感投射只是描摹乡土的心理基础，更多的是乡村生活的真实历史如何进入记忆，构成乡土“风景”的人、物（器物、动植物）的情感、知识经验如何渗入主体的根植性生存记忆和经验之中。

乡村的风景也许确实有着种种客观变化，但更本质的变化则源于人的内心认识。记忆塑造着“风景”的现实，“风景”不再仅仅是主体情感的单纯投射，而成为包含着复杂的文化制约与话语权力网络的“现实”“梦境”。传统散文的写景状物当然有其技法上的意义，但仅仅只是浅层风景的表象书写，难以实现散文家们对内心世界与自然世界融而为一的意义需求。李娟目中“我的阿勒泰”的高度“自我”，渐渐演化成自在、自存的哈萨克牧民、草原的“冬牧场”“夏牧场”，演化成一个完整、自足的游牧生产生活审美系统。在刘亮程笔下，自我成长的乡村固然衰老，却构成了一种独立于“我”之外的主体存在，使一个同样完整的生活世界在现实中展开，一种精神的目光促使写作主体不能不与另一个自“自我”而生的主体凝望平视，“一个人的村庄”也就成为“村庄”的“一个人”。“风景”不再是散文作家本于现实的生活世界，反而成为基于主体情感记忆却又恍然独立的生命梦境。“回忆与狂想缭绕着手指，攀行与摸索一寸一寸蚁动在腑脏……不能停止，不能左右自己。巨大的孤独从我们脸庞抚摸到心灵——我看着这森林，惧骇它的深处全是忧伤。我想到了故乡。又想起了其实我没有故乡……我们这是闯入了谁的命运？陷入了谁的痛苦……环顾四周，发现这四下里居然只剩我一人，不知什么时候走散了。”[1]李娟《森林》一文所书写的，正是超乎自我存在的意识，更为宏大的自然法则从精神深处升腾，使森林成为独立于“我”的自我存在，“森林”的存在、灭亡意味着超乎于“我”的精神主体。这就从“美学”的意义上表现出胡塞尔所谓的“思性”。

对于风景的记忆性再现既容纳了“地之子”们的乡愁，又以“沦陷”的乡村凋敝与衰败来寄托知识者失我家园的失落与现实救世情怀。那些不符合自我“风景”需求的现实需求，有时往往被无情地剔除了。审美意识与情感记忆选择的过程也同时是排斥的过程，这就使得近二十年散文的乡土书写中因之存有一种“虚假”的倾向。“要么是纯客观的个人观摩和浪漫叙写，要么是走马观花的矫饰和抒情。远离乡村的真实，远离乡村深刻变迁及民众生活的细致变化，更远离终身俯首大地劳作者的心灵生活和精神要求。使得乡村散文成为虚假、做作的代名词。”[2]“风景”选择性的排斥使一种内在的权力支配关系弥漫在散文写作之中，谁在看风景？谁在定义风景？谁在描述风景？乡土知识者的人生路向如此不同，思想观念迥然有别，那些乡土风景背后隐藏着怎样的话语倾向？

记忆连接着人们一贯的情感书写脉络，但“记忆”常常欲言又止，欲说还休。在这里，“风景”已经超越了狭义的散文或是纯文学的范畴，从更复杂、更广泛的文化实践层面演绎着现实因素的刺激与文化权力的意愿。这就使得张承志壮丽的草原牧歌、西海固穷困近似

---

①李娟：《森林》，见李娟《我的阿勒泰》，昆明：云南人民出版社，2010年，第249~250页。

②杨献平：《散文的乡村》，《文艺报》2011年8月12日，第2版。

绝境的“神圣的风景”，更接近于一种文化领域内“权力意志”的产物，难免显得空幻。在张承志看来，只有“场所净化”才能为西北高原穷人在人世的绝境中不断营造精神的净土，而“神圣的风景”是“场所净化”的主观精神的产物。他在《心灵史》中写道：“尤其是以陇山为中心的地区，风土呈着极度哀伤和恐怖的面相。在那种荒野山间走着，人心被恐怖和敬畏的感觉所笼罩，一丝异常的灵感渐渐出现。”“这里已经丧失了俗世经济文化的起码生机，所以慈悯的造物主才把彼世的神性优先降于此地。”[①]从壮美的草原向着绝对穷困的西海固转移，这一“风景”的转向并非张承志视觉审美的暂时性调整，而是反映着作家面向发展过度的现代性的对抗立场，富于激情的乌托邦式的乡土文化想象消逝了，转向更具崇高感的精神“神性”的净土转移，这实际是一种文化“自我”解放的策略。张承志对于城镇化、工业文明与现代物质消费观等一整套现代文化的外观保持高度警惕，这与他的乡土依恋并不矛盾。我们不能否认他对于乡土情感的真实性，他的作品中那种跃动的深沉而激越的情感证明了他的精神立场。然而，不论写作主体怀着怎样亲密的情感去记述风景，它实际上已经脱离了个体的“人”的支配，但作为一种风景的审美“话语”，它展现出面对乡土截然不同的思想立场与人文属性。如果说这一时期的乡土散文创作是时代语境下乡土变迁的文学回声，那么这种回声有时未免过于强大，能够弥补这一缺陷的，是深入生活世界的乡土细节温情书写，而这些细节，共同构成了“风景”交错的记忆网格，为当代中国文学添加了复杂而深刻的文化血脉。

---

①张承志：《心灵史》，长沙：湖南文艺出版社，1999年，第22页。

第四章

乡野“乌托邦”的幻灭与苏醒

赵树理曾言，有些人所经历的人生，并不能写出真实沉默的乡村。乡村的真实图景与知识分子笔下的乡村，常常构成一种“风景”，在不同生命体验下的文化冲突。不过“风景”的构想毕竟广阔多样，它常常呈现为现实人生所难求的逆向体验，也可以成为古今中外、历朝历代的文人、社会改革家的理想社会图景。“风景”美学发展到极致，人、物、自然山川共同构筑出一片生命意志图景。写作主体审美意向、价值取向乃至情绪表达程度的不同，深刻地影响着散文风景写作的“乌托邦”表达。散文舒缓节制的情感节奏、自由的精神取向，决定了理想主义的梦境融合情绪并逐步释放演化诗境。散文与吸收散文文体特质的“跨文体写作”，以其诗意转化现实的能力担当起艺术再现乡土理想图景的“乌托邦”写作。

尽管关于乡土的文化理想基于形形色色的原因与社会实践尚有距离，但在日常生活细节改变着作家的理想幻境时，乡土旧梦意味着新旧之间传统、现代文化之交错，意味着乡土经验与知识者“乌托邦”

式的理想融合，在乡土人、事怀旧中依托于回望土地的细节真实，往日生活成为一种复杂的感性遗留，遭逢“现代”理性的幻灭。在某种意义上，“幻灭”的同时意味着另一种“苏醒”。

第一节　“乌托邦”与理想幻境的崇高感

“乌托邦”（Utopia）由希腊语词根“没有”“不存在”（ou）和“处所”“地点”（topos）组成，它意味着“没有的地方”“乌有之乡”或者“好地方”，延伸为有理想不可能完成的好事情。它的释义尽管多种多样，却普遍指向人类思想意识中最美好的一面。它代表着不同时期的“乌托邦”设计者们对于自身设想欲求的价值与实践理解，从柏拉图的“理想国”、古希腊诗人赫西俄德的黄金时代到托马斯·莫尔首度使用“乌托邦”、傅立叶的“社会化工业化新世界”，“乌托邦”逐渐从一种理想社会的生活构想转向更为现实的社会变革，出现了由天堂向人间、由注重空间向注重时间的转移。当18、19世纪欧洲启蒙主义思潮进入现代性构成的体验世界时，理性、正义等抽象的哲学道德概念才浸润到“乌托邦”的美学思想中，当代的“乌托邦”理想因之侧重于对精神世界与文明内在联系的深层次把握上。阿里斯托芬曾发展出一种讽刺现实、畅想未来的“乌托邦”倾向，对文明的不同理解、选择、认同与对现实的消极、“叛变”乃至抵抗、反抗，在“乌托邦”的幻想形塑中反映着真实。“乌托邦”由之集聚了钱谷融所论之文学是“人学”与价值意蕴的精神。它抽离出人面对现实窘境时意图制造一个理想世界的精神冲动，将人对“自由”的理解延伸到自精神而物质、自理想而现实的各个层面。“乌托邦”的表达，隐喻人类社会中“救赎”意识的深切存在，弥散出一股借助理想主义提升“自我”的超越性、赋予性。当理想性、反抗性、超越性结合为一时，“乌托邦”又表现着人性于文学、精神世界的充沛活力，也体验着“人”在虚构的精神王国中无限膨胀的“自我”意识。它具备一种精神的权力意志，也由于空中楼阁式的特质有着将复杂的精神问题“简单化”的思维倾向。乔治·奥威尔笔下的“乌托邦”“仿佛萦绕着人类想象力的关于正义社会的梦想：一切时代无不具有的不可根绝的梦想，不论人们称之为天国或无阶级社会，抑或是否将其设想为我们蜕化之前曾经存在过的黄金时代”①。露丝·列维塔则从生活角度探寻“乌托邦”的本质：“乌托邦关键的因素不是希望，而是意愿——有更好生活方式的意愿。”②

从现代转型的意义而言，“乌托邦”式的人间天国梦曾深刻影响了中国的历史变革与制度设计，更在特殊的历史时期，塑造了两代作家们共同的精神底色。“如果从社会规划的角度看，乌托邦思想具有两个传统：一个传统来自于黄金时代的朴素的思想，他以朴素的、诗意的田园牧歌来反对当时兴起的都市化和工业化的浪潮；另

①[法]罗兰·费希尔：《乌托邦世界观史概要》，见陆象淦主编《说完了一切的上帝》，北京：社会科学文献出版社，2006年，第70～71页。

②转引自张隆溪：《中外文化十论》，上海：复旦大学出版社，2004年，第218页。

一个传统来自于柏拉图的《理想国》，其目的是规划、建造一个理想的城邦。”[①]在形塑、赋意“乌托邦”世界的构建过程中，文学创作主体为高度集中的集体意志所影响，在理想主义的幻觉中体验着散文“个体”化的状态。不过，再消极的个人，其核心依然是对过度干预个人的社会生活的消解与质疑。消极的“个人”对于社会人生也许并无坏处，但一旦形诸审美领域，完全有可能借助语言内蕴的话语权力形成一种极端化的意识形态诉求，构成新的话语压制要素。

“乡土”作为不同文化背景下的文学审美意象，不仅承担表达作家自我精神诉求的功能，而且“乡土”凝聚的不同价值意识与情绪化因素也深刻影响着作家的写作姿态，在具体的创作中有着对立的文化价值判断。无论是正面挖掘文明内蕴于民间的写作思路，还是从批判乡野落后、愚昧、野蛮的反面叙述出发，二者共同体现了一种超越“乡土”现实的精神需求。“乡土”一旦成为一种欲在野老天荒间寻觅 “拯救” 现实的“良方”时，就很容易滑过“精神家园”这一略带保守性的守御姿态，而迈向“踏遍青山人未老，风景这边独好”的“乌托邦”理想主义路向。

在那些异常充沛的生命激情、悲喜交加的抒情语调与各种极端化的生存境域中，“乌托邦”的生命理想内化于“风景”的组成，在意识形态构成的整体“风景”中表现出“个体”人生的复杂意绪。“风景”在外部观看的“他者”化视野中淡化与对比，为现代美学上的“残酷”打开了精神的闸门。在竭力凸显乡野存在的力度时，中国散

①李世涛：《重构全球的文化抵抗空间》，北京：社会科学文献出版社，2008年，第221页。

文有别于小说、诗歌创作的思想背景与想象凝固，将来自西海固的苦难、湘西的野蛮、新疆北原上寒风吹彻的孤独并而为一，呈现出当代文学中散文写作的极端之力、“荒化”之美。

“乡土”写作添加的不仅仅是“沦陷”体验下的质疑、失落，而且还勾画出一种极端化“风景”的“乌托邦”构想。那种欲在“乡土”中为自我创造独特精神世界，以及验证这种“创造”的合理性的努力始终存在。“我要从事艺术就不能不更多留恋，不能不往后看”，“那块像邮票一样大小的家乡土地里，……为自己创造出一番天地”[①]。张炜个人“往后看”的诉说，意味着“创造”的冲动在文化表征外，还要面向故乡土地“小世界”“自我世界”的回归选择。借助往日生活世界的“回归”以实现“创造”本就是文学最本能的冲动之一。张炜的“野地”“自然”书写与张承志的草原、旱塬与“信仰”书写都在构建某种周作人式的“自己的园地”。张承志曾对美国作家戴静说：“中国人模糊感到应该有个更理想的家，所以才走到路上。”[②]“更理想的家”意味着持续的理想追寻，如果说“乌托邦”表现着对现实世界的拒斥，那么张炜、张承志们采取了一种对现实拒否基础上的散文精神写作的策略。这种“创造”与“拒否”对于深受本土文化浸润的作家有时是艰难的。周同宾曾自述：“古典散文和五四运动以来的散文启发了我，也限制了我，如老了的蚕被茧所缚，想有所突破，有所变革，太难。”[③]对于现实的精神“抵抗”成为他们为人

---

①张炜：《美妙雨夜·芦青河四问》，上海：上海文艺出版社，1991年，第420页。

②[美]戴静、张承志：《在路上·黄泥小屋之一》，《文学自由谈》1987年第2期。

③周同宾：《答评论家孙晓磊问》，见周同宾《那些年，那些事》，郑州：大象出版社，2016年，第389页。

所称道的特质。但正是这种特质，令人不由得生出疑问：如果人生之“在”如此不合理，它又何以能够“在”？有信仰的人是活着，无信仰的人就只是苟活？是否在信仰与非信仰间，一定会存在着一种二元对立式的非黑即白的思维？在精神“抵抗”的过程中，《融入野地》与《一册山河》之间实则存有某种内在的联系，它们以不同的生命哲学解释着写作主体内在的质问：当旧有的生存模式连带精神传统一并瓦解、消逝之时，传统的“人”之主体意识又将走向何方？

与苇岸不同，张炜、张承志们的主体意识过于强大，导致“土地”从来都未形成无声而自具言说的生命主体。张承志以强烈的信仰诉求而著称，内蒙古、新疆的草原，西海固垄地的旱土正是他主体精神灌注的天赋场域。张炜作品中的“野地”更接近海德格尔的人之“栖居”之地，似乎与苇岸具有同质性。张炜在现实的冲突中将人—自然合而为一，人与人的冲突是清晰的，而人与自然的冲突则被模糊化。《九月寓言》《三想》《融入野地》《夜思》中所竭力反思、表达的，依然是被现代文明击溃的原初文明的挽歌，是被“现代”所毁坏的原初的、和谐的生命关系。张炜在生命存在的认识上获得了一定的深度，但这一深度始终是以“人化自然”中人与人的冲突为前提的。他的“人与自然”冲突，实则是人对待自然的文明冲突。也就是说，是否将自然作为主体来尊重和认识，构成了面对风景（内与外、精神与现实）散文判断的标准。张炜、张承志对现实的质疑、批判及“文化抵抗”的坚定态度当然有其积极意义，但在人与自然世界的接触、进入过程中，纯粹以“人”的冲突为主体，就难免在整体格局上陷入一种不易挣脱的意识矛盾与存在困境。只有从文化批判进入更广义的道德制高点上，去进行更深层的道德判断，才有可能脱离这一困境。问题的复杂性在于，虽然这构成了第一层的理想主义的崇高感，但这种道德判断的来源相当暧昧。当主体对问题的认识尚处于模糊状态中，二元对立的思维将直接导致自然文明的粗糙理解。去挖掘人性对自然、文明对原始的超越，并不一定要以回归原始的纯朴为前提，并不一定要以终极信仰的简单化处理为前提。以茨威格笔下“旧日的世界”建构文明的想象，进行现实批判，不若将那些具有生命意义的价值内容进行新的理解，包容与现实相关联的价值主体，而非以“野地”实为“人化自然”“穷但有信仰”的极端化处理去阐释生命存在的本体性意义。

对于张炜、张承志这类思想型散文家而言，他们完全有可能更进一步将自身对文明的理解与对世界存在的本原的认识，以一种新的文学话语表达，从而开拓更为阔大的文学思想之美。张炜的“忧愤的归途”与张承志“以笔为旗”的号召，意味着他们同样有可能将自己陷入偏狭的思想牢笼之中。张炜过于强烈的道德判断导致他创造出的中国“守夜人”与张承志“清洁的精神”有着共通的信念坚守与某种偏执，他们的散文具备的文人气质，与新世纪以来野夫、江子、杨献平、吴佳骏、傅菲、郑小琼、叶多多等人的乡土散文，不仅有着表达内容上的不同，在终极价值观上也颇有不同。他们对人文精神的坚守与努力给他们的散文带来了更深沉的思想厚度，对于现实的质疑也更为有力，他们实现了自我轮番反复的精神超越，再度加强了理想主义的崇高感。但同时也使其散文书写抽离了乡野的现实，在形而上的精神书写中淡化了细节具象，而倾向“自我”意识对于现实处境的主观赋予。

在美学意义上，“极端”是一种极为有效的文学表达策略。但在有意为思想者的文学家那里，即便不断坚定自我的道德信仰，但在不同的人、不同的历史时期，道德的内在逻辑产生了矛盾，导致他们的价值坐标有一种易于为人质问的游移性，如郜元宝在《重读张承志》中说：“他一直在中国的北方游走，未能深入东南沿海市民生活圈和文化繁盛之地；他也一直游走于中国北方和西部的边地，不肯像鲁迅那样沉入到更多数的国民中去；他的文辞十分用心，尽量追求刚劲质朴、雄壮华丽的效果，但往往伤于直露的粗糙。”“而即使晚近作品，其峻急往往还是未能与理性充分调和，所以总显得不够老到。”①不过，郜氏之论同样有着以知识者之见论思想者的问题，以“理性”调和的“峻急”，也未必能够解决知识分子精英的文化诉求与乡土意识的“整体性”传统民族文化的矛盾，经过现代新文化洗礼的新的乡村文化形态，还需要基于真实的现实而发的“理性”创造，而不是自上而下的理念贯注。

① 郜元宝：《重读张承志》，《文学报》2015年8月27日，第18版。

第二节　自给自足的乡村现代“桃花源”

在东晋政治矛盾最为尖锐的时代，陶渊明写下了千古名篇《桃花源记》[①]。这一妙文被梁启超称为“东方世界的乌托邦”的“桃花源”，寄托了陶渊明对宁静、丰足、祥和生活的时代理想。陈寅恪在《桃花源记旁证》中说：“陶渊明《桃花源记》寓意之文，亦纪实之文也。”[②]“寓言”与“纪实”，在文学作品中成为相互作用的共同体。

从文学审美而言，寓言确是人类以文学探索“乌托邦”理想的主要方式，正如“乌托邦”作为一种人类梦想，包含了方方面面的人类生活的理想。一种从文化心理上不抗争而是厌恶的避世，成为桃花源之外别开天地的思维方式。在整个世界的变化中，“桃花源”中凝聚着东方哲学面对外部变化的逃避态度，这种意念与“小国寡民”的道家思想有着内在的思想共通。从“人”的主体精神考量，乌托邦显示着人类对于生活世界的想象力，也意味着对于现实生活的改变拥有的思想、行动之力。然而，当“现代”来临，福山的“历史终结论”代

①《桃花源记》是陶渊明（365—427）写的《桃花源诗》前面的一篇序言。是晋宋文人陶渊明的代表作之一。约作于永和二年（421年）即南朝刘裕杀君篡位的第二年。

②陈寅恪：《桃花源旁证》，《清华学报》1969年第1期。

表着一种近乎结束的历史观念。当人们丧失了对生活的希冀与激情后，无论是前行还是后退的梦想都在彻底的异化中消逝了。“本已变得贫乏的梦想，或许会使前工业时代的贫困与后工业时代的富足两者都遭受痛苦，因为它正在抽空乌托邦思想。为了存活下去，乌托邦精神既需要理智上的大胆，也需要理性的想象力。”①即便是对乌托邦持相当保守看法的曼海姆也认为，“乌托邦已被摒弃时，人便可能丧失其塑造历史的意志，从而丧失其理解历史的能力”②。“乌托邦”证明了作家本人在散文乡土写作中涌现的想象能力，而恰恰相反，那种“乌托邦”消失的环境反而意味着历史意识和想象力的衰退。需要警惕的是那种毫无原则或将主体精神原则极端化的乌托邦，是那种将真理、正义集于一身的“乌托邦”，因为那意味着另一种话语与想象被压制。尽管这种“乌托邦”也可能展现出风景美学上的极端意义之美。

韩少功的八溪峒隐居与台湾的陈冠学在生活经历甚至文字外貌上何其相似，二人都避居乡野，躬耕田亩，在山野田园的劳动中寻找人生的终极意义。然而，他们又有不同，韩少功的返乡之旅早已脱去身份的尴尬与真实的苦受：“八溪峒与高楼大厦、高速公路、互联网、财富、超女是并行不悖的，城与乡是和谐的而非冲突的，是统一的而非对立的。”③韩少功眼中的城乡文化冲突显然相当和缓。这种认识与苇

①[美]拉塞尔·雅各比：《不完美的图像》中译本序，姚建斌等译，北京：新星出版社，2007年，第6～7页。

②[德]卡尔·曼海姆：《意识形态与乌托邦》，黎鸣等译，北京：商务印书馆，1998年，第268页。

③张宗刚：《看，那些有尊严的文字——关于韩少功散文随笔的话题》，《南方文坛》2007年第6期。

岸、陈冠学们大相径庭。他并未与时代疏离，而是自在自如，寻找更适宜自身的田园调节方式。陈冠学则是回到宗族聚居垦荒之乡，再度开启乡野书生的耕读审美，他却正是要疏离人生、都市与时代。八溪峒的青山秀水、野老闲趣似与乡土“沦陷”的哀怨情绪形成饶有趣味的散文对谈，而在韩少功尚存疑问的乡土野趣外，尚有如苏宁《果园记》《一座消失的村庄》等长篇系列散文，以近乎废名之笔去书写农业社会古朴祥和的生态，营造着梦幻般的城郊乡村记忆。苏宁娓娓道来的诗性文字塑造的是过滤后的生活，抑或华美的想象？使乡土梦境的再现仿佛又具备温暖的质地。这些作家笔下截然两貌的散文乡土世界使人不得不产生疑问：近二十年来散文书写之乡村图景，真幻何辨？

如同不能要求沈从文以报告文学之笔去书写他的《湘行散记》，对待韩少功同样不宜以乡土苦难与风物罹患的标准评价他的《山南水北》。作为多文体皆长的全能写作者，韩少功早年散文《夜行者梦语》即以“独语”之体彰显着他思想的深度。从马桥到八溪峒，韩少功的乡野世界别有用心，指向更为深邃的乡间背景。这使得“苦难”的表达、往事的倾怀，成为韩少功笔下默含的人间背景。青山碧水之间，韩少功远未忘世，他已经在都市文化圈的觥筹交错中疲惫厌倦，他也看到“更多的工人在失业，更多的农民在失地，更多的垃圾村和卖血村在高楼的影子里繁殖，这也是成功人士圈子以外的事情，而且从来不会中断圈子里的戏谑，甚至不能在宴会上造成哪怕一秒钟的面色沉重”①。如同张承志怀念草原知青的旧日生活，乡野的自由与自在状态给予他太多的文化诱惑与情感寄寓。他们都在青春往日在乡土

①韩少功：《回到从前》，见韩少功《山南水北》，北京：作家出版社，2006年，第10页。

中寻求过，也似乎找到了拯救现实人生的精神力量。八溪峒与张承志的草原“母亲”，同具精神家园的含义。

不过，对于韩少功而言，苦难也只是乡土生活之一种，而非全部。文学书写苦难毕竟只是乡土文化在历史转型下的一种现实记录。韩少功散文自有一种乐天知命的情怀，这使得他虽爱乡野、归乡野，却并不以乡野为精神的终极归依，他的文字始终充斥着一种务实的理性与清醒的处世情怀。“我被城市接纳和滋养了三十年，如果不故作矫情，当心怀感激和长存思念。我的很多亲人和朋友都在城市。我的工作也离不开城市。”[①]他身处城乡文明冲突之际，却能设身处地，看到城市并非“原罪”之乡。

一味将乡土之败归结于城市文明的侵入，既缺乏合理性，也缺乏改变现实的动力。城有“现代之城”，乡村未尝不可有“现代之乡”，即使“现代”满布缺陷，“现代”依然无处不在。韩少功认识到乡村既然无法逃避现代，就要尽量避免“现代”带来的精神扭曲，而真正需要警示的是那种自命优越的歧视：“我并没有回避和掩盖农民的缺点，这有白纸黑字为证。我只是在谈到这些缺点时尽量避免某些都市人的一种缺点，即对农民的冷漠与无知，还有建立在这种冷漠与无知基础上的歧视。我不以为歧视才是批判。”[②]在《准制服》一文中他写到乡里人不顾实用与舒适，盲目穿着西装的滑稽形象。“哪怕是一位老农，出门也经常踏一双皮鞋——尽管皮鞋蒙有尘灰甚至猪粪，破旧得像一只只咸鱼。”西装成衣“已经普及到绝大多

①韩少功：《扑进画框》，见韩少功《山南水北》，北京：作家出版社，2006年，第3页。

②韩少功：《没有人可以留昨天的长辫子》，《新京报》2006年10月26日。

数青壮年男人”，成了一种乡村“准制服”，“不过，穿准制服挑粪或者打柴，撒网或者喂猪，衣型与体形总是别扭，裁线与动作总是冲突”；“如果频频用袖口来擦汗，用衣角来擦拭烟筒，再在西装下加一束腰的围兜，或者在西装上加一遮阳的斗笠，事情就更加有点无厘头了”[①]。韩少功在刻画现代影响下扭曲的审美实践，也看到变革本是两百年来现代于中国的持续要求，乡村不能不面对“现代”，即使是“无厘头”的审美错位。“我曾建议他们发展竹业加工，还从城里带来杭州竹器博览会的资料，带来竹篮、竹盘、竹玩具一类样品”；“我曾建议他们建立绿色瓜菜基地，还联络城里一些手中略有职权的朋友，试图建立基地与单位‘点对点’的直销”；“最后，我看着八溪峒的青山绿水，不得不想到旅游开发。乡干部们也觉得这是个好主意，为此请我到全乡干部会上作报告，介绍外地‘农家乐’的经验。”[②]行文至此，已经不近散文，而成一种呈现世相的现实描述。如果仅仅是这样，韩少功不过是一个有志于新乡村建设的告老还乡的文人而已。

然而，这种“接地气”的乡土生活远非韩少功为文的主旨，他书写种种个人介入乡土社会“发展”改变的深意，既是写实，也是要在写实之中揭示世间并无“桃源”，当以一人之力汇聚群力，去开辟“桃源”的建设可能。在八溪峒周边茶盘砚、梅峒、秀峰村、普同村、粟木峒、长乐镇各地的乡间游走，恰恰验证了他身处乡间所持身

---

①韩少功：《准制服》，见韩少功《山南水北》，北京：作家出版社，2006年，第26~27页。

②韩少功：《气死屈原》，见韩少功《山南水北》，北京：作家出版社，2006年，第217~218页。

份的灵活性。他首先是文化人、作家，又是体制内的干部，这使得他可以以一种相对超脱的态度去观察、体悟乡土人生的可爱、可笑、可哀。诸种乡间人生图景背后，隐藏着他始终未曾舍弃的乡土人事的体验。种种“现代”病的奇相，也恰恰说明他对于乡土生活的参与之深。不过，这种参与始终建筑于他桃源梦幻一般的改造理想中，即便是穿不合时宜的西装、盖形象化工程的楼房“仓库”，蹩脚的乱象中总有生命“原生态”的野气与桀骜不驯，对于乡土这一特质的隐含视角，使得韩少功始终拥有一种类似于赵树理的暧昧性。赵树理作品中暧昧的现代性是“五四”式新文学、社会主义现实主义文学、启蒙主义文学、地域文学等概念所难以完整涵盖的，在输入性的文学现代性面前，赵树理创造或者说他发现了基于中国乡土传统的另一种现代性可能，即真正的、经过“现代”洗礼后的乡野民间文化形态。韩少功保留了这一认识存在。

如果说张承志、张炜意图以精神超越去实现对于“现代”人“异化”的文化抵抗，新乡土散文是在新的时代语境下继承启蒙知识分子的做法，将对于乡土的批判转为对乡土苦难的揭示、“拯救”，有着某种批判现实主义的性质，那么韩少功就在二者之外为乡土写作发展出一种现代“笔记体”的散文写作艺术，也提供着一种中国民间知识分子看待民间文化的特有视角。“在散文艺术上，《山南水北》广泛吸收《世说新语》《太平广记》《聊斋志异》等古代笔记和笔记体小说的精华，糅合韩氏特有的夹叙夹议、叙议自由切换的写作风格，达到了很高的境界”[①]。如果说新时期以来，如林斤澜的短篇小说、阿城的实验性文

①龚政文：《从〈山南水北〉看韩少功的人生取向与艺术追求》，《中国文学研究》2008年第2期。

人写作都可谓现代“笔记体”之滥觞，但真正发展了这一野史掌故式的散文实作的，应数《山南水北》、《平民笔记之1966》（王家荣）等乡土散文作品。在韩少功笔下，趣味、短章与刻意保持的民间气味，对于乡土艰难处幽默性的化解，使《山南水北》的文字充斥着显白的赞美，乡土的幻象图景与陶渊明《桃花源记》的古老文章勾连延绵，验证了中国作家借助乡土想象以消解现实重压的态度。

韩少功在“寻根”之后“返根”，以生动的素描笔法书写已回归乡土的生命活动，更融入作家对历史、现实的人生观念，或许正是一种在昔年的批判之后再度回首的修正与调整。“如果我有过抗议的话，我只是抗议某种线性进步史观，抗议某种现代人肤浅的优越感。他们以为技术的进步就是幸福的升级，但事实从来不能证明这一点。相反，工业时代的战争是最多的，死人是最多的。人类如果是有出息的话，就是要发扬工业文明、农业文明等各种文明形态中好的东西，尽可能避免各种文明遗产中的糟粕。”[①]韩少功的乡土立场似比张承志、张炜通达，他的实用主义态度颇具鲁迅“拿来主义”的风范，他的八溪峒世界绝非远离现代文明，而是一种基于湖湘“经世致用”文化根底的生活文明再现。他的现代“笔记体”成就，意味着散文在本土文明的厚土中纵横采汲，散文文体的自由性得到了极大发挥，也意味着“寻根”早已在乡土的滋养中走向更深远的文化传统。

在这一倾向上，早已脱离了启蒙的“士大夫”气，却又保持启蒙视角的散文家还有周同宾。周同宾《古典的原野》《那些年，那些事》即以写历史变迁下的乡土人生见长，他特重对于农民个体命运、

①韩少功：《没有人可以留昨天的长辫子》，《新京报》2006年10月26日。

农事民俗的细腻采写，以物写事，以事带情，以情系人，在物、事、情、人的勾连性书写中通过一个个具体而微的农民形象刻画、乡村家事的记述，经过作者对农村生活的总结点染，组合而成一个完整而宏大的乡土世界。周同宾散文少激烈之语，但他极大限度地发挥了散文的记录功能，却又隐含着微妙的主体抒情。他以一种刻意凸显的草民视角，甚至直接以口述实录去实践他为农民鼓与呼的史书性追求，却将这种追求隐含于对农村往日生活的温情中。在《历史的乡野》中，他认为“史书里的乡野，只是统治者一时活动的简单布景，很难看见乡野的本来面貌”，“乡村也有历史。人世间，先有乡村，后有城市。乡村的历史比城市更长，农民的历史比市民的历史更久远”。[①]他将乡野视为最“长久的”，乡野成为历史的本质、归宿，这意味着“寻根”在日常化的写作处理中已经脱离了早期寻根派的“士大夫气”，连接上更久远、更底层的乡村历史文化传统。

第三节　“残缺”“乌托邦”的细节

从散文叙述的细节层面考量，近二十年散文乡土写作在繁荣的同时，已经出现了一定程度的模式化倾向。文学世界本有模仿之说，仿

①周同宾：《历史的乡野》，见周同宾《那些年，那些事》，郑州：大象出版社，2016年，第100~101页。

作如技法能力高超，未必不胜于肇始者的原初文本。但真正的乡土情感细节，特别是乡土文化隐藏的自远古而来的传统文化心理，在“现代”冲击持续、城乡二元体制下乡人农人始终处于被“启蒙”的文化定位，由此产生的悲哀、惶惑却是始终难以模仿的，这也是知青一代作家能够感触到，却终究难能书写尽致的。对于乡土情感细节的进一步细化，更替着新世纪之初的文学境界。刘亮程、李娟散文的意义在于，他们从自身的生存实境出发，以极为精细却又饱含超越意识的文字去描写乡野世界的生存法则。刘的乡村情感书写与李娟的自然本能感受，刻画了“自我”眼中的虚构场景，却展现着人性乡土的“真实”本质。

《一个人的村庄》于1998年出版后，林贤治曾称誉刘亮程为“20世纪中国最后一位乡村哲学家”[①]。其散文的新疆地域特质是研究者的关注重点，但他作品的魅力绝非仅限于具有异域魅力的新疆风物，反而是边地破败乡村的人、动物与倾颓之木、瓦解之屋。他在刻画边地乡村中透露的生命哲学审美，更能体现他作为散文家的独具的悲凉气质，困苦、危机的孤独无助之感和生命的悲哀在他笔下成为一种“过客”的细节凌迟，《寒风吹彻》一文写道：“落在一个人一生中的雪，我们不能全部看见。每个人都在自己的生命中，孤独地过冬。我们帮不了谁。”[②]深沉的孤独感浸透了刘亮程的文字，令“寒风吹彻”化作一幅富于象征性的心理图景，超越了20世纪末的“现代”背景，连接着久远的生命悲哀感。在周涛的天山、李娟的阿勒泰雄浑壮阔的边地风景之外，刘亮程

①林贤治：《五十年：散文与自由的一种观察》，《书屋》2000年第3期。

②刘亮程：《寒风吹彻》，见刘亮程《一个人的村庄》，沈阳：春风文艺出版社，第76页。

颓然的哀叹近似于马歇尔·萨林斯的“甜蜜的悲哀”[①]。萨林斯认为，面对风物审美欲求得到的“甜蜜”满足，也只是永恒的悲哀之中暂时的情感缓解，它终归只是缓解，而非解决。“甜蜜”的情感乐趣越是表现得一波连着一波，“悲哀”的情感也就更显示出恒久的本质。刘亮程同样清晰地认识到这种永恒的“悲哀”，《一个人的村庄》中人与村落、动物、昆虫乃至“荒野”生灵的交流，生命与生命之间、生命与村落之间最终的离别，归结为因生命有限带来的永远的不圆满，而这种永恒的生命之“缺”与廉价的人生圆满形成了鲜明的比照。刘亮程是将乡土生命的存在构成了一种生命的“乌托邦”。生命的不圆满，形成了“乌托邦”的缺口。如同另一位乡土作家阎连科所说的那样，“所谓的自然观和‘世界外’，我想是与主流文化相对抗的生活方式。我一直不赞成许多人说我的作品始终有“乌托邦”的思想，我赞成你所说的‘回家’的说法。回家，温暖而亲切，也更为深刻，当然，更为吻合我日常的某种心理。当然，真正的精神是无家可归的，除非皈依宗教。因为我们——我自己又没有宗教、没有信仰，这就常常在作品中显示出精神的惶惑”[②]。不过，阎连科的“惶惑”，还是建立在短暂性的“甜蜜”感受的基础上的。刘亮程的乡村好像彻底地遗漏了这种甜蜜，只过滤

①“甜蜜的悲哀”是马歇尔·萨林斯提出的重要概念。王铭铭在为其著作代译序中阐释了“甜蜜的悲哀”的文化内涵：“甜蜜的悲哀指的是西方现代性所包含的对人性的双重解释，即一方面认为人有权利从各种外在的社会制度中解放出来，另一方面认为这种解放与资本主义造成的剥削和殖民主义的侵略的悲哀不可分割。”王铭铭：《萨林斯及其西方文化认识论反思》，见[法]马歇尔·萨林斯：《甜蜜的悲哀：西方宇宙观的本土人类学探讨》“序言”，北京：生活·读书·新知三联书店，2004年，第19页。

②阎连科、梁鸿：《“发展主义”思维下的当代中国——阎连科访谈录》，《文化纵横》2010年第1期。

下想象的升华与抽象的命运哲学感。“而通常容易被误读的——他建构了一个‘乡村乌托邦’，实乃子虚乌有。从本质上说，他所书写的村庄无关想象，而是原生态地展现了一个村庄恒定、自然、随意的和谐存在景观。”[①]“乡村乌托邦”于刘亮程而言，始终是内化于主体，却又独立于主体的真实精神存在。与其说刘亮程建构了一个精神的乡村乌托邦，毋宁说这一乌托邦本身即是一种短暂的生命存在的情感满足，是由生命有限的“残缺”本质决定的。

在面向“自我”视界中的乡村人、情时，刘亮程呈现出人、物沟通的“沉潜”身姿，他的散文写作体现出浓郁的诗性，有论者便称之为“剩余的抒情”[②]。他自己也直言“个别散文直接是诗歌的改写，或是一些未完成诗歌的另一种完成形式”[③]。“史诗诗人把自己淹没在客观世界里，抒情诗人则把自己淹没在内心情感世界里”[④]。因为情感的梦境，他对黄沙梁灰色、困顿的乡村景物的再现迥异于明丽宁净的田园梦境之美，但汹涌的诗情让他已经超脱了逃逸现实的冥想，进入基于现实存在却并不完全否定现实存在的生命体悟之中。命运感赋予荒芜、困顿的人生以解脱的力量。刘亮程对于宏大文化叙事并无兴趣，他将目光投注到那些细小的、日常的生命的破败毁灭中，由此获得了悲凉入骨的独特美学效果。“风把人刮歪，又把歪长的树

---

①张国龙：《关于村庄的非诗情画意的“诗意”写作姿态及其他——刘亮程散文论》，《中国文学研究》2007年第4期。

②刘大先：《剩余的抒情——刘亮程论》，《中国现代文学研究丛刊》2017年第2期。

③刘亮程：《对一个村庄的认识——答青年诗人北野问》，见刘亮程《风中的院门》，上海：上海文艺出版社，2001年，第419页。

④刘大先：《剩余的抒情——刘亮程论》，《中国现代文学研究丛刊》2017年第2期。

刮直。风从不同方向来，人和草木往哪边斜不由自主。能做到的只是在每一场风后，把自己扶直。”[①]刘亮程已经不再询问“风”从哪里来，再向哪里去，“风”的形态与内容也不再令作家关注。他所关注的是风中事物、“人和草木”的生存姿态，以及如何与“风”对峙，进行默默的坚持的历史。

刘亮程不是针对事物（动植物）、器物考证与鉴赏并试图发掘其言外之意的散文作家，“物”在他这里是生命的代言，所以他写驴、写待宰杀的老牛、写“狗这一辈子”，他不是从人的角度去考量动物的用处，也不是从生命的角度去看待生命之姿，而是实实在在地以心去衡量生命于世间存活的自主、自得与自在的生存之境。“任何一株草的死亡都是人的死亡。任何一棵树的夭折都是人的夭折。任何一粒虫的鸣叫也是人的鸣叫。”[②]朴素的乡村生活哲学孕育着平等的生命观念，于中可发现庄子“齐物论”的民间源泉。所谓人生不与草木同朽，固然隐藏着以人的主体意志去改造世界、改变命运的努力，但人间众生与草木同朽者比比皆是，以草木之心去书写草木，即便微如虫豸、草芥，也在主体的感知能力中呈现出艺术性的存在。普鲁斯特说过，“哪怕是微不足道的、毫无意义的东西，只要被感受到、得到再创造，就再也不是微不足道了，就成为整个生命，成为艺术”[③]。在刘亮程残缺的情感“乌托邦”审美世界里，他以坚韧的齐物之观去书

①刘亮程：《剩下的事情》，见刘亮程《一个人的村庄》，杭州：浙江文艺出版社，2013年，第37页。

②刘亮程：《剩下的事情》，见刘亮程《一个人的村庄》，杭州：浙江文艺出版社，2013年，第40页。

③转引自李明滨：《20世纪欧美文学史》，北京：北京大学出版社，1995年，第80页。

写人性隐含的悲悯，书写生命存在于无意义中的意义。“一个人的村庄”体现着他消弭主体意志过度阐释的努力，以及他基于乡民百姓最朴素的众生平等视界的思考，反而获得了更长远的艺术效果。然而，生命的悲观哲学于他影响至深。以至于他甚至否认以文字记录生命的意义，“时光消失，文字留下。文字留下了什么？相对于千千万万消失于时间中、了无痕迹的村庄，一个被文字记住的村庄也许更不幸。”[①]他彻底地否认了文字存在的意义，将“自我”也淡化为某种虚无。因之他的散文展现出主体姿态刻意放低，以缩微式的生命视野去观察存在的意义特质。但他对“性”的近乎直露的粗野表现与乡民式的观念影响了他的部分写作，他的散文不时流露出琐屑、空虚的弊病。因此，他在2013年创作的《在新疆》，开始展现出他走出那座“一个人的村庄”，去面向南疆、北疆乃至更广阔的世界的种种观察。

如果说“边陲”文学于刘亮程不过是一种表现荒芜、孤独个体感受的背景幕布，那么在极端美学压迫下的茫茫“焦虑”，则成为边陲作家共通的情感质素。“焦虑”感与边陲的边缘气味紧密联系，塑造出引人猎奇的文化接受心理。从艺术审美角度来看，边缘往往带来了一种极端化的审美处境，它意味着远较世俗生活现实更为突出的生命体验。周涛就表示：“边缘不是世界结束的地方，恰恰是世界阐明自身的地方。”[②]在边缘极端化的处境中，“落后”作为一种“现代”

---

①刘亮程：《寻找〈一个人的村庄〉纪录片拍摄日记》，杭州：浙江文艺出版社，2013年，第424页。

②周涛：《西部与西部》，见周涛《周涛散文（游牧卷）》，乌鲁木齐：新疆人民出版社，2009年，第144页。

意义上焦虑感的来源，反向地推动着边地作家回望自身的存在处境，表达持久的焦虑。刘亮程在《天边大火》中曾哀叹："所有的人都在朝一个叫未来的方向奔跑，跑在最前面的是繁华都市，紧随其后的是大小城镇，在后面的是稀稀拉拉的村庄，黄沙梁太小了，迈不动步子，它落到了最后面。"①"落到了最后面"，表达着生命意义的焦虑。"现代"进入了边地，打破了边陲的"化外"。从"边陲"去透视生命的焦虑，焦虑就更显沉重。化解这一焦虑，不仅可以如周涛般从文化角度进行视角、情感的转移，也可以从生命本体经验出发，去详细书写边地的生命存在状态，以一种近乎"无心"的乐观态度去触碰洪荒自然的散文写作。正是这一态度，李娟铸造了"我的阿勒泰"这一饱含人性光明的崭新天地。

作为1979年出生的"70后"，李娟在边缘的边缘处遥望世界，以浅显的文字表现着散文的纯净之美与天籁之声。在当代散文家中，她更像少年时代的沈从文，但她的出身、经历较沈从文更为简单、低微，高一即辍学的她随着母亲做裁缝、卖小百货，与哈萨克牧民经历冬夏牧场的迁徙。"我小时候在新疆最北端的阿勒泰地区的富蕴县—— 一个以哈萨克为主要人口的小县城——度过一大段童年。在我的少女时期，我又随着家庭辗转在阿尔泰深山中，与游牧的哈萨克牧人为邻，生活了好几年。后来我离开家，外出打工，继而在阿勒泰市工作了六年。但妈妈仍然在牧区经营她那点小生意。于是我始终没有离开那个家的牵绊，我的文字也始终纠缠在那样的生活之中，怎么

①刘亮程：《天边大火》，见刘亮程《一个人的村庄》，乌鲁木齐：新疆人民出版社，2001年，第181页。

写都意犹未尽，欲罢不能。”[1]对于一名在边陲之地经历过游商生活的青年女子，李娟从未掩饰过她迥异于同龄人的人生经历。她在接受《外滩画报》专访时说：“世上受苦的人很多，但大多都默默无语。大约越是悲苦的生活，越是得投身其中吧。自怨自怜实在是很丢人、很虚弱的事。”对“自怨自怜”的鄙弃作为一种整体性的人生观念，赋予李娟散文创作以一种生命本质的乐观。

在西部辽阔的大地山川间，李娟无法脱离自然风物的影响，但阿勒泰风物近乎天启式地赋予李娟回归世界本原的能力。阿勒泰不仅是一种地域概念，还推动着李娟在牧区环境中建构她对待人和世界的基本姿态。她在底层生活中经历的一切，转化为丰富的写作素材与独特的写作视角。伟大的作品往往是作家痛苦生活经历的结晶，生活的坎坷艰辛对于她始终不具备一种“折磨”与“怨嫌”的性质，而成为一种上天赋予她面向自然的礼物。四川底层人民的坚韧熬苦与哈萨克牧民的浑悍气味合一而成，将人生的艰难化为作家感受自然生命与不同族群文化差异的渠道，也化为相通人性世界的共享盛宴。在《我们的家》中，沙依横布拉克沼泽地的连绵大雨使李娟与妈妈、外婆的小商品帐篷遭遇漏雨、大风倾覆的种种危机，在裹着塑料袋蒙住被子闭眼睡觉的生活中，一种最乐观的声音响起：“那样的时候我总是在想：幸好还有塑料袋子呀，要不然的话今夜怎么过……幸好塑料袋子是一种不透水的东西——这样看来，就觉得塑料袋实在太神奇了！平时为什么就没有注意到这个呢？这和山野里任何一种天然生成的事物是多

---

①李娟：《我的阿勒泰》，昆明：云南人民出版社，2010年，“自序”第1页。

么的不同啊，它居然可以遮雨……它是一种雨穿不透的事情，它不愿融入万物，它实在抵挡着，抗拒着的。又想到那些过去年代的人们，他们没有塑料袋子又该怎么生活呢？他们完全坦曝在这个世界中，完全接受这个世界，就一定比我们更加畏惧这个世界吧？有关这个世界的秘密内容，他们一定比我们知道得更多。”[①]在那广阔的原野世界，人所有的要求都不得不回归到最基本的生存原点上。也正是在这一原点上，人的审美回到了对于最基本生存需求的无限瞻望中，细微的物质改变从而拥有了最广泛的审美意义。衣、食、住、行在粗粝的现实中成为可以不断加工、不断放大的远方美景。

也正是因为这种最基本的对待世界的态度，作家们不应苛求世人追逐物质、改善生活的需求，但同样不能放弃揭示现代物质外观包裹下的世界、人之本质的努力。在基础性生存条件的渴求中，李娟还给人们一个21世纪“现代”人普遍失落的“世界”。她能够一边写下物质贫乏、漂泊流散的坎坷，也在这种坎坷中低唱出一种人生于世尽管如此艰辛，却终究要展望大地、疾风、暴雨与瑞雪的人世坚韧之曲。阿勒泰赋予她一种迥异于现代文明的古老民间传统，阿勒泰不是旅行者猎奇的洪荒地域，而是超越了边域的生命寄托。广阔的阿勒泰地区构建了李娟散文中一个明亮、完整的生命乌托邦，也反向地刺激着她向“世界”展露自我。阿勒泰的“世界”虽然单纯、原始，也没有过多的文化因素的掺入，但正因为它的“纯”，使得它虽然没有韩少功、刘亮程那样复杂的文化寄托与命运思绪，没有那种含蓄的“桃源

①李娟：《我们的家》，见李娟《我的阿勒泰》，昆明：云南人民出版社，2010年，第141页。

乌托邦”或是残缺的“精神乌托邦”特质，却正好体现出一种近乎天意制造的单纯之美。她的文字本身就是人的本真表现。她淡化族群文化的相异，更深切地体验生命的核心——活着，然后更好地活着。她“把这鲜艳的糖纸展开，抚得平平的，让它没有一个褶子，再把它和整个世界并排着放在一起。于是，就会看到两个世界。”[①]在守诺的醉汉、漫天的飞雪、河边洗衣服的瞬间记忆、裁缝铺中的小小商业竞争中去感受自己生活的全部意义，看到自我与世界、世界与自我彼此独立又拥为一体。

当文学在各类有形无形的精神自限中成为一种泛文化意义上的产物时，文学俨然成为一种现实的对立物而存在，丧失了与现实融合的能力。然而，种种关于人文精神危机的讨论给予人们以超越时代局限的启示，真正的当代文学应该敢于直面痛苦与焦虑，而不应用无聊的调侃来消解它；应该揭发和追问普遍的精神没落，而不应该曲解西方理论来掩饰它。[②]“痛苦和焦虑”始终是一种知识者被迫直面的精神“他者”，而非其存在本身。如同直面者往往并非苦难中的人，往往以一种精神贵族的姿态去强调人世艰辛，应抱持“怜悯”苦难的矫情的正义性一样，真正的底层、真正的苦难中人、悲伤中人则完全有可能以另一种观念去进行创作。李娟的散文意味着当代中国文学出现了一种新的迹象与新的启迪，从“边缘”位置焕发的精神苏醒。李娟曾

①李娟：《河边洗衣服的时光》，见李娟《阿勒泰的角落》，北京：新星出版社，2013年，第71页。

②王晓明等：《旷野上的废墟——文学和人文精神的危机》，《上海文学》1993年第6期。

说："悲伤从来都不是积极主动的人。他们知道叹息无济于事，知道'怜悯'更是可笑的事情——'怜悯'是居高临下的懦弱行为。他们可能还知道，对于所有将死的事物不能过于惋惜和悲伤。否则这片大地将无法沉静，不得安宁。"[①]当人文精神与价值观念纠缠于理论概念的质疑之中，针对现实的批判与否定也往往因为缺乏超越性的思考基点而无法充分铺展。人文精神的批判性质决定着知识分子与现实的对立，但这一对立的基点需要对现实的超越。然而，超越需要一个基点，价值的神圣体验同样需要一个基点，李娟散文的启示在于她提供了这样一个位处"边缘"却平等地直面"中心"的写作基点。在世俗性情感泛滥而宗教性情感匮乏的国度中，要走向那种超验性的思索与体悟，不是落入极易于脱离现实的空想幻象之中，就是回到古老文明的传统复归之途。在强大的物质社会面前，更常见的写作伦理是"以虚弱的'现实关怀'向公众输送廉价的道德化的伦理信念，然后借助这种道德化的伦理姿态，在摄取世俗利益的同时，巧妙地遮掩主体性滑落和漂移的真相。"[②]知识精英们忽略了不同族群的底层人性的共通，那是一种属于"世界"的李娟式共通，李娟在《羊道》散文系列的序言里写道："所有的文字都在制造距离，所有的文字都在强调他们的与众不同。而我，更感动于他们与世人相同的那部分。那些相同的欢乐、相同的忧虑与相同的希望。"[③]忽略了刘亮程评论李娟

①李娟：《羊道·春牧场》，《人民文学》2010年第11期。

②洪治纲：《主体性的弥散》，长春：吉林出版集团有限责任公司，2009年，第6～7页。

③李娟：《羊道·夏牧场》，上海：上海文艺出版社，2012年，"自序"第2页。

文字时所说："我相信土地会像长出麦子和苞谷一样长出自己的言说者。"[1]

在已经经历百余年现代化进程的中国大地上，新的精神主体的产生缘于形形色色的生存境域，其土壤不再仅限于那种由专业的知识精英所创造的单一文学空间，而走向更为独立自治的人生视野，至少在散文领域如此。只有人依赖于一种在现实生存中勃发的"自我"，而不是一种"小我""个人化写作"式的极端自我，依赖于这一自我真实的现实体验生发出的文学，道德理想主义的潜在干扰才不会真正渗入文学创作的自在世界中，空洞的历史语境才不至于再度误导文学审美的焦点与道德正义的价值趋向，高度依附于话语权力的不同形式的山水、土地、自然表述才不至于占据一代代中国散文审美的文学历史舞台，只有这样，过去的一切误导、彷徨、牺牲才具有真正历史思辨的意义，那种不断追求完美"自我"的理想从"乌托邦"的幻灭中才能缓慢苏醒。

然而，对于"启蒙"的意义，必须视"现代性"的完成程度而估定。对待乡土，与"启蒙"批判相近却又重心有异的声音同样值得重视。女作家格致在《女人没有故乡——写在萧红先生诞辰百年》一文中遥祭萧红，更对"故乡"的意义提出了尖锐的"女性"质疑："女人是没有故乡的。其实故乡也不承认女人。我们家的祖坟里，是没有我的位置的。我们家的家谱上，也不会有我的名字。我们家的财产没有我的份额。我回家，我是切（东北土语），是客人。客人是必须走

①见李娟：《阿勒泰的角落》，沈阳：万卷出版公司，2010年，刘亮程推荐语。

的。这里不是你的家，仅仅是出生地，然后你要离开。故乡在你离开后，就完全地把你除名了。”[①]从“现代”启蒙对故乡的批判到“现代”全面进入乡土，从乡土文化传统的反拨到后殖民文化批评式的女性“边缘之边缘”的异类之声，乡土文化的多样性、复杂性决定了，乡土散文或许还需要沉入更深的“别样的眼光”，才能窥见远方的光明之路。

①格致：《女人没有故乡——写在萧红先生诞辰百年》，见格致《女人没有故乡》，北京：东方出版社，2013年，第309页。

第五章

底层命运的黑暗之声

近二十年来中国散文创作的数量之巨、文体品种之丰、风格之纷纭多变，是“五四”时期以来散文取得的令人瞩目的成就。在20世纪90年代散文热潮的基础上，从20世纪末“微风”渐起的散文变革而始，新时代的散文进入写作立场多元、思想探索深入、语言技巧多变、美学风格创新的历史新阶段。朱自清评“五四”时期散文“有中国名士风，有外国绅士风，有隐士，有叛徒，在思想是如此。或描写，或讽刺，或委曲，或缜密，或劲健，或绮丽，或洗练，或流动，或含蓄，在表现上如此”[①]，这一评价同样适用于近二十年的散文写作。面对当代中国生机勃勃却又光怪陆离的发展现状，散文创作出现了在“五四”开创的各类型散文基础上的新形态。散文作为一种文学体裁的“现实性”提法在一定范围内被更直接的“非虚构”称谓所代替，诸多平民出身的当代知识者从自我成长的历程出发，从自身经历

①朱自清：《论现代中国的小品散文》，《文学周报》1928年11月25日。

直面底层生活，出现了散文的底层叙述。它既是当代中国社会现实的产物，也是从乡土走出的个人命运与底层命运的艰难回顾。“底层”群体往往来自乡土，乡土与底层本就存有强烈的情绪共通，从底层回望乡土，产生了更加刻骨铭心的离乡体验，二者在书写主体、对象上就此建立起牢固的精神联系。近二十年来散文底层叙述的出现，是中国散文史上罕见的变调，也是当代文学中富于现实意义的重要收获。其中，最具书写深度与塑造出完整底层意象的散文写作，当属夏榆[①]的“黑暗”系列散文书写。

记者夏榆的散文底层叙述与塞壬、郑小琼、王十月、安石榴等打工者形形色色的“打工散文”等作品，极尽笔调地书写着特殊历史时期到社会转型期出现的不公、人心的沉沦溃散，也常从自身真实经历出发，记录抒发底层个体的挣扎、振作、绝望与思索。夏榆将笔调集中于成长时代的煤矿矿区写作，与胡杰的《远山》、李杨的《盲井》（据刘庆邦《神木》改编）一起记录了矿区的苦难与精神的压抑。《白天遇见黑暗》《黑暗中的声音》等散文集虽是新世纪的产物，但他的散文创作与崔健的《一无所有》、张楚的《姐姐》等歌曲，张晓刚、刘小东等人的当代油画创作以及刘庆邦的《神木》、刘恒的《贫嘴张大民的幸福生活》等小说一样，反映着当代文学直面底层、书写底层的文化潮流。

---

①夏榆，记者、作家。出生并成长于大同矿区，少年时期辍学顶替父亲做矿工，青年时期漂泊京城，开始异乡生活。供职于《南方周末》北京新闻中心，任文化记者。是中国新闻界第一个采访诺贝尔文学奖、和平奖的记者。著有长篇小说《隐忍的心》《黑暗纪》《我的神明长眠不醒》，散文随笔集《白天遇见黑暗》《黑暗的声音》，对话集《打开一个封闭的世界》等。曾获《人民文学》2006年度“散文奖”、2006年度 “新浪潮奖”。

第一节 “底层”与知识精英的文学底层观

“底层”一词源于意大利马克思主义思想家葛兰西（A.Gramsci）的《狱中札记》，在曹雪雨等人的译本中，葛兰西使用的“Subaltern Classes”被译成“下层阶级”“下层集团”[①]。葛兰西用“Subaltern”来意指欧洲社会那些从属的、被排除在主流之外的社会群体，他的“底层阶级”主要指马克思所说的无产阶级。底层研究虽属新兴课题，广涉经济学、社会学、文学诸多方面，但“底层”本身还是一个相当模糊的词语，没有一个公认的标准。[②]中国社会科学院“当代中国社会阶层结构”课题组由陆学艺主编的《当代中国社会阶层报告》中，依据对经济、组织和文化资源的占有量将社会划分为十大阶层，提出底层的主要来源是商业服务员工、产业工人、农业劳动者和城乡无业、失业、半失业者阶层[③]。在文学方面，20世纪90年代蔡翔的《底层》较早提出“底层”一词，具体指向在上海苏州河边

①刘旭：《底层叙述：现代性话语的裂隙》，上海：上海古籍出版社，2006年，第2~3页。

②薛毅、刘旭：《有关底层的问答》，见薛毅《当代文化现象与历史精神传统》，桂林：广西师范大学出版社，2007年，第62页。

③陆学艺：《当代中国社会阶层研究报告》，北京：社会科学文献出版社，2002年。

棚户区靠体力劳动生存的工人[①]。“底层”作为一种直观的非历史概念，在西方有着两种社会分层观，一种是定性的阶级划分思路，以占有资源与不占有资源为人群划分，前者对后者进行压迫、剥削；另一种是定量的层化思路，即假定大家都占有资源，但有多少之别[②]。

从马克思到葛兰西，“底层”实质上是一种革命力量的代言词，葛兰西从“底层”出发，将领导权的争夺从政治权、经济权扩大到意识形态领域；“无产阶级”的概念涵盖被他扩展到包括农民、小手工业者、小商人、无业者等整个“市民社会”，在一定意义上弱化了马克思主义的“阶级”概念。“底层”关联着萨义德东方主义式的“他者”，但它不是后殖民主义指向的民族性“他者”，而是权力统治与一切占有资源的统治者的反衬，是一种近乎福柯权力对立物的观念，在美国还产生了包含人群更为广泛，甚至消弭了资源优势的“群众”概念。无论“底层”指向如何，但在世界的不同区域，占据社会基础的大多数人群——工人、农民和其他下层劳动者，实际上占据了“底层”所指的大多数。

“底层”的存在对文学表现现实的能力提出了质疑，后殖民主义理论家斯皮瓦克将“底层”视为一种身份概念，底层是被遮蔽的、模糊的、“消声”的。“底层”概念在中国知识界被迅速接受复制，意味着社会分层观在“底层”的模糊性中易于运用于当代中国的历史语境下。面向底层展露悲悯姿态的精英文学写作，与真正的底层始终有着审美的间隔。从20世纪80年代起，中国社会持续的改革为知识精英

①蔡翔：《底层》，《钟山》1996年第5期。

②刘旭：《底层叙述：现代性话语的裂隙》，上海：上海古籍出版社，2006年，第4页。

提供了重新获取社会公共话语权的时机，一方面有着“士”“兼济天下”的历史传统，一方面是现代知识分子参与国家事务的公民意识，拯济苍生般的高度社会参与与理想主义情怀不断膨胀。当这种急切改变现实的动力消退、责任感破灭之后，或陷入近乎“独善其身”式的现代犬儒主义，或产生借助“他物”别寻精神出路的遁世情怀。从20世纪90年代中期以来，随着改革不断深化，高等院校科研机构待遇、地位的调整与社会公共知识需求的增加，知识精英中的多数也成为改革获益者。①从积极的社会改革推动者、代言者到现代工业化社会的文化资本占有者、经济上的中产阶层，当代知识分子经历了社会定位的变动，与脱离乡土不同，底层很难唤醒人们的家园意识，更多地指向一种对于“启蒙”的解构。那些真正来源于底层而又并未刻意遗忘底层的作家如赵树理等人，对农民、底层游民、市民拥有一种深厚的阶层情感。无论是情感认同还是文化改写，当底层进入文学，它必须经历审美意识之维的转化，转向对审美形式、精神伦理问题的阐发。“底层”涵盖的广阔性，意味着底层经验的文学话语为各种话语的“杂糅”影响，难以以相对稳定的形态表现底层生活特别是他们心灵的苦难。

夏榆是否真的来自底层，其实从来就不是一种疑问。如同沈从文、艾芜等许多现代作家一样，夏榆、郑小琼等人的写作始终将本人的精神成长与生活漂泊联系在一起，不同形态的生活苦难带来了不同的书写意象。比如郑小琼的《铁》一文，将“铁”作为写作的核心元

①刘旭：《底层叙述：现代性话语的裂隙》，上海：上海古籍出版社，2006年，第123页。

素。“铁”是生活、劳动的物质对象，也是吞噬工人手指的机器工业社会的象征。郑小琼说：“打工生活原本是一场酸雨，不断侵袭着我们的肉体、灵魂、理想、梦幻。”[①]她以“铁”见证、讲述、承担着打工生活的底层“忧思”。这种准确、形象的形象标志，在夏榆处更富于直接的象征性。“每天是8小时，有时候是12小时，有时候是16小时。我就那样坐在黑暗的矿井里，在巷道间，在石头垒砌的硐室里。”[②]在地底八百米深处，还有什么比矿难和矿工的生活更能象征底层的呢？面对长期的黑暗、频发的死亡、矿难与底层的暴力、悲伤，矿工夏榆感到，“在人的尘世生活的场景之下，在土地、河流、山脉、森林、草木之下是沉厚的漫无际涯的黑暗。我就是黑暗中的一粒尘埃”。[③]

煤矿井下特殊的工作经历为夏榆的散文提供了一种独特的象征语言，它锐化了关于底层的经验过滤。大同煤矿井下的状貌、人的存在形态和特殊的地底灵魂体验，为他的散文提供了关系生命、潜在的不可知与人究竟应如何存在的思想动力。而那种普遍的“尘埃”感，正是夏榆、郑小琼们在底层所感受的最常见的生存体验，夏榆富于古典人文主义的精神执着，意味着他与身处地底的“黑暗”形成了两种存在的对立。他自我描述说：“阅读对我而言已经不是学习和掌握知识，它是我消解在地腹中的孤寂的方式。”“而我在黑暗中，在一盏

①郑小琼：《铁》，见林贤治编选《村庄，我们的爱与疼痛》，桂林：漓江出版社，2013年，第148页。

②夏榆：《美丽的清水》，见夏榆《黑暗的声音》，北京：新星出版社，2011年，第53页。

③夏榆：《黑暗中的阅读与默诵》，见夏榆《黑暗的声音》，北京：新星出版社，2011年，第67页。

矿灯的映照之下阅读，我的姿态和形影就成为整个世界的一个稀有标本。我想是这样，我在阅读的时候为阅读本身心生感动。我觉得阅读的行为是我意识延伸的一个通道。我的意识穿行在两个世界。”[①] 这种“通道”式的精神体验与现实生活构成了尖锐的崩力，令人质疑“幸福”模式的存在与存在的合理性。“底层”在夏榆笔下形成了多个层面的指向：现实生活的底层、煤矿自然的底层、精神生命的底层。“底层”作为精神维度的存在，不仅作为知识分子审美景观的“旁观”发现并存在着，而是以全景式视角验证了更广大的人的生活，展现苦难的日常与拔升的艰难。在人类精神的维度上，本无所谓“精英”抑或“底层”。底层的苦难伴随着命运感的蔓延，地腹的恐惧召唤着人类的精神解脱与宗教式的救赎感。夏榆散文展现着从个体到整体的底层呼喊，在他集中表现的“黑暗”中生发、壮大。“底层”与“黑暗”，形成了一种强烈的超脱性象征。

第二节 “黑暗”原型象征与艺术效果

在夏榆散文的“黑暗”书写中，“黑暗”既是表现的对象、原型的意象，也是美学的原则。夏榆之所以与塞壬、郑小琼、王十月、安

①夏榆：《黑暗中的阅读与默诵》，见夏榆《黑暗的声音》，北京：新星出版社，2011年，第67页。

石榴等“打工散文”作者产生了美学的距离，即在于他并未沉湎于日常生活细节性的苦难中，并未急于抽炼底层生活哲学的感悟与批判，更无意强调是为阶层“代言”，而是从底层生活中去把握个体悲剧命运的生命感，并从中获取信仰救赎与一切具有精神拯救力度的“人”的力量。当个体以自我的精神抗争既定生活轨迹并最终超越原有生活时，在短暂的光明过后，可能面对的是更广漠、更难以挣脱的整体性“黑暗”，这是个人“超人”意志所难以覆盖的精神领域。

林贤治曾认为：“夏榆自始至终走不出矿区。矿区是人类生存困境的一个原型，一个隐喻，一个象征。黑暗、封闭、压抑。要勇于面对，而且看清其中的所有一切，作家的内心必须有光。”[①]面对“黑暗”采取何种立场展开书写，关系着当代中国文学现实主义到底将行向何方。有研究者认为夏榆的散文，“过于偏爱和沉迷黑暗”，“只看到现实中消极的、冷漠无情的、血淋淋的一面”。[②]其实对“黑暗”的“偏爱、沉迷”，从来不是夏榆的专利，只是鲁迅之后已成罕见。夏榆散文“黑暗”的存在，是底层生活本身的残酷与人性被“黑暗”逼迫的产物，“黑暗”能最有效地表现作家对生存本质的直接体验，如同他用矿灯照看梵·高的自画像时，“我觉得我的内心和精神从来没有这样安详过。虽然，我的周围是沉厚的黑暗，漫长的寂静和广大无边的虚无”[③]。暴

①林贤治：《夏榆：黑暗的书写者》，见夏榆《黑暗的声音》，北京：新星出版社，2011年，第3页。

②陈剑晖：《当代散文创作的现实性问题——兼及当下的一些散文现象》，《文艺评论》2010年第5期，第39页。

③夏榆：《在黑暗中升起黎明》，见夏榆《黑暗的声音》，北京：新星出版社，2011年，第82～83页。

露“黑暗”并不意味着对人性温暖的压迫，集中书写“黑暗”并不意味着对“底层”审美经验复杂性的否定，那种以精英化的文化需要去强调“人性光芒”，以惯用的审美体验去衡量底层心灵世界的精英潜意识，反映着文学批评顽固的贵族趣味。当底层被逐出精英的文学视野时，忽视社会不平等的现实存在，罔顾造成不平等的社会结构出现不断巩固、强化的趋势。这种思想背景下的“底层”当然只能成为“启蒙”的对象，对于作家和文学批评家而言，“人性的光芒”固然重要，“底层”的复杂性、多面性固然值得充分表现，但更应反思的是，在“哀其不幸，愤其不争”之外，他们针对“底层”解放的愿望何以在个体、时代、命运的底层“黑暗”中消失殆尽？这是否也包含着精英意识自我加工后的某种强加的、赋予的“底层”“人性”的表现要求？

“黑暗”不会因某种个体人性的照亮改变其存在本身，夏榆对于“黑暗”的立场、态度还未能达到鲁迅打开“黑暗的闸门”的程度，他尚未发出那种以与黑暗共沉沦的意志来实现搏斗的“呐喊”的地步，他对“黑暗”的心灵细节书写还未上升到将人性、神性、兽性交织，进而逼迫出更为伟大的心灵呼唤。他对“黑暗”的终极把握，在“底层”人生表象中往复纠缠，而未能由黑暗向着黑暗进发，从具体的物象、事项中向着更具诗性的审美意境升华。对于鲁迅而言，他是要在灭绝一切希望后的绝望中实现希望，他的身后或有光明，但他选择“黑暗”。夏榆的方式是从精神自救、现实自救中“出走”，尽管他的“出走”呈现着底层知识者面对底层时深沉的无力与无奈，“黑暗”带来的是人的精神麻木，“黑暗不是封锁，也并非神秘的咒语或严肃的法令，它只是一种剥离感官的工具，一把锋利的精神手术刀，一个冷血刽子手的武器”[①]。“出走”也不失为一种“改变的办法”，却始终有着一层逃避的色彩。

从鲁迅到夏榆，“黑暗”实则已经成为一种力量的源泉，“黑暗”本身就包容了复杂的人性与“复杂的审美经验”。如果“黑暗”真正凝聚、象征着占据大多数人的底层人生的生存感受，那么，他们与“黑暗”接轨，就是真正与时代原始生命的接轨，这种真实而又兼具抽象哲学意义的文学现实主义恰好反衬出当代文学与现实生活的深度“断裂”。

第三节　底层整体命运思索与主观真实

夏榆早期的散文作品集中表现在对“黑暗”的散文书写中，他真实地书写了矿工的生死苦难与个人精神的抗拒、成长，但当他从矿区出走，在北京开始新的外省青年生活时，“北漂”的阅历与漂泊悬浮的底层生存就成为他后期散文的重要内容。他从个人与熟稔的矿工群体主题走出，去遭遇、凝视更广阔也更具现代意义的“底层”整体。《失踪的生活》是夏榆散文作品成熟的标志，在底层的“人”

①麦家：《击碎黑暗的怒吼——读夏榆〈黑暗的声音〉》，《新华副刊》2011年8月2日。

消失时，生命意义的疲惫借助反讽实现了某种“真实”的疑问。《失踪的生活》从“我”到北京后对新生活满怀期待写起，在北京的漂泊生活虽使“我”满足了暂时的理想，但“我”需要寻找一个相对稳定的邮址。在海淀区西苑乡乡政府，“我”看到许多堆积的信件。“有一天我在那些积聚的信件中看到一张明信片”，“我注意到这张明信片是来自京城远郊的一个劳改营地”[①]。——在北京严寒的冬日里，寄信人从“少管所”接连向“姐姐”发出两张呼救的明信片，明信片上写着：“姐姐，冬天来了，我这里很冷。盼你能寄来棉衣。千万千万。”“姐姐，我病了，昨天发烧了，这里的冬天更冷，盼姐能寄棉衣给我。千万千万。”他焦急地等“姐姐”“寄棉衣”，可是“姐姐”哪里去了？为何不来领取明信片？待“我骑着自行车”找到明信片上那个地址，找到公寓老板时，“那个穿着狐皮领棕色皮衣的中年人用审慎的目光打量我几个来回说：你来晚了，周洁两个星期前割破静脉自杀了。”“中年人在叙述中表现出不满的神情，他说：丫一死了之，我可倒霉了。”[②]如果我们将夏榆刻画矿工种种死亡方式的早期写作作为体验底层命运的一个精神历程的起点，在写作上它在《失踪的生活》中达到了一个阶段性的终点。矿工出身的夏榆还怀抱着某种理想主义的追寻激情，因此他能够自“黑暗”中汲取抗拒“黑暗”的力量，但在他从个体的“黑暗”转向更为广阔的灰色人生之时，改变自我命运的激情转变为面对底层整体命运的冷静。叫作“周

①夏榆：《失踪的生活》，见夏榆《黑暗的声音》，北京：新星出版社，2011年，第217页。

②夏榆：《失踪的生活》，见夏榆《黑暗的声音》，北京：新星出版社，2011年，第219页。

洁”的“姐姐”和她弟弟的故事是一个悲剧，但更令人心灵震动的是公寓老板的那句“丫一死了之，我可倒霉了”。那个失去了固定住所与邮址仿佛“失踪”了的“我”，“那些无法投递的信件让我想到它们的书写者以及他们要抵达的收信人的命运。这些人和我在城市街头看到的白领族、地铁里卖唱的民间艺人、地下通道露宿的打工者相似，他们和我同出一种背景”①。一风在《北京地下室生活》中曾书写了同样的感受，“底层”或者在北京漂泊、“悬浮”的“弱势群体”，以无可言说的存在之障呈现在歌舞升平的大都市现代生活面前。夏榆以简洁有力的短篇散文呈现着生活的猥琐疲惫，也开始以更为广阔的社会视角向整个底层瞭望。

底层，不再是夏榆所力图挣脱的一个命定轨道，而是成为颠沛流离的理想追寻的悲剧。如果说夏榆的“黑暗”系列散文与20世纪新写实小说如方方的《风景》、池莉《你是一条河》等小说都共同暴露着底层的野心、肉欲与沉沦，表现着不同的主人公在精神的初步觉醒中充斥着冲出底层、改变命运的意志。这种意义赋予主体精神以克利斯朵夫式的革命色彩。在此，散文延续着新写实小说未完成的主题，“出走”成为20世纪90年代蔓延而来的独特的底层叙述。方方、池莉等女性作家固然往往围绕着家庭这一女性擅长表现的领域展开叙事，她们的出走途径往往沿着既有体制内的道路如通过考上大学、经商成功实现阶层的跃升，夏榆则从家庭领域迈向了更广阔的“个人”—“整体”的意识转变，他的散文与20世纪90年

①夏榆：《失踪的生活》，见夏榆《黑暗的声音》，北京：新星出版社，2011年，第215页。

代的现实主义冲击波有着诸多不同。后者以关注国计民生为主题，始终强调改革艰难性，底色实为更替底层命运、关注内蕴的精英立场。夏榆则从萨特的学说中吸收了存在主义的养分，着力于表现命运的荒诞无情与人之精神存在的抗争。

"底层"就此分割开来，一种底层是底层人群竭力挣脱的，在政治、经济、文化各方面都陷于原始生存状态的底层。"底层"自身的意识在多重压迫之下已被高度扭曲，生存本身即已构成一种道德。"底层"不得不从自身的生存角度对"现代"的异己力量发出疑问，"底层须以一种'反现代'的方式维持自己的生存"[①]。另一种底层则是充满了人性与现实生存重压，在"漂泊"中依然有着精神生活的底层，对"漂泊"的真实苦难化为作家的心灵体验，从"写真实"的纪录到精神存在的凸显真实。正是在这一层面对于北京漂泊浮生的精神绘写，使夏榆成为21世纪散文家书写"漂泊真实"的一种典型。围绕"漂泊者"们的困境，夏榆没有重复池莉、方方们自一个底层空间"出走"之后的止步，他从一种底层出来，又进入了另一种底层。在许多次租房的轮换中，夏榆书写下他所目见的城乡的变革与人心的变化，写下天真变为世故，淳朴变为狡诈，山野美景变为工地与垃圾场，写下京郊西苑诗人云集的村庄与香山桃花村的各类底层人的命运，讨要欠薪的民工，被强行拆迁的农民，吸毒死去的乐手，竭力维持而终于破产丧夫的山西小面店的妇人。从《失踪的生活》开始的形形色色京城漂泊者构成的尘世图景，唤醒的不再是矿区沉埋地底的苦难，而是自底层体验延伸出的生存绝望，"是在一个更大的平台与空间上对整个

①刘旭：《底层叙述：现代性话语的裂隙》，上海：上海古籍出版社，2006年，第93页。

群体——底层的生存状态的真切关注，这不仅仅是写作视野的延伸与拓展，而是作家情感质地和道德力度的一种再度熔铸”[①]。夏榆的绝望在底层的轮换中反复，面对尘世的无力与疲倦也在反复。但在反复中，在情感、道德的“再度熔铸”中升腾起一种无所依的个体自由。“即使生活在底层也并不可怕，即使没有体制和单位的保护也不可怕。没有钱，没有富足的生活，甚至没有生活的尊严，所有这些都没什么可怕的。对我而言，这是很重要的觉悟。我想这使我获得平衡的力量，平衡我与外部世界的冲突，也平衡我内心世界的冲突。”[②]这种自由带来的精神解放，使他的同情、哀伤与面对不平等的抵抗具有一种“主观战斗精神”，他的主观写实也是一种主观的“客观”真实，在新写实小说的客观为貌、主观为体的先行叙述后，他借助散文自由、灵活的诉说，打开了主体探索，表现更直接、更广阔、更深刻的当代底层生活的途径。

第四节 “人民性”脱离与文学现实主义问题

陈晓明在论及当代中国的现实主义时说：“文学反映人民的疾

①陈协：《底层意识的本色独白——夏榆散文〈黑暗之歌〉与〈失踪的生活〉解读》，《名作欣赏》2005年第17期，第65页。

②夏榆：《自行车颂》，见夏榆《黑暗的声音》，北京：新星出版社，2011年，第229页。

苦，这是现实主义文学的传统，但在中国的革命现实主义的实际历史中，反映人民疾苦是被意识形态确定的历史与阶级意识所给定的，它在意识形态的规范之下展开文学叙事。”[①]现实主义文学与底层民众的血肉联系确是客观现实，但如何在现实语境下表现底层苦难，才是现实主义面对的主要问题。从一种底层到另一种底层的心灵体验中，夏榆发展出一种现世的良知追求。夏榆、郑小琼等人摆脱了一种急于表明立场的“人民性”，将散文的底层叙述置于一种诗性的精神唤醒中。底层叙事从逐步个人化的生命体验，逐渐摆脱一味倾诉“苦难”、过度追求自然主义表现手法的模式化倾向，以更直接的方式重建作家个人与现实世界的联系。在这一重建过程中，散文的底层叙述将文学的道德追求与对现实主义的观念相结合，借助意象的艺术性实现现实性的突破，从良知角度推动对现实主义更为宽泛的理解。这是包含了新写实、70后写实小说在内的“纯文学”小说，从“客观性”中体现的主体良知的努力。

对于人类整体精神困境的表现，从来不仅仅是精英的特权。在当代作家的艺术追求之路上，中国文学一方面获得了表现细微人性的能力，推动了散文形式探索中不断开拓的想象空间，另一方面则放弃了通过各种艺术探索去反映发生巨大变动的现实的主观意志。这既违背了文学自身发展的内在规律，也违背了中国文学理应承担的社会期待。当社会观念与文学观念出现悖论，需要以新的现实主义形式去突

①陈晓明：《现代性的幻象——当代理论与文学的隐蔽转向》，福州：福建教育出版社，2008年，第340页。

破这一悖论的背景下，“作家们转向了性格和心理刻画”。[1]陈晓明名之为“典型的脱身术”，这类创作有着真实的现实经验，却往往只是点到为止地罗列一些民众困难的现象。在艺术上把人物的性格和心理推向扭曲与极端，以提升艺术的张力来获得其他的可能性，掩盖更深刻的社会现实本质。“这是思想性向艺术性的逃离，是艺术对思想的遮蔽，但艺术却获得了意外的收获。”[2]这种倾向不仅表现在当代中国小说中，也表现在散文创作世界里。当代散文对于审美性、娱乐性、公众接受性过度的、片面的追求，其思想根源的实质与当代中国小说同出一辙。

夏榆散文的“主观”精神使底层的“个人”以底层之“眼”去审视底层，不仅解释了一个底层出身的知识分子直面底层的理想主义精神，也再度呈现了现代文学传统那种批判现实主义的延续。夏榆散文融合了现代主义的诗性因素，但这种诗性始终在变化中，他自身情感的多重体验，与他从个人精神史走向底层整体命运史的散文写作轨迹重合，他的散文也从主观的“热情”转入客观的“冷静”。夏榆从个人精神自传转向底层命运群像的刻画，意味着散文“纯文学”的思考向度正遭遇真正的现实主义的挑战。散文的“底层”叙述也对散文习用的温情书写提出了疑问，当中产阶级美学难以有效地建构对底层生

①陈晓明：《现代性的幻象——当代理论与文学的隐蔽转向》，福州：福建教育出版社，2008年，第352页。

②陈晓明：《现代性的幻象——当代理论与文学的隐蔽转向》，福州：福建教育出版社，2008年，第352页。他的有关“典型的脱身术”的理论阐述充分表现了当代文学内部的隐蔽转向。

存的诠释机制之时，夏榆等人真正要警惕的，不是对底层命运的表现力度，而是自我体认平台上的苦难重复。

夏榆散文的另一层意义在于，他的散文不仅是个体良知的苏醒，也包含着唤醒社会良知的文学的现实意义。他摆脱了对于苦难叙述单纯的细节描写，进入一种类似于托尔斯泰式人道主义的社会良知关怀层面上。他自己说："那个人不是我，不是我的兄弟，照理说我的关切不应该这样强烈，但我的恻隐之心让我觉得仿佛那就是我，仿佛就是我的兄弟。我觉得那个人的境遇有可能会是我的境遇，我没有遭逢并不能说明我就不会遭逢"[①]。"恻隐之心"的唤醒，正是人性良知的唤醒。夏榆的《小学同学》中就描写了包括"我"在内的一群小学生对得肺病的同学的疏远、孤立，而身为朋友的"我"也参与了对他的起哄、攻击。在他病逝时，"面对他的遗像，面对那沉浸在丧子之痛中的母亲，许多孩子都哭了"。"仿佛只有死才换得来良心的发现。"这篇散文与鲁迅《一件小事》相似，以客观写实手法和细致的心理描述见长，在体现人性"恶"的一面，隐含着对人性之恶的批判，批判是为了唤醒人的良知，社会群体的良知。然而，要实现唤醒社会良知，要实现作家与公众的良知情感联结，就要求作家真正回归现实，从底层人物命运中透视整体人性，从更具时代性的批判基点上去推动精神批判的纵深发展，使"苦难"不至于沦为一种文化消费、情感消费，而具备底层之声应具备的现实"疗救"。作为一种自由表

①夏榆：《失踪的生活》，见夏榆《黑暗的声音》，北京：新星出版社，2011年，第217页。

达人的思想、情感的文体，夏榆式的叙述产生了“情动于中”亦能动他人心魄的艺术感染力。夏榆散文的现实主义表现，还牵涉到“现实主义”的散文怎样展现个人、现实、历史关联的表现技巧等问题，这无疑反映着对“现实”与“真实”的不同理解。

下编　世俗与精神之城的对峙

三元牛奶
8401012

第六章

两种文化冲突的历史抒情重建

据中国社会科学院相关报告，1998年，中国城镇化的比率不过33.35%。到2011年中国城镇人口占总人口的比重数千年来首次超过农业人口，达到50%以上。这是中国城市化发展史上具有里程碑意义的一年，标志着我国开始进入以城市社会为主的新成长阶段。预测到2030年，中国城镇化的比率将达到70%以上，到2050年，中国城镇化的比率将达到80%以上。一系列数据表明在过去的二十年与未来的三十年，城镇化是中国社会发展的重要趋势，以乡村社会为基本结构的传统社会格局正在发生重大变化。农耕文明即使依然能够作为中国本土的传统文明基础延续、存在，但它的固有地位已经发生了动摇。城乡格局的历史变化意味着，当代散文创作需要面向中国社会转型这一背景，需要面向从农业文明为主导的社会转向城市文明为主导的社会。然而，“我们有过太深重的重农抑商，却缺少悠久城市文化的历史背景”①。中国历史文化传统尽管已为“现代”削弱，仍旧深刻影

①杨爱平：《论城市散文的现状及其走向》，《中国文学研究》2005年第3期。

响着城市与乡土文学创作，当20世纪末城镇化真正席卷田园之时，无论田园的意义多么绵长悠久，大多数中国国民的生活形态与价值观念也将随之逐渐“城市化”，无论是就城市而写城市，还是就城市而写田园，城市都成为绕不开的社会现实与文化心理背景。更重要的是：从表现中国人灵魂价值的角度出发，“中国社会和中国人的灵魂，不能单单前往偏远的乡村去寻找和观察，它也存在于城镇和大街马路上”①。

第一节　城乡文化冲突的历史文化考量

在中国近现代历史变革的洪流中，传统的城市表现形态成为需要改造的对象，以至于《外滩画报》的年轻作者张泉以满怀激情的笔调写下：“变局来临之际，城市首当其冲。由长安、洛阳、汴梁、杭州、金陵、北京历经千年构架起来的城市参照系统，终究土崩瓦解；由班固、张衡、左思和张择端、仇英、徐扬们用歌赋与笔画为中国的传奇都会编织起来的绵密意象，同样不堪一击。与此同时，国人以城市想象为支点，从市政、民主、金融、失业、军事、文化、宗教等角度所做的诸多探索，却撬动了一个

①王润华：《探索病态社会与黑暗灵魂之旅：鲁迅小说中游记结构研究》，《中国现代文学研究丛刊》1992年第2期。

理想主义的时代。”[①]中国现代城市在现代中国革命、建设的大潮中崛起。自20世纪20年代末至30年代初推动的“市政改革”，以城市独立和市民自治为目标，将“市政改革”由狭隘的市政建设扩展到现代城市体制、建设、管理等更为广泛的领域，从城市内涵而不仅仅是形式上开启了中国城市由传统的“城”向现代之“市”的真正转变。“现代”文化影响下的时代新城，本是告别传统农业文明，培育、集中现代资本主义工业文化体系的集聚之地，长期以来，传统中国城市与古老农业文明保持着高度的同一性，往往作为皇权的堡垒附庸与农业文明的象征存在。中国古代城市缺乏与传统文明相抗衡的力量，难以建立现代文明转型的内在机制，城市现代化的这种次生型特征决定了中国不可能独立产生严格意义上的现代化城市。

在现代中国的革命浪潮中，从传统向现代的急速变化，使得中国城市的“现代”内质发育不全，呈现明显的新旧杂糅、城乡不分的特征。与现代工业文明相适应的现代都市功能与文化形态终究未能完整地建立起来。[②]进入计划经济时代后，城乡分离、城乡高度不平衡的劳动就业和社会保障制度，城乡分割的户籍制度，中央高度集权和地方分割的行政管理制度，限制城镇发展的市镇设置制度等，使得中国城市化进程长期停滞。这就为此后的历史转型期城市文化的再度兴起，提供了历史性的转变语境。

城市文明本有其自身的生命，在斯宾格勒广阔的文明视野中，“城市本如植物一般，它的发展，本与系着在风景之上的高级文化形

①张泉：《城殇——晚清民国十六城记》，北京：新星出版社，2012年，“导言”。

②以上资料可参见涂文学：《近代“市政改革”：影响20世纪中国城市发展的历史性变革》，《学习与实践》2009年第9期。

式的发展，没有什么不同。但是，‘文明’时代的巨型城市，则剥除了这一灵魂的根柢，使城市不再植基于风景的泥土中。城市的剪影，所表达的语言，是属于它自己的灵魂的。城市与乡野，各有不同的灵魂；在一个文化的各大时期中，城市之间，自有其不同的特色。当然，不同的文化，其城市也必然有所差异。”①在斯宾格勒对于历史、地域、文化的多维度审视中，城市性格的自我确认是重要的城市认同要素。城市的个性不仅意味着城市丰富的文化内容，也意味着城市作家“自我”对于城市文化的认同。作为个体的作家之“我”对不同城市文化的体验、品味、评价与回忆，组成了城市的文学审美，凝聚着对于城市生活文明内涵品质的认可。

城市品质依赖于城市“历史”“人”的综合体验而体现出来，它表现于城市公共空间，也立足于城市“人”对于日常生活的文明体认，更验证着由技术文化带来的反自然性。斯宾格勒以为，古典文化与现代文化的历史分隔，集中体现于现代城市。农业文化是培育、滋养城市的文化之根，农民改变自然而非掠夺自然的行为，使自身成为植物性、宇宙一类的事物。大地心灵与城市心灵就此分开，城市“一直就是想要成为一种不同于自然并超乎自然的事物”，高级文化在人类历史领域中的坐标，就是城市心灵的诞生，城市建筑与自然毫不相干，是人类脱离大地后的产生，当城市发展到国际大都会、世界大都会时，就否定全部自然，高度发展的智性文化（技术文化）注定了西方文化的宿命终结。斯宾格勒看到了城市作为超乎自然的人的意志体

①[德]斯宾格勒：《西方的没落》，陈晓林译，哈尔滨：黑龙江教育出版社，1988年，第350页。

现而存在，它是在人类文明成果汇聚之上“意志的胜利”。斯宾格勒将资本主义现代意识对城市概念的塑造发挥到极致，实际肯定了城市的“现代”必然性。而在马克思主义看来，城市意味着典型的“现代性”，意味着以自我为中心、盲目追求物质的生活态度。现代资本主义的发展，导致了《圣经》中“天堂之城”向“人之城”（“地狱之城”）的堕落。这一分析与乡土文学将城市视为道德罪恶的渊薮颇为相似。作为“中心”的城市，其道德属性与欲望属性不乏“想象的城市”的成分。基于“现代”意义理解的城市，与跨世纪的中国城镇化建设之间，有着明显的文化差异。它隐含着全球与本土、现代与反现代、中心与边缘、建构与解构的多重对立意识，在这一背景下，乡土与城市的对立富含了多重历史文化要素，“都市化”了的生命体与现实世界真实的联系，构建着中国散文对城市巨变时的主要命题。

城市化进程意味着城市的扩张与变革，变革带来了混乱的内在生命体验与杂乱的外在社会经验，①也为作家在新的“现代”环境中表现“自我”、提供异于传统的丰富材料。然而，在这些经验、体验的凝结中，能否实现狄更斯笔下的伦敦、乔伊斯之于都柏林一样的文学价值？

城市品质的文化寄托——古典与现代、商业与文化、时尚与落伍，最终需要借助城市人的更为细微的生命感受才能得以体现。王安忆的上海，王朔、冯唐的北京，于坚的昆明，范小青、车前子的苏州，贾平凹的西安，池莉的汉口，洁尘的成都，与韩少功、张承志、张炜的城市体验形成鲜明比照的，在城乡共同的巨变时代，城市书写

①刘士林：《文学：从文化研究到都市文化研究》，《学术研究》2007年第10期。

大体循着几种主题展开：一是城乡文化冲突、对抗主题。传统与现代之争演化为城乡文化的对立，城乡差异俨然成了文明与野蛮、开放与保守、先进与落后之争，在互为“他者”的过程中，城市成为乡土作家目中的罪恶之渊，乡土成为城市市民避之不及的“落后之乡”。这种简单的城乡对峙观念是最常见的散文写作套路。二是以西方现代主义观念理解城市，城市成为高度物化的时尚消费元素集合，形成了某种“中产阶级”的城市想象。城市在此成为一种深具“现代”同一性的工业文明社会的象征。以舶来的“现代价值”为评判标准，无疑是一种对城市文化的简化处理，忽略了城市历史赋予城市的性格。三是以历史的观念将城市中人之命运、家庭之境遇、社区之变迁纳入到中国近现代史的变革中，使城市中活生生的生命体验成为“历史观念”的生活形态诠释。它书写的已不再是城市历史与历史中之命运，而是“现代”意识蔓延到城市生活持续宣教的历史。

第二节　城市内蕴的价值观与整体的文化自信

城市研究学者乔尔·科特金在《全球城市史》中写道：“城市代表了我们作为一个物种具有想象力的恢宏巨作，证实我们具有能够以最深远而持久的方式重塑自然的能力。”“城市也代表着人类不再依赖自然界的恩赐，而是另起炉灶，试图构建一个新的、可操控的秩序。”[①]城市作为一种异化于自然的产物，内蕴着一种“人造”的“人”之意志。但人的意志高度集中，又形成了一种对于个体的人的诱惑、压抑与异化。在自然从属性上，它构成一种对自然本真存在与人化自然的挑战。现代都市中人的本能欲望既基于人的自然性，又反映于更高的物质生产与消费诉求，当中国城市化进程进入特大都市阶段，新的都市生活方式与观念得以形成，都市需要以更宽阔的视野去吸收资金、技术、人口，在文化开放心态下容纳差异性文化。另一方面，城市文明作为一种历史传承对都市发挥着潜在影响。古代游牧文明对于城邦的袭击与骚扰，使城邦也具有相当程度的自卫性的保守心理色彩。在现代中国形成的历史过程中，都市吸收了东西方城市文化的不同历史特点，不仅兼具开放与保守的特质，也在文化现代性进程中体现着某种本土特色。

开放的口岸城市不仅是工商贸易的中心，也是新文化舶来的重要基地。上海、杭州、广州、天津、青岛等地，发展为与内陆城市形象迥异、风格截然不同的繁华口岸，与日本的江户、长崎一样成为引进西学的主要地点。20世纪90年代后的中国，城市规模快速扩张，逐渐形成了北京、上海、广州、深圳等所谓的“一线城市”，它们与20世纪80年代以来的“十大城市”共同构成了中国的特大城市分布图。这些城市在各自区域所处的中心性优势位置与辐射能量，意味着不同地域文化与现代性的错综交融，也意味着不同城市的散文创作需要结合经济、地域、族群、民俗等诸多城市特质（个性）要素。

①[美]乔尔·科特金：《全球城市史》（修订版），王旭等译，北京：社会科学文献出版社，2010年，第13～16页。

中国的历史实践证明，两个世纪以来的中国文化始终是现代性不断渗入、引介与改造的文化史。晚清、“五四”以来的中国文化现代性集中体现在对本土文化传统的反抗、颠覆与改造中，都市不仅在这一文化“革命”性的变革中发挥了重要作用，而且借助都市生活的现代化，补充、细化着文化现代性的内容，为散文提供了新的都市审美取向与日常生活细节。在现代性进程中，“五四”以来新文化运动引域外之学改造旧文化，所悖反的是以儒家文化为代表的忠恕之道、孔孟之学，强调应替代以西方的民主政治、人文主义。都市文明同样自西方而来，以城市街道、社区为基础的都市无疑是现代文化的一种表现，不过，现代性是“现代”都市的指引，并不意味着只有一种现代性发挥作用。各民族历史特性等因素也需加考量。如同罗马的形成，不同区域、民族文化对大型城市的历史经验各自不一，在不同历史进程中逐步形成的多样性的都市形态，自有其原始的生产、生活合理性。上海、天津等原租界社区的规划、建设，“以街道、社区为基础的现代社会”主要来源于生活文明的系统化、制度化的统筹安排，租界文化在殖民地文化示范效应之外，也包含着对西方城市文化的有意识的输入。在这一过程中，文化的适应、改造与重构发生了不同程度的“本土化”，文化互动构成了城市文学另一不可忽视的话语背景。当现代资本主义新的城市文明因子携带着强势文化话语涌入之时，现代都市的形成及新生的都市人不能不因为“现代”理性崇拜而诞生一种功利主义价值思维，这种思维迥异于传统的义利之辨，却又在现代中国“富强”的整体性需求面前产生出强劲的吸引力。当文学进入社会生活，成为一种历史改革的先锋话语时，难免受其影响，以这种具有“唯一”性的现代功利标准去衡量文学的社会意义几成历史必然。尽管针对这种思维方式的质疑与批评从未消失，但相关质疑、批判的表现形式、价值基础依然是“都市”的。

当传统与现代、民族与世界构成异质文化的交互关系时，都市作为“现代”文明的集聚地，始终散发出一种强烈的都市文化自信。辨识这种文化自信，关系作家主体基本的价值判断及其写作姿态。而辨识与这种自信对应的自卑、自负、自恋，则联系着散文内在的文化“自我”与都市化的本生、寄生与漂泊形态，城市作家在表现北京、上海、广州、西安、武汉等不同城市时的个性化表现也就易于理解。在知识者拥入现代都市却又激烈批判现代都市文明的声浪中，“上海人”张爱玲坦诚地说：“现代文明无论有怎样的缺点，我还是从心底里喜欢它，因为它到底是我们自己的东西。”[①]“我们自己的东西”深切地表现了原生现代都市人的生命体验与文化选择，但它仅是选择之一而非全部。都市的复杂性在于，它既充斥着“现代”，又始终进行着“现代”的自反。出自南下干部家庭的王安忆也说：“现实生活占据了我们的注意力，所有理论性质的概念和历史就都显得虚无了，因而上海难以描述。”[②]中国都市文明之所以难以被充分认识，即在于它始终处于复杂多变的历史文化语境笼罩之下，始终随着人口、地域与文化边界的扩变体现出一种多变性及其与日常生活文化

①胡兰成：《张爱玲与左派》，见静思《张爱玲与苏青》，合肥：安徽文艺出版社，1994年，第160页。

②王安忆：《上海难以描述，令我最有书写欲望》，《东方早报》2013年7月11日。

融合的暧昧性。陈染在与王朔的对话中说："我基本上生活在大城市繁华地区这样的环境，这个适合我，到处琳琅满目、霓虹闪烁、灯红酒绿。"①然而这并不妨碍陈染成为通过女性体验表现都市孤独感的作家。对于城市文化的厌倦、批判与对于城市物质环境与社区生活的依赖影响着城市人的心灵，城市中的密集人群、车流与特有的建筑景观，反而加深了都市写作中的"陌生化"体验。即便这种经历"陌生化"后的孤独感，也是富于自信的，它与那种在原乡深处爆发出的人向自然的孤独感截然有别，正如都市社区与乡土村落都是人居的"家园"，文化感受却截然有别。它与那种无从选择而漂泊于城市、夹杂于两种文化间的孤独感截然有别。即便是那种"被迫"的后者，也在面对旧日乡野时，为"启蒙"心态所影响，抱有自上而下俯视性的文化看法。

中国城乡政治、经济与社会福祉长期存在的不平衡性实际意味着对"现代性"的单一理解与现实的物质倾斜。当它反馈到文学创作中时，技术主义的本质定位与城市消费主义的欲望扩展结合，导向一种吞噬乡土人性的"现代"无限拓展，也使城市散文的精神超越有着先天的伦理牵扯，在散文书写形态上甚至关涉到虚构、非虚构之间的写作选择，近二十年城乡巨变历程中的中国散文因此呈现出极为暧昧的多样性。即便如摩罗、刘亮程等人散文作品中对城市的文化批判，也是立足于进入城市、生活于城市的基础之上的。在城市文化对乡村文

①《男作家王朔女作家陈染对话实录》，《北京日报》2001年5月24日。

化的强势影响下，事实上中国已很难再产生绝对意义上的乡土散文作家，身居城市、心归乡土成为散文创作的常态，批判本身仿佛是对城市文明过度发展、乡村文化日益萎缩的“纠偏”，却愈加体现出城市意味的“现代”占据的心理优势。

第三节 文化冲突与城市精神的文学现代性

中国散文上承历史悠久的文人传统，下继“五四”以来现代散文取法六朝文章“风骨”的笔法精神，太多的历史文化遗存与传统文体意识，使它始终有着更多“未完成的‘现代性’”。它在古典散文“载道”“言志”传统中徘徊反复，古典散文作品中情趣盎然的诗意性情寄托了民族文学基本的审美形态，这当然有别于小说家面对“现代”与传统割离的决绝态度。“新”旧小说、“新”旧散文在如何对待“旧”的问题上，存在相当大的差距，在表现城市各阶层生活图景时，也体现出文体意识对创作的约束。20世纪初通俗小说的兴起，虽然展现了新兴市民阶层的生活风貌与价值观念的变化，但在从传统市镇向近现代城市转变的过程中，小说同样宣扬着浓厚的传统伦理叙述与善恶有报的道德宗教说教，诸多旧的因素残留在文学书写中，成为“新”小说竭力批判的对象。“现代”白话文学的“小说界革命”，是以全盘更替“旧”小说为目标的。随着中国“现代”程度的不断加深，章回小说、民间说唱等传统形式明显趋于没落。小说的主流“文体”地位是随着“现代”深化而逐步确立的。作为昔日文学之“正宗”，散文在古典文学传统中承担了更多“载道明志”的重任，小说则更多地具有“寓教于乐”的大众消遣性质。如果将中国的古代城市不视作“现代性”否定的城市范畴，明清小说所反映的市井生活与汉大赋宏丽铺陈的宫室都城构成饶有趣味的都市文学比照。不过，当文学面向“现代”城市时，文学也随着城市的“现代”分化而分化。中国都市形态始终存在着分化的特征——以上海为代表的工商城市与以北京为代表的都城型传统政治、文化城市的分化，京、沪城市分化在某种程度上也象征着南（长江、珠江流域）、北（黄河流域、东北）城市文化的分化。对它们的描写不仅构成了现代中国文学史中京派、海派之争。而且实质上意味着从传统步入现代的乡土-国族认同与都市现代性之间持久的矛盾冲突。

注重城市“现代”生活文化的作家，能够敏锐地感受到传统-现代、全球-本土文化冲突下都市中人与人的关系变化，试图表现现代都市人罹患的都市文明病，及对“现代”化的小说承担了这一历史转型的诉说。散文则因遗留了太多的古典因素与意识形态诉求，创作意识与文体形态尚处于“前现代”时期。新的散文变化崛起于20世纪90年代，自女性写作而始，都市女性的个性化体验一方面展现着女性生命意识的“现代”觉醒，另一方面也附带地展现了都市心灵，这就将个体生命体验与都市生活体验结合起来，形成了个体-社会的深层都市心理书写，从而与那些自历史、文化经验中发掘都市感受的都市散文产生了近乎质的区别。女性生命意识与城市“现代”感的契合推动着散文的城市书写逐渐走上前台，在步向新世纪的过程中逐渐加速，女性的城市书写不再如20世纪30年代都市女性写作那般充满原初的现代“自我”表现欲，而是掺入了更多的性别意识与生命、历史认识，表现出更为复杂的城市女性的“自我”体验。城市文化的历史挖掘、地域精神的释放，与现代文明理念的形象化叙述、都市人生存体验等多方面内容的结合，依旧是散文城市书写的重要内容。

李欧梵曾论述现代文学中的城乡比重，他说：“中国现代文学作品中的城市，几乎都是以上海为蓝图的。概括地说，五四以降中国现代文学的基调是乡村，乡村的世界体现了作家内心的感时忧国的精神，而城市文学却不能算作主流。这个现象，与20世纪西方文学形成了一个明显的对比。欧洲自19世纪中叶以降的文学几乎完全以城市为核心，尤其是所谓现代主义的各种潮流，更以巴黎、维也纳、伦敦、柏林和布拉格等大城市为交集点，没有这几个城市，也就无由产生现代西方艺术和文学。正如雷蒙·威廉斯所说：西方现代作家想象中的世界唯在城市，城墙以外就只有野蛮和无知；不论城市如何光明或黑暗，没有这个城市，世界就无法生存。”①尽管中外文学的精神、现实环境不同，但如果以文学作品中城市书写的比重衡量，现代文学的乡土主题即使并未没落，也在新兴的当代中国都市书写面前，有着逐步下降的趋势。在这一时期，“乡土”质疑城市，而以乡土文化为重要参照因素的城市文化始终对现代都市文化构成质疑。“商都”与“皇都”的文化差异已经不再是不同城市之间的文化差异，而是两种

①李欧梵：《现代性的追求》，北京：生活·读书·新知三联书店，2000年，第112页。

文化的持续冲突与融合。

饶有趣味的是，当社会主义作为一种“反现代的现代性”，去实践对现代资本主义弊端的克服时，社会主义文学往往借助“乡土”的本土传统实现其“现代性”的修正。所谓“农村包围城市”，不仅是政治的、军事的，也是文化形态的全面覆盖。张爱玲的可贵之处即在于，她能够在“新感觉派”的都市生活之外、在一个左翼文化思潮借“乡土”界定了城市繁荣的畸形性质之时，尚能从个体经验出发，表现出完整亲切的都市日常体验，这对全球化语境下中国都市文学的发展依然富于启迪意义。都市文化标准建构则建立于都市人都市意识的增长基础之上，都市文学更应集结于都市自身作为一个生命体的认识基础上。

从现实的背景因素看，中国主要城市定居人数不断增长已经度过了早期的移民融合，即便父母、祖辈属第一代乡土而来的城市移民，在城市生长的第二代、第三代已经逐渐脱离了原本的乡土，成为没有乡土体验的现代城市居民。乡村的母源联系已经切断，转型期都市物质条件与精神环境的巨变，使新的都市人在思维方式、价值观念、审美趣味等方面出现了新变。散文的城市书写虽然同样融合了城乡文化冲突的重要主题，但在王朔、陈丹燕、沈宏非、池莉、冯骥才、韩寒的散文随笔作品中，不论其主题与意图如何，都洋溢着对城市本土历史文化与不断发展的现代生活文明的认同。更具讽刺性的是，这一认同近乎理所当然地建立在现代物质生活发展的城市文化基础之上，从而构成了对乡土抒情的文化逆反。

文学说到底是人学，“城与人”的关系构成散文写作与城市文学的总命题。“他”或“她”的生命体验已经紧紧依托都市存在，都市不再是前现代社会中始终以乡村为基础的寄生形象，乡土道德不再是衡量都市生活文化的界定标准，新的都市文化正在强烈的不确定性中熔铸形成。对于都市人而言，“都市”作为另类之“乡”，同属刘亮程等人目光熔铸的“大地”，它已经同样成为人类命运的重要组成部分。“未来能够成为汉语文学的增长点的，毫无疑问是以城市为背景的文学。中国社会呈现出前农业社会、工业社会和后现代社会并置的格局，给作家提供了无比丰富的写作资源。下一个可以代表中国文学发展阶段和水平的，必将是以城市为背景的，写出了现代中国人精神处境的作家。”①邱华栋所认识的“现代中国人精神处境”，当然是更为贴近当代中国都市现实生存境况的文学存在。

中国城市客观存在的文化差异、不同地域的社会发展程度高低不一的并置现实，决定了中国散文乃至中国文学的都市书写新象。它建立在对不同时间意义体认的都市、快速变幻的都市空间与都市人生存现实的基础之上。城乡巨变不仅意味着乡土面临着城市文化的侵吞，而且在城市内部激发出持久的“动荡不定”的变迁景象。祝勇在《十城记》自序中记录了这一景况：“为了与‘现在’保持同步，我们的城市总是以一副动荡不定的面貌出现——到处是工地，拆除与重建的工作反复进行，具有传统价值的老房子遭到唾弃，推土机用粗粝的嗓门宣读它的判决。‘传统’变成了尸体，很快便腐烂消失，‘过去’与‘现在’彻底断绝了关系。漂泊不定的‘现在’，使我们永远站

①邱华栋：《呼唤文学的原创力量》，《作品》2010年第4期。

在一个点上，而不是一条延续的线上。这使我们四顾茫然，孤立无援，既不了解来路，也无法判定去处。”[①]“四顾茫然”同样是时代变革中主动、被迫丧失了“过去”的人们的普遍感受，“现在”意味着“人”之感受的流动性、暂时性的持续增强，王安忆在《南陌复东阡》一文中写道：“新型的建筑和道路已经拆散了这个街区，这城市的格式已与我们的经验背离。有一日，我无意间闯入一条旧巷，它夹在摩天楼玻璃幕墙的夹缝里，只剩残余的一截。我茫然四顾，不知身在何处。”[②]“茫然”面对城市社区（“家”）的环境变迁，却并无乡土家园消逝的痛楚。城市主体的凝眸更多地聚焦于“现代”，实际体现着一种审美的冷静、理性。而老一辈作家如从维熙在《元大都寻梦录》中记下土城罪犯收容所变为元大都公园的变化，在个人的“高墙史”回议中目睹公园人性化服务设施的“现代化的神经”，[③]俨然拨响了都市自历史中改变的心弦。对于变迁所持的态度，隐藏着不同都市人的历史性情感。能否充分、真实地表现这种历史性的情感，成为影响散文的都市书写重建新的历史抒情的关键。

---

①祝勇：《十城记：中国城市的历史性伤痛》，北京：东方出版社，2013年，第一版，“自序”，第2页。

②王安忆：《南陌复东阡（代序）》，见王安忆《王安忆的上海》，北京：生活书店出版有限公司，2014年，第5页。

③从维熙：《远大都寻梦录》，《清明》2010年第2期。

第四节 城市精神气质的超越性与抒情性的现代来源

经过百余年的积淀，中国城市终于积累了相对丰富的现代文明意识与城市文化底蕴。不过，对中国散文而言，它的“现代”都市意味远比诗歌宽缓。在丰富的现代都市生活物象面前，散文不能不同样经历由内而外的转变。中国城市化既然是一场现代化的历史性变革，在新的城市语境里，那些沿袭千年的乡村情感方式（“传统诗意”）——比如舒缓悠长的田园牧歌、生死相依的爱情故事和永恒信赖的上帝情感等，迅速受到冲击甚至黯然消退，这是毋庸置疑的。[①] 在都市环境下坚持田园牧歌当然并无不可，但与其说它是一种现实的文化坚守，不如将其视为一种对于中古时代农耕文明的文化理想，一种人类对于自然的永恒的向往。

人类社会已经通过各种方式选择了都市作为人类生存的现代聚居之所，即便是拥有深厚历史文化基础的文明古国，也需要在现代城市文明中去推展新的文化“自我”与创造新的抒情方式。如果作家始终站在农耕文明想象的审美世界中，就很难以属于现代的人文批判去窥

①罗瑞宁：《审美与欲望的纠缠：转型期中国文学研究》，桂林：广西师范大学出版社，2012年，第63页。

见都市人同样真诚的呼喊，面对人类生存困境的同样的挣扎、困惑。“你别无选择”，象征着当代文学中具有先见性的都市呐喊——表现那些在城市生存困境中最敏感的知识、艺术心灵的痛楚。城市作为现代生活赋予的“唯一”通道，为当代中国文学带来了新的思索。

在中国散文的语境里，写实不一定意味着缺乏精神的超越追求，超越不一定意味着写实的枯萎。虚构与非虚构的转换本是在“想象之城”与“现实之城”之间自然生发的审美需求，《庄子》各篇的雄浑飘洒即建立在这种自由转换的基础之上。与美国的索尔·贝娄、E.B.怀特纵横恣肆的都市景象书写相比，20世纪前期的穆时英意图抓住都市物象的洪流以凸显“新感觉”，反而显出文字实验者在初面“现代”大潮时的稚嫩。而在新世纪全球化背景下的种种现代都市奇观中，都市“物象”已经内化为都市人一种近于生存本能的环境因素，人们的心态已不复“小女人散文”时代初见现代文明生活物象的惊艳、猎奇与警惕。当真正拥有“现代”属性的都市与都市人再度进入散文创作的视野时，都市已经在近二十年中国城市建设进程中高速发展，呈现出光怪陆离的，现代、后现代并存杂糅的，更为新潮的城市外观。沈从文时代所面对的现代城市文明，是在尚不具备足够“现代”特质下残留了诸多传统遗留的城市文明，他将面向海派的批判落足于更具普遍性的文明与自然之思，当然具有普遍的人性尺度意义。但当城市成为新的乡土，“现代”冲击下抽象的文明思考需要直面人类文明的都市化选择。无论主动或被迫，新的历史抒情也得以在散文世界中表露更为复杂的“自我”身姿。

在“革命文学”的时代，文学延续了古典文学时代表现人类形而上精神追求的叙述传统，往往借助集中表现人对于世俗生活与人性欲望的艰难克抑，以此导向“小我”的压抑甚或泯灭，在向着“大我”的归依中集中表现“历史生活”。近二十年散文的都市书写在表现“历史生活”的最终美学目的上也许与“革命文学”并无二致，但在都市作家书写的途径上则呈现出全面的逆反。正是在物化的都市人生现实中，城市代替了个人，从而激发起“个人”而非“集体”激进的精神质疑。20世纪90年代的人文精神大讨论，关于鲁迅的讨论，都蕴含了“个人”话语表达的艺术体认。张承志“清洁的精神”由此而发，张炜更苦吟“融入野地”。都市文化将“现代人”的追求与人的价值诉之“商品”（人或物）的解放。人的劳动不仅维持着自我生存，同时成为维持城市运转的零件化、工具化存在。物欲既以一种占有世界的激情主导了都市中人，又激发出他们抵御物欲的心理激情。如果以经典心理学的判断，文明建立在对人的压抑的基础之上。都市作为人类物质文明的集中体现，存在物与人的双重压抑。从传统的乡村文化转型到现代的城市文化，都市生活对于当代中国人而言，仿佛演化为冷漠、物欲、占有的文化“他者”，铺垫出主体迷失自我又寻找自我的精神背景。都市人始终面临着重建、修补“自我”的精神主题。只有超越了都市物象背景的作家，才能重构直指生命内核的“自我”。史铁生在新世纪创作的《记忆与印象》早已超越了都市范畴，在北京大都市的角落，他将生命哲学寄托于“地坛”内外，使都市的文化景观演化为寄寓个人、精神共鸣的“园地”。他的都市体验溶化于生命体验里，从毫不“现代”的深思中反而超越了“现代”。

“城”与“市”，构成了散文都市书写的主要现实面向，王安忆、祝勇、于坚等人对于“城”的书写在历史文化的脉络中受到了普遍肯定，对于“市”的书写则在缺乏现代商业伦理认知的文学家们笔下往往浮于表层；在另一维度上，“城”与“人”，特别是与都市人生的深层次联系，在当代中国城镇化加速发展的大背景下，同样构成了沈从文所发出的文明与自然-人与生存环境之间。散文都市书写的历史抒情由此展开两条与都市“人”紧密相关的路线：一是围绕新移民“进城”模式而展开的多样化都市心理体验。“陌生化”成为这一体验中的核心要素。高晓声“陈奂生上城”中的城市恍然前现代社会的物质天堂，甩脱了历史重负的“漏兜户”陈奂生也在进城中重获利润、尊严。而在同样注重底层命运的散文家夏榆、江子、郑小琼笔下，再度“进城”的农民工与漂泊者散落在码头、车间、杂货店与工棚，他们远离故乡、身份模糊、心灵压抑、生命卑微。不同历史时期的中国作家们对中国城市的体验与判断截然有异。摩罗曾这样书写自己进城后的心态：“那些四处打工的兄弟姐妹越是羡慕我的生活，我越是感到无地自容。在他们面前，我确实有一种背叛的感觉，因为自己没能跟他们一起承受祖祖辈辈遗传给我们的命运而负疚不已，好像因为我的逃脱而增加了他们的苦难。当然，事实上我只是没有用跟他们一样的方式承受那些东西，我所承受的命运的摧残比他们也少不到哪里去。而且我是躲在城市的夹缝里独自承受、独自咀嚼。这种绝望是他们做梦也想不到的。”[①]三十年来中国乡土文学的心态变化，需要借助“进城”后知识者的城市书写加以反衬，才能获取更为确切的第一手实证。在通过教育及其他渠道获得了

①摩罗：《我是农民的儿子》，见林贤治编选《村庄，我们的爱与疼痛：新乡土散文选》，桂林：漓江出版社，2013年，第52页。

城市人资格的农民知识分子、商人身上，对于文化身份、社会身份的确认与肯定始终成为触及文化认同、个体尊严的敏感话题，他们或是近乎“遗忘”式的鲜少提及，或是格外强调自己的农民身份，一些作家甚至以一种激烈的态度反复强调“我是农民”。新移民作家因成长环境、人生经历、知识结构、生活习俗等因素，必然要经历城市生活与心理转变的艰难。然而，正如极少有作家声称“我是城里人”，它既构成一种针对个体的“刺激-反应”模式，反映着城乡经济、文化发展中的不平衡现实，也反衬出后现代、后殖民主义话语盛行一时的文化知识界，解构“现代”瓦解“中心”，以苦难为情感催化剂，构建某种以“正义”为标榜的文化取向。

历史抒情的多样性与复杂性在于，转型期的都市人生不仅提供了城乡二元对立下绝望与悲壮的生命情感，也提供了丰富繁杂甚至具有反效果的人间喜剧。正如贾平凹在《废都》中完全否定了西京颓废的城市生活，却又在此后的散文中追记古都历史的辉煌，王安忆以完全不同于小说的平实笔法写上海浮华表面下的“钢筋铁骨”，赞叹上海女性平实的生活观念。他们与她们，书写着城市的文明之光与生命温情。现代城市生活文化在新移民与外来文化的影响下愈趋混杂。这些因素推动了新的城市散文超越传统乡土与城市之间的文化壁垒，在“现代”的批判理性中汲取新的都市诗意形成：看破虚妄。当虚妄的物质表象、生活表象构成对人生命本质的遮蔽时，王朔、卫慧、陈丹青甚至王小波才会以城市文化人、知识者的尖锐性去刺破鲁迅式的人间“虚妄”，以各种方式去寻觅他们心中真实的“自我”与世界。它实际上构成了第二条面向城市的散文历史抒情之路。

更为重要的是，刺破“虚妄”的散文城市书写之路不是以“刺破”为主线，而是凭借更为细密的城市文化、历史日常细节，去实现城市历史与个体生命的融合。20世纪后期直抒胸臆的盲目“歌德”文学或绝对化批判已经淡去，散文创作主体沉入更广阔的历史细节之海，使主体在追寻细节真实中去体味城市历史、文化的现场感，复原城市生命的历史记忆，这就为近二十年中国散文提供了又一种写作转型的可能。比如，在祝勇的《旧宫殿》等散文中，固然体现着主体意志与创作策略，却借助主体对历史细节的触摸、感悟，以实而虚，由虚返实，展现更为复杂的、深沉的历史人文动因。人有“人格”，城有“城格”，当作家以生活历史的本真去钩稽权力话语的存在荒谬时，丰富的城市物质文化景观也就成为都市人表现个体体验的环境背景。乡土消逝，百城千镇何尝不在重建中面目全非。自城市而乡村，对“现代性”既认同又逆反的不同城市的风度气味，意味着不同的生命目光在同一变动时代对真实“自我”与“自我”生存环境的审视，为辽阔国土上形色各异的都市人生吟唱出多声部的都市散文协奏曲。

第七章

城市的“无言”与“民魂”的碎片化

受尽欺凌的乞丐、丑陋老迈的娼妓，病人、盲人、老人苟延残喘、麻木沉默，赌徒与小偷漫游在城市的角落，波德莱尔的巴黎如人间自造的地狱图景，遍布“恶”的表现。在19世纪的欧洲，在一个“伟大的传统业已消失，新的传统尚未形成”的过渡时期里，“恶之花”倾诉出小资产阶级青年知识者身处城市人流中“精神的骚动”。诗人以基督教“原罪”观念看待都市万物，俨然与荀子的善为人造、性本自恶的看法遥相呼应。不断上升的审美之“丑”演绎着“恶”的内质，反使“恶”呈现出一种人性的净化。在无所不至的普遍之“恶”中，城市“审丑”不再是以丑为美，而是演变为一种崭新的现代主义存在表现。以“丑”“恶”激荡起的不安和痛苦宣泄着现代人灵魂自我拯救的挣扎。这一具有世界意义的象征主义艺术思潮，集中代表着针对现代文明及其凝聚物“现代都市”的精神穿刺，如同鲁迅塑造之阿Q、王朔描写之京城流氓，中国文学自绍兴小城镇到北京都市的复杂审丑之旅，漫布主体灵魂的呼喊与难以挣脱的精神迷茫。当中国城乡在某种“文明的冲突”中付出历史转型的代价时，本雅明在《历史哲学导论》中发出“没有一座文明的丰碑不同时又是野蛮的记录”之叹，俨然成为历史先期的预告。“文明的丰碑”自“现代”而建，蔚为大观，又自“现代”而解，持续的“现代”解构与去中心化瓦解了现代理性的坚定，后现代主义对于文化“自我”的反思与跨世纪的新科技潮、新物质观链接，都市生活与都市人的精神状态在历史转型中出现了多元共生的“混杂”碎片化特质。城市时空的变化深刻影响着城中“人”的心灵世界。

第一节　“碎片化”之变：当代都市生活心灵图景

对散文的城市书写而言，都市生活的精神背景十分显明：现代化进程在物质建设层面取得了巨大成就，却在认识层面因现代性不断累积而问题丛生。精神超越性的丧失，商品拜物教的盛行，精神生活的贫乏与低俗化，走向自我解放进程的感性迷失，都市化意味着文化工业及大众文化越来越强力地控制着人的精神生活，抽空了精神生活的内在丰富性；高度物化的世界导致各种“亚健康”的精神病理状态，异化的进一步深化和拜物教对精神生活展开了全面侵蚀。[①]全球资本

①邹诗鹏：《现时代精神生活的物化处境及其批判》，《中国社会科学》2007年第5期。

主义加速了西方文化话语权蔓延的进程，也加剧了全球都市物化环境对都市人的影响。中国在不断获取都市文明经验的同时，也在收获着更为“现代”的“现代病”。

城市作为人类文明的集聚之所，本应是更为完善的文明推进之所。城市文化学者芒福德提出，城市最初首先是作为一个磁体而不是一个（居住的）容器存在的。村落的存在基础是食物和性，而城市则应该是能够“使之脱离以饮食和生育为宗旨的轨道，去追求一种比生存更高的目的”①。城市文明理应有助人脱离基本生存条件的桎梏，追求更高的“人类精神”，但新世纪都市文明的“现代”已经远非20世纪可比。科技的进步不仅带来了信息传输方式的革命，也带来了富于时代性的个人主义和碎片化特质。话语权力由集中到分散、由分散到集中，反复地破碎与反复地整合意味着都市话语在多元化背景下的碎片化。“多元化”之“多元”，本身亦有碎片林立之状。中国的主要城市在现代物质文明洗礼中不断强化自身的都市意识，形成了某种有缺憾的都市文化“自我”。这一“自我”高度碎片化的特征涵盖着丰富的社会文化裂变。

“碎片化”（Fragmentation），是自20世纪80年代理论界引进后现代主义时的常见表述，原意是指完整的东西破成诸多散块。在传统社会向现代社会转型的过渡期，其基本特征就是社会的“碎片化”：传统的社会关系、市场结构及社会观念的整一性——从精神家园到信用体系、从话语方式到消费模式一一瓦解了，代之以一个个利益族群

①[美]芒福德：《城市发展史——起源、演变和前景》，北京：中国建筑工业出版社，2005年，第31页。

和“文化部落”。如茨威格《昨日的世界》中回顾战前岁月，悲望战中现实，在“碎片化”的过程中“一切坚固的东西都烟消云散了”。新的时代携“消费意识形态”而来，“集强大的建设与破坏力于一身的新兴市场经济创造了一个文化断层，从而引发了一场文化大转型”[①]。“碎片化”意味着城市文化的化整为零，不同族群与文化血脉因之冲突、碰撞，却又呈现为一种迥异于乡村封闭性的开放空间形态，带来了对不同群体生活形态的调整。“文化大转型”实际意味着城市从“现代”走向繁复的“后现代”。这种“后现代”对“现代”的逆反，往往在本土历史文化背景下浸润了丰富的民族审美因素，使这一时期的散文以现代主义艺术为本，民族审美要素为貌。耿翔的《长安札记》[②]就尝试以短小密集的札记记载个人复杂的城市人文思忆，他将历史人文套叠，忽古忽今，将民工喻为“秦俑”，将“长安”作为历史诗性的故乡，“长安”的过去与现在、历史与文明形成了一组组对比，古人、今人的意识汇为一炉。他并未实写“都市”，但他散文的形式、内涵都是“都市”的、“后现代”的。借助“碎片化”，散文打开了瓦解现代“重压”，解放个人“自我”与历史“自我”的渠道。“碎片化”作为都市文明的一种表征，与“现代”主体意志的碎裂重构建立了精神联系，为都市人的精神世界提供了摆脱“现代”压制的文学的方式。

“中国都市的新发展，其显著特征是：社会流动性日益复杂。

①张永和：《物体城市》，见蒋原伦、史建主编《溢出的都市》，桂林：广西师范大学出版社，2004年，第59页。

②耿翔：《长安札记》，《美文》（上半月）2007年第4期。

而生产和配置的运转系统却总是去适应某种陈旧的都市规划模式。结果，交通堵塞、空气污染、不断加大的距离、不当的公共设施、割裂的城市空间……效率和肮脏、适应性和混浊、灵活性和朦雾、长期性和粗糙性等居然押韵般的共存……”[①]一连串“碎片化”的城市发展物景召唤着过去二十年间城市化进程中的国人记忆。城市扩张带来的“都市病”愈演愈深，使近二十年中国散文必须直面都市生活与都市人的异化。乡土性作为对抗“异化”的一种思维方式，有效地影响着对城市文明质疑、批判和反省的姿态。它一方面体现出文学创作主体“换代”的迟缓，另一方面也验证着那种能够深切地表现“城”与“人”生命体验的文学作品不是太多，而是相对较少。尽管我们对于那种礼赞“新新中国”的乐观看法难以完全认同，但同样无法否认“新新中国”客观存在的现实，“一方面，中国的高速发展带来的‘内部’的日常生活的变化完全超越了原有的‘新文学’在‘新时期’的构想和预设，另一方面，中国在全球资本主义的生产和消费的链条中的位置也有了以往根本无法想象的独特性。一个‘新新中国’对于‘新文学’的多面的、复杂的冲击，我们已经无法不正视了”[②]。“新新中国”意味着社会转型期精神追求的某种盲目性，意味着当代文学面向都市化现状的绝对化肯定或绝对化批判。化解盲目，消解绝对，需要“碎片化”带来的个体精神零散性，也需要化精神碎片的消解性为新的黏合性，使之成为一

---

①古儒郎、林海华：《珠江三角洲：倾斜的规划，脆弱的模式》，见蒋原伦、史建主编《溢出的都市》，桂林：广西师范大学出版社，2004年，第1页。

②张颐武：《烟云过眼又十年：十年来中国文学阅读的转变》，见张颐武《新新中国的形象》，济南：山东文艺出版社，2005年。

种整体性的追求真实“自我”的精神之声。“社会层面中无限延展的网络世界，使得社会的脉络看似松散，实则紧密，个体的主体性看似加强，实则在弱化。”[①]即使这种“自我”带有极大的被赋予色彩与流行性，在不断更新手法的社会抑制因素中持续弱化，但它终究尚属一种真实的主体“自我”。

都市社会阶层的“碎片化”、多元裂化，使个体命运产生了极大的游移性，人在游移中日益冷漠，“我现在是一个城市人，我越来越觉得做个城市人并不轻松，我需要适应城市带给我的一切”[②]。素素在《城市里的吆喝》写下了一个钢管厂下岗工人吆喝买海虹的故事。“我”所住的高尚社区旁有一片日式老房子社区，这名下岗工人每天来吆喝卖海虹，以此维系一家生活。当日式老房子社区被一夜之间拆除后，那名工人从废墟到“我”居住的高尚社区继续吆喝，却遭到了冷遇。男子也在连续几天后消失了，素素用细致的文笔写出了“吆喝”在不同社区的不同处境与男子“被什么追逼”的生存无奈，她讲述的小故事隐隐有一丝悲剧气味，在“高尚社区”、日式老房子与卖海虹男子之间各自存在的合理性，象征着多方面的内容。同样“碎片化”的个体体验呈现出高度的不平衡状态。“高尚社区”希望保持小区宁静，老房拆迁势在必行，卖海虹男子要维持家中生活，每方的诉求都是合理的，但彼此之间的关系变化了。稳固的、有礼的传统买卖方式被新的城市住宅格局打破，人的现实处境随之发生了变化。人

①王冰：《散文：正在开疆拓土的个体化写作》，见白烨编《2015——2016中国文情报告·文学蓝皮书》，北京：社会科学文献出版社，2016年，第89页。

②素素：《城市里的吆喝》，《芒种》2010年第4期。

的命运在都市中同样被“碎片化”了。“现代生活已琐屑得让人思行匆匆，生命投向的光束分外分散。”[①] “个人”在文学中很难再具备一种同一的声音，而成为流动的、零散的、四分五裂的审美个体。然而，分散的生命“光束”同样由生命而发，都市人生的“一地鸡毛”同样是生命的痛感，“现代”在不断调整，都市与都市人也通过不断的“碎片化”对应调整，消解压抑。那些“碎片化”的个体与零碎化的生命细节，恰恰寄寓了最具时代特征的城市文明之感。它的“怕与爱”，不仅是城市的，更是历史的。

第二节　“孤岛”景观之衍：城市空间的散文言说

近二十年来中国散文的城市书写有着自身的时空背景。20世纪80年代创造历史的巨大精神渴望在90年代迅速转身，在国家意志主导下，大规模的城市改造、重建与社会主义市场经济的繁荣紧密联系，为中国都市打开了现代意义上的景观重写之门。对于城市空间的改造，从局部发生了“碎片化”的裂变。新的城市景观同样不再是一个连贯的生命体，过去、现在、未来被割裂为不同的理念空间，城市的历史与现实发生了“断裂”。“所有的改造都是从局部开始的，一栋

①朱以撒：《兰亭情结》，《散文》1995年第10期。

大楼、一个商场、一条马路、一个小区……当这些局部逐渐放大，新的轮廓被塑造出来，既不能与昨天缝合，也不能为明天提供可能性。边缘与边缘之间互相对峙，城市被各种想象与愿望瓜分了，一个由不同动机、理由、想象、目的、手段和材料建立起来的城市空间由于思维出处相异、思路迂回而变得丰富……城市和空间的演绎变得很不确定。”①城市仿佛一个生命有机体，在改造过程中导致“现实空间”与“情绪空间”都出现了“不确定”，由此深切地影响了人们对时间、历史的感受与记录。祝勇《上海记：欲望的旗帜》中说：“我们只知道上海在每一分钟都在改变着自己的形状。这要求我们在记录上海印象时，要提供精确的时间刻度，因为时间的流逝将使我们所有的描述过期作废。”②时刻改变的城市景观意味着城市人在“公共的”人与“自我的”人两方面都需要改变，也意味着对历史形成的城市文化强制性篡改。“改变”可以引起拥抱“现代”的现实赞歌，也可以引发文化情感记忆与城市文化争议。于坚曾将云南大研镇与昆明城进行对比：“在云南，作为世界历史遗产载入历史的是在20世纪的变革中坚持一成不变的大研镇，而不是随着时代的变迁大兴土木的省会昆明，这恐怕是具有讽刺意味的。因为如果从城市的历史面貌，例如从法国人方舒雅的100年前拍下的昆明城的照片来看，曾经有过的昆明作为一个传统中国的城市，它可能在某些方面比丽江更为气派、更为精致，也更集中了古代中国能够传到边地的一切建筑精华，也像丽江

①王澍：《小模型》，见蒋原伦、史建主编《溢出的都市》，桂林：广西师范大学出版社，2004年，第119页。

②祝勇：《上海记：欲望的旗帜》，见祝勇《十城记：中国城市的历史性伤痛》，北京：东方出版社，2013年，第29页。

那样，由于地理上的偏远，得以在沧桑巨变中保持着一个在前进的世界中失传的世界。但昆明在20世纪的历史中消失了，世界的目光越过高原上的水泥昆明，转向它的西部，在那边厢，金沙江像古代那样日夜奔流，玉龙雪山高耸在深蓝的天空下，伟大与光荣照耀着一个古代的城市。这个城市坚定地拒绝新世界流行的水泥和钢筋，坚持着它在传统中获得的栖居方式、美学风尚和与此相依为命的日常生活。”①城市及其文化在于坚眼中，成为与自然山川一样拥有自身生命的活体，它延续着中国古文明的辉煌，呈现着历史、自然赋予的生活美学，城市生活同样是中国文化传统的一部分。中国传统城市生活与那种具有“唯一性”的现代都市形态产生了文化差异，斯宾格勒的“世界都市”代表着人类高级文化发展趋向，但其反自然的特性将使其最终“没落”。在东方文明中，“天人合一”等观念塑造了人居理念，自然、传统本身构成了古老城市的公共空间形态，中国古人依据自然地理形貌形塑的人居理念，不仅构筑了作家心中“美”的独立世界，也构筑了属于民族文化自身的城市审美。“中国古代的城市，首先要盖的是文庙。现在的城市，还会建这个吗？”作为第三代诗歌的代表性人物，于坚在他的散文中坚守一种朴素的诗性。他将城市的人性栖居意识灌注于“老昆明”等系列散文中，从日常生活中探索都市诗意，表现出都市“人”突破新的空间束缚，释解心理重压的精神诉求。

“现代”赋予都市的，既有其不断伸展的扩展需求及与现代生活相适应的城市规划，也将公共空间意识自觉不自觉地输入到城市文化

---

①于坚：《幸存之城》，见《于坚集》（第四卷），昆明：云南人民出版社，2004年，第132页。

中。对一个陌生的城市，人们最直观的印象来自城市中的各种场所。城市场所是现代人生活的载体，是标志其现代性特点的身份证，是“城市景观”中的重要组成部分。城市景观特别是具有都市象征性的公共空间，紧密关系着城市人的城市意识与文化心理，成为影响到都市书写的重要物质符号。“多样性是城市的天性”[①]，简·雅各布斯在《美国大城市的死与生》一书中，论述了城市功能的差异性及多样性在激发城市活力的过程中所扮演的重要角色，将混合用途理解为城市多样性的基础。城市是由各种物质和社会元素整合在一起的，成千上万的人聚集在城市里，这些人的兴趣、能力、需求、财富甚至口味又都千差万别。无论是从经济角度，还是从社会角度，城市都需要具有错综复杂并且相互补充的多样性功用，来满足人们的生活需求。城市生活的开放性特征激发了各地的人们向此集聚，城市的多样性同样激发了人们对于文化多样性的体验，如何表现这种基于“多样性”的人性活力与不同的效应，实际形成了都市文学超越时空限制与话语权力控制的核心问题。“这种活力及其效应——完全不同于那种遥远的、记忆中的乡村生活……更让人不解的是城市设计者既没认识到这种自我多样性的力量，也不会对因需要表达这种力量而产生的‘审美’问题有所关注。”[②]雅各布斯的看法将城市规划与城市人“多样性的自我”联系起来，意味着城市书写审美多面相的可能。如果说城市由空间-景观符码组成，散文由语言符码构建，符码（符号）的互

①[加]简·雅各布斯：《美国大城市的死与生》，金衡山译，南京：译林出版社，2005年，第143页。

②[加]简·雅各布斯：《美国大城市的死与生》，金衡山译，南京：译林出版社，2005年，第321页。

文同样影响着城市中“人”的生命感验。当代中国城市发展历史塑造的“城市意象”（美国城市设计师凯文·林奇提出这一理论）过于同一,已经影响到人们借助对这些城市符号的识别,对城市本质的识别。凯文·林奇将道路、边缘线、功能分区、中心点或节点、地标作为五个城市形体环境要素，这些要素直观地反映着一座城市的形象与精神文化内涵，它们共同构成城市空间感的来源。空间感向城市人生活持续渗透，紧密联系着人居——现代城市社区的文化建构。现代城市空间营造已经展现了政治、资本、阶级、社区等多元因素对城市的空间再生产和消费意识形态的塑造作用。不同城市社区内蕴的丰富文化涵括深刻影响着人们的文化情感，从而在全球化、消费意识形态、感觉结构和叙述策略诸多与文学相关的因素上产生了很大的态度分别。

城市公共空间与私人空间的当代化意味着，当都市人的感受为现代生存环境的改变而影响，空间内在的物化效应实质上已化为都市人生活情感、心态的一部分。英国文化研究学派的雷蒙·威廉斯曾以“感觉结构”发掘出人们对于整个生活结构的精神把握，人们对外部世界的认知常常是通过经验世界而不仅仅是理性意识，这些都鲜明地表现在文学作品中。[①]在特定时期，当人们对生活的普遍感受触碰人的“感觉结构”时，经验世界作用于社会心理，逐步衍生出新的审美价值取向。茅盾、王安忆、邱华栋、朱文、韩东等人的小说固然能够以其全景式、多元化叙述再现不同时期全球化背景下的中国都市图像，散文也在作家真切的都市生活体验中，感受到更细密、具体的都

①赵国新：《新左派的文化政治：雷蒙·威廉斯的文化理论》，北京：外语教学与研究出版社，2009年，第107～108页。

市物质与精神经验。在小说、散文甚至诗歌文本当中，城市形象与感觉结构的再现存在差异，如果说小说的篇幅更利于写城市之“人”，诗歌更利于表现情绪的流动，散文似更利于表现城市之“景”与“人”之间千丝万缕的联系，它更契合城市文学对“城-人”关系的集中书写。比如，汪民安在《街道的面孔》中以一种细密的都市体验记录道：“街道，正是城市的寄生物，它寄寓在城市的腹中，但也养育和激活了城市。没有街道，就没有城市。巨大的城市机器，正是因为街道而变成了一个有机体，一个具有活力和生命的有机体。街道粗暴地将一个混乱的城市进行切割，使之成为一个个功能不同的街区，但同时，它又使整个城市衔接起来，城市中的建筑物正是因为有了街道而有了千丝万缕的联系，街道就像城市的语法，它们绝不会扯断自身的链条。”[①]汪民安借助“街道”这一城市意象表现个体的都市空间体验，街道成为城市生命机体运动的象征，人的感受被融入到城市生命感受中，现代城市仿佛一架高速运转的机器，在“链条”的带动下异化着人的感知。人的动物性知觉特别是基于视觉与人基于自我生命的感受、理解结合起来，有利于作家对都市“异形”化的实感书写，作为一种整体感受的“都市感”油然而生。

要充分体认这一点，就需要通过较长时段的城市文化观察或是极端化的城市生活触感以“生产”、触发这种“都市感”。“感觉结构”之所以特别适宜于都市感的分析，即在于都市高度体现着人类文明思维的建构，都市的“多样性”是连绵的、变化的、相对动态

①汪明安：《街道的面孔》，见蒋原伦、史建主编《溢出的都市》，桂林：广西师范大学出版社，2004年，第63页。

的，而对于人群中的个体人生而言既是恒久的，也是迅疾消逝的。“多样性”促使人们需要更为连贯的感受，以便捕捉都市景观中人的流动、意识的流动与情绪的变化，它有利于追溯一段时间内社会群体的感觉、心理、价值观和审美体验，放大都市变化中人内在的生命触觉。它在美学上往往表现出一种阴暗的风格，一种人在巨大的历史文化变迁中无力且无奈存在着的迷茫与失落。面对人类文明历史上前所未有的巨大都市，人与环境之间产生了隔阂，外部环境于人不再是亲密、自然的关系，反而成为互审、互疑的对象，人在都市环境中压抑着真实的“自我”，改变自身也改变着都市人居环境。一方面愈发谨慎，将家庭环境设计为隐私性更多、安全性更强的封闭社区——一种隐身密闭的城堡文化隐喻，另一方面又展现出遭受强烈压抑后的情感释放愿望。于坚曾说：“现在小区这么高档，但是住在里面，你就是孤独的。我在一个小区住了10年，从来没有跟我们邻居说过一句话。现在房子只是身份的隐喻。”[①]种种特属于都市的生存焦虑，使都市空间与建筑景观产生了不断向着现代人性“倾斜”的变化，它从本质上依然是“现代性”所推发而生的疑问。“倾斜的规划对圈定都市空间的边界也进行了攻击。建筑的轮廓线正在逝去，中心与外围、内部与外部、公共与私人之间的区分正在消失。因此，这些脆弱的模式、一个多层面的流动空间激发了一个多样性群岛的出现，这些群岛通过一个高效的网络社会连接在一起，它们处在永恒的控制之下。这种控制出现在每个层面，并且

①于坚：《散文是高难度写作，应有田野调查的精神》，《钱江晚报》2017年1月22日。

作为一种集体管制的持续努力渗进生产过程之中，以分散的生产单位来参与全球范围的生产。”[①]一切又回到了马克思那里，然而，都市中人依然是“人”，是一切社会关系的总和。齐格蒙·鲍曼就此总结：“现代性的历史就是社会存在与其文化之间紧张的历史。现代存在迫使它的文化站在自己的对立面。这种不和谐恰恰是现代性所需要的和谐。”[②]

“现代性”的种种冲击、冲突与城市文化内在的紧张性，自此有所揭晓。现代都市作为一种“新城”，所改变、摧毁的其实是人类自然性的集聚，以及这种集聚中凝结的情感、记忆与固有的风俗。“现代性”意图将都市打造为人类技术文化的全方位载体，人的自然性为都市文化异化，都市文化也在发生异化，二者的面目都愈发模糊。“新城”带来了城市伦理的变革，旧有的城池成为一种需要“现代”进行选择性“保护”的“遗产”，城市人的精神产生了基于时间意义上的“撕裂”。散文写作与都市文化怀旧之间天然的情感联系，使大量散文开始重在表现一种在历史记忆中复苏“自我”的“老城心理”，却又尴尬地面向现实生活所要求的“现代”文明。都市中不同阶层、经历的散文写作者在历史和现实、体验和经验之间巡游穿梭，以具有反讽意味的心理“孤岛”重建自我与世界的联系，在割裂的景观空间重述都市历史赋予的命运难题。景观（社区、地标、街道）在历史背景中成为都市中人内心世界的舞台，进而演绎为一座城市的精

①古儒郎、林海华：《珠江三角洲：倾斜的规划，脆弱的模式》，见蒋原伦、史建主编《溢出的都市》，桂林：广西师范大学出版社，2004年，第1页。

②Zygmunt Bauman，Modernity and Ambivalence，Cambridge：Polity，1991，10.

神象征。北京的故宫、天坛、“鸟巢”，上海的南京路、外滩、和平饭店，武汉的汉正街、江汉路，承载了都市独特的生活感觉，城市经验借助感觉结构的意象捕捉融入新的散文写作。

第三节 “停顿的时空”：城市公共空间文化的失衡

在近二十年来中国散文的城市书写中，同样盛行着与乡土记忆类似的“怀旧”主题。“怀旧”并非单纯的历史记忆复写，而是隐含着价值判断。“怀旧”也不仅仅是文化精神的追忆，更从物质细节展现出主体对于城乡巨变现实的无力感。城市散文“怀旧”勾起人们对于往日生活场景的怅惘追怀，但在怀旧中涉及的爱与恨、生与死，以及衍生出来的命运与生活、家庭与婚姻等基本文学主题，仍是现代都市人的人性根本。与乡土社会的安土重迁、稳定的宗亲架构相比，都市人面对的是更多的现实压力与压力下的人生疑义。当千百万“蚁族”成为漂泊的城市个体，心灵的诗意栖居在生存重压前已成奢求。“60后”“70后”“80后”，几代都市人面临的命运是“现实”地活着，他们无力去寻求生活的答案，在物质表象中丧失了精神寻求的冲动和乐趣。面对存在的重压，相当多的散文作者侧重于表现当代都市人精神压力的解脱与宣泄，他们无意去追随那种纯精神写作面向生活的质疑，去共同体味那种具有强烈情绪化特征的精神反抗体验。

在此，中国文学特别是散文作品呈现出与都市“现代”意识的强烈疏离，城市书写陷于“停顿的时空”状态。所谓“停顿的时空”，意指散文家作为思索着的“人”，罕有对“现代”的欣喜之情，它与主流观念对当代中国“造城”运动的建设成就并以此自豪的认识形成了鲜明的对比。享用但轻视现代都市的物质文明成果，淡化物质文明对于激发人类欲望同时也激发动力的一面，自觉不自觉地、或隐或显地对都市物质文明抱持疏离姿态，实际上是散文写作者们普遍的写作立场。余秋雨曾在论及现代城市文明时写道：“现代城市意识在中国的崛起和普及并非易事，……城市的一时繁荣并不等于城市秩序的形成，更不等于城市文明的建立。”[①]他在《脆弱的都城》中曾描述古代中国农业寄生性导致的城市脆弱性。即使陈染、陈丹燕、安妮宝贝等作家体现出某种对都市物质文明的认同，但以“物质”为精神超越“心障”的态度依然广泛存在。正如王安忆所写：“上海，是个物质的世界，尚没有抵抗力，是容易沉沦的。”[②]这类立场实际表明，尽管当代中国文学必须面对新的都市物质景观与人为物役的现实，但从整体范围看，当代作家却表现出文化精神的高度保守性。以至于有论者感慨，那些“名声正处于巅峰的作家”，“他们早年的生活经历，限制了他们创作的题材，使得中国城市文学，不可能在他们手中繁荣起来”。[③]叶兆言曾委婉地评论道：“城

①余秋雨：《山居笔记》，上海：文汇出版社，1999年，第104页。

②王安忆：《物质世界》，见王安忆《王安忆的上海》，北京：生活书店出版有限公司，2014年。

③谈瀛洲：《城市文学：问题的由来》，《探索与争鸣》2011年第4期。

市化节奏越来越快，是好事，当然也不完全是好事。城市化使得更多的人背井离乡，使得充满诗意的乡愁，成了铸铁一般的事实。浩浩荡荡走出去，已经成为历史发展的大趋势，客观地说，这不是件让人急得要跺脚的坏事。”[①]“现代”的城市化既是“历史发展的大趋势”，持续“背井离乡”的“乡愁”与融入城市提升物质生活水准的两面性结果也就在所难免。精神归属与现实抉择造成的两难与矛盾心态，使明显有别于乡土的城市景观引发了进城知识者强烈的异乡感，对于城市文明的反思也就更为持久而深厚，成为散文写作中的重要主题。

现代城市文明的艺术象征有着多样化的选择，城市公共空间的地标性建筑影响着城市人的视线，特别是“日常感觉”，这一感觉关系着现代人对于世界表达形式的变化。对于城市景观的现代重建，始终是关系城市文明层次与设计规划者意图的敏感问题，它体现着城市改建者的文化权力意志，也涉及公共空间的人与人、人与外部世界的关系。戴阿宝在《文字的幻景》一书中就以巴黎埃菲尔铁塔兴建时的文化认识来分析城市心灵的矛盾：“一座铁塔的矗立改变了整个巴黎，关键地改变了整个巴黎人的日常感觉，但巴尔特却相信，这座铁塔是‘友善的’。之所以是‘友善的’，因为人们可以通过这座铁塔来分享同一种心境，铁塔仿佛是一座连接巴黎人心灵之桥。”埃菲尔铁塔的竖立“成为巴黎乃至法国走向现代、走向世界的象征，这到底是一种历史的讽刺，还是现代性湮灭心灵之神圣后的悲哀”[②]？在更具联

①叶兆言：《一片归心拟乱云》，见叶兆言《马放南山》，北京：中国华侨出版社，2012年，第184页。

②戴阿宝：《文字的幻景》，南京：南京大学出版社，2012年，第22～23页。

想性的分析中，公共建筑的现代“象征”意味指向更加清晰，“这座铁塔绝不仅仅是一个铁铸造的、无用的物体，更重要的是，它本身带来了一种前所未有的目光，一种前所未有的‘象征’” 。“现代的进步，往往把生活兴趣的中心从不可见的世界转向可见的世界。”[①]昔日追寻的心灵满足、精神愉悦，演化、转向为新的“可见的世界”，内在的思辨沉浸之乐必须向着外部的城市景观转移，人的“劳动”筑造了现代都市，但都市意味着人借助“劳动”与传统文明历史、田园的隔离。都市的“劳动”竟也成为一种对心灵的异化，传统生活就此被撕裂，人与自然精神家园都需面对失落的哀情。人的存在在城市生活中发生了难以逆转的变化。另一方面，城市文明又并非一味地弃绝历史，而是要融合真正关系自身生命机体成长的历史。都市文化并非弃绝过往历史人生的文化，而是一种文化意识的历史性更替。陈丹燕在《万国公墓墓地》中写道：“我真的不知道世界上还有什么地方，有这样让人感受到命运漂泊的墓地了，也不知道世界上还有什么地方，有这样一排排虽然刻错了名字，但还是有情有义的墓碑，它们常常被常春藤缠绕遮蔽，像一些缠绵的念头。”[②]万国公墓书写着上海特定的城市发展历史，却又展现出上海殖民历程中已高度国际化的都市历史形成，城市面对自身历史的公共空间时，依然满布想象之外的历史温情。

①[德]鲁道夫·奥伊肯：《生活的意义与价值》，万义译，上海：上海译文出版社，1997年，第14页。

②陈丹燕：《万国公墓墓地》，见陈丹燕《永不拓宽的街道》，南京：南京大学出版社，2014年，第93页。

对于城市想象“沉默”“迟滞”性质的观察思考，与“停顿的时空”那种对于城市文明的隔膜有着隐含的一致性。现代城市作为“人居”之所，作为人群的集聚地，其物质景观显然与城市中千万普通人的状态有着密切的联系。“孤岛”景观导致的社区分化，公共空间建筑的精神外向性与人作为个体的超越渴望间存在的矛盾，新城与旧城文化历史意识的分割，消费主义导致的人际关系疏离……种种城市文化的非自然性意味着，城市就是冲突的集合体。它跨越了城、乡两种文化冲突的范畴，而从城市生存现实这一维度进入到人之生存环境、人之异化这些更深沉的“现代”追问中。从农业文明迅速过渡到工业化、城市化的生存环境变革，使当代散文分外留恋失去的乡村家园。诸多“进城者”之所以对城市保持疏离之态，正因为城市施加其身的，表面上看是现实的生存压力与精神的矮化压力，但最终指向则是“现代”意味的整体生存状态变更的存在重压。值得注意的是，压力、乡土也会因人而异，对于城市的“土著”与二代移民，城市同样具有“原乡”的意义。城市生存的物质细节与乡土生活细节一样，对于生没于斯的“人”同具精神慰藉之效。在彼此“陌生化”的处境之中，并非只有城市对乡土构成一种精神压抑，乡土对城市同样形成物质、精神两面的冲击，这一过程本就是互为“他者”过程的写照，延绵至今的知青文学写作已经充分说明了这一点。

第四节　受损的民魂：国民精神与散文都市书写

马克思在关于人的发展理论中指出，人直接依赖于自然世界的“最初的生活形态”，是人的第一个阶段。而在第二个阶段中，人是在“以物的依赖性为基础的人的独立性”阶段中实现核心的发展，即个人的发展。在中国社会走向全球化时代的都市建设之际，随着中国市场经济的逐步形成、完善，中国社会初步形成了与个人发展相适应的经济社会结构。不过，由于这一初级的现代社会经济结构转化、生成并提升为相应的精神文明成果尚待时日，反而导致都市个体及其社会关系的进一步物化，削弱了都市的个体精神。

关注、分析城市精神生活特质，需要再度解读“碎片化”的精神性。“碎片”之“碎”，往往是在内外因共同作用下形成的，它意味着冲突构成了城市精神生活的主要特征，表现城市生活的作家往往以一种极端化的视角去表现自我理解中同样极端化的城市生活，甚至形成了一种具有极端体验的写作模式。城市被解读为“物体城市”，而“物体城市”可以“转译为：欲望城市、野心城市、贪婪城市、

①张永和：《物体城市》，见蒋原伦、史建主编《溢出的都市》，桂林：广西师范大学出版社，2004年，第59页。

机会主义者的城市。但物体城市不应是唯一的答案。随着经济急速增长和社会巨大变迁，至少还可以出现：冒险城市、开放城市、机会城市（而不是机会主义者的城市）、不定性城市”[①]。转型期城市文学特别是小说对物质景观的描写，集中于对人构成压抑性的高楼大厦、立交桥、公共交通以及各类灯红酒绿的消费场所，而忽略与淡化了城市作为文明集聚地的大学、图书馆、体育馆、雅致的餐厅、诸多历史文化遗址等富于文化亲和力的公共场景。其人物表现也往往注重针对城市性工作者、艺术家、丧失理想的知识分子、底层市民等体制内外“非常态”人生的书写。这在一定意义上影响了城市散文对生活面相的表现，比如塞壬就在《哭孩子》中写了一对非法同居的男女的打斗，在塞壬笔下，暴力的打斗，交媾，混乱、肮脏的街景，住在棚户区的二奶，始终哭泣着的孩子共同绘就了一幅城市底层生活画作。“不可遏止的，他们一样会慢慢长大，在匪气十足的市井，在混乱肮脏的街头，在暴力、恶劣的家庭，他们会慢慢长大。”[①]不是说不能书写这些具有极端性的人生状态，而是如果只注重对于困顿生存状态的表现，而缺乏对这种状态的精神审视与人性理解，缺乏同情、悲悯与人性的救赎，那么，城市散文（文学）将永远无法实现对于“丑相”的超拔。回视茅盾、张爱玲等作家，会看到茅盾笔下的城市，在左翼文化史观的影响下，并未以单一的意识形态削弱城市文化的丰富性。吴苏甫作为“主流”中的“主流”，反而更足以见证半殖民地都市的畸形特质。张爱玲笔下 “人生之飞扬一面”，将“日常”作为表现的重心，反而撇去了“一地鸡毛”式的萎缩、猥琐，彰显出日常于

①塞壬：《哭孩子》，《人民文学》2009年第7期。

人生的永恒意义。它实际上展现了海派散文与新世纪“在场”“原生态”等散文潮流对于“日常”观念的前后相承。尽管前者承认城市，后者忘却城市；前者重视日常，后者淡化日常，但它们都将表现力的丰富筑基于艺术性再现生活的途径中，尝试着摆脱困顿的文学书写面相，这些作品从不同的侧面表现着城市的“美”“丑”与丰富的物象心相。所谓文学、散文的“审丑”，内含着“审视”之批判性质，是要在种种“丑相”中实现波德莱尔式的向“美”之超拔，而非在表现“丑”之过程中陷入沉沦，即便颓废之美同样具备震撼人心的效果，但持续倾斜性的城市“丑相”书写将难以表达最沉实的精神抵抗，始终缺乏现实生活意义上完整的根基，同样陷于一种对城市生活单一性的精神解读。

“碎片化”的生存体验并未让都市化为一片文化废墟，恰恰相反，都市依然是文化的集聚地，并且比前现代更为巩固了。“碎片化”的精神现实让人认识到，“现代性”体验的要素不仅表现于灵魂失落、精神叛离、物质救赎，也在寻求一种为受损的“民魂”提供存在合法性的解释途径。“现代”予以城市的不仅是公共景观与日常生活的变化，“现代”也在变化。它不仅强化着高度同化个体的社会结构，也催动着个体日益认同技术、消费与网络社会的物化逻辑，这些有异于鲁迅时代与20世纪八九十年代的都市社会背景，深刻地影响着城市人性与灵魂的表达。“碎片”割裂的人性，从来都是两面的存在。它既基于都市不断分割、孤立的人居生存环境，也源于散文主体自身的文化差异、精神冲突。

从深化“现代”城市文明认识角度出发，以表现现阶段中国都市整体性的人生真实与历史真实为本，对现阶段中国文学面向城市生活的现代派浮躁倾向与极端化体验，理应建立一种批判性的辩证态度。而对于那些认真挖掘城市“文明”属性、地域文化特质与市民生命经验，以审视性的严肃态度创作的小说、散文、戏剧，同样理应给予足够的重视。中国的都市文学从未缺乏读者，关键在于，那种伪造的“都市感”与浅显的文化逆反不足以引发文学理解的深层动力，在现代都市生存环境没有发生根本改变的当下，人们拒绝深刻或者说拒绝那种凌空蹈虚的深刻，厌恶那种脱离现实、难以唤醒生命存在感的散文套路乃至文学书写。以顾彬的话来说：“他们应该分析中国的社会，应该告诉我为什么中国的社会现在是这个样子，给我介绍一个人他的灵魂，一个人的思想够了，他们没办法写一个人，因为他们不懂人，他们不知道人是谁。”①时代文化语境的变化，推动散文的都市书写向着非虚构的道路前行。比如祝勇的《十城记》、王军的《城记》记录城市拆迁改建历史的作品，徐坤《让未来照亮现实》记述“鸟巢”建设的人与事，这些作品的纪实色彩起码揭示了当下中国城乡变幻的动荡巨变，而不是继续沉湎在家园失落、生存受挫的浅层感伤抒情之中。这些作品表现出散文家借人文精神与城市文化发展合流的思考倾向，寓批判反思于实景实事的写作中，再度含蓄表达着文学与现实互动的可能性。不过，城市生活体验一经深入到散文书写的内部，城市文化的多样性特征就需要通过主体精神进一步地个性化抽炼，散文“城-人”关系的书写依然蕴含在城市变迁的个人记忆之中。

①《顾彬：我看中国作家，喜欢睡午觉喝白酒》，见搜狐文化频道：http://cul.sohu.com/20151019/n423608233.shtml。

第八章

"日常生活"：消费观念与城市情感内转

费正清在《观察中国》中写道："受现代变革压迫的中国文化比起历史上别的文化是最独特、鲜明和古老的，也是最自给自足、平衡和庞大的。因此，中国在过去150年中间断发生的周期性革命，是历史所需的最深刻和最大规模的社会变革。"①持续的"周期性革命"，意味着革命的循环往复已蔓延到生活的每一个角落。城市的意义在于它以集聚的物质资源、人力资源，为革命提供了助力，它是启动革命的狂热之地，也是归结于日常的生活之地。法国年鉴学派之所以要借日常生活史观、物质生活史观去打破兰克史学的研究方式，正是要以一种更为广泛的人类视角去打量作为有机联系整体的社会。

"日常生活"在散文中的种种表现，与中国城市日新月异的物质形态变化紧密相关。"日常生活""革命"不仅仅发生在城市，更在整个中国大地上蔓延。"生活革命导致在中国正日渐形成着新

①[美]费正清：《观察中国》，傅光明译，北京：世界知识出版社，2008年，第30页。

的现代‘都市型日常生活方式’。”[①]“城镇化”已经不再是各种人口、经济统计的冰冷数据，而是延伸到中国城乡、城乡接合部家庭的普遍生活追求。仅以“物质化”、功利化的简单判断是难以准确概括国人的这一生存需求与消费心理的。“小女人散文”等散文类型所反衬出来的都市消费“日常”，或可视为新生活观念尚未成熟的投影。中国人，特别是普通的都市中国人，也许确实有着物质形态下的精神变异，但个体的消费远未过度。在中国经济高速发展的背景下，国人积累已久的物质压抑初步缓解。这一时期的物质发展状况，与列斐伏尔日常、社会关系联系的看法颇为契合，影响着同时期的散文创作。

第一节 日常存在与“新日常”之“生活革命论”

城市作为人类社会的一种典型形态，在中西古今不同的发展向度间，其形式、功能和结构发生了相当大的变化。城市社会有着从物质到精神、继而形成丰富的文化想象等多方面社会需求。当城市作为一种“客体”时，文学、史学、社会学的城市研究可以借助学科化对城市生活进行精细的划分，但从“人”的角度衡量，特别是将城市作为一种人类社会的观念进行整体性判断时，城市生活的方方面面都统一于“人”这一观念主体，又反作用于这一主体。“人”与人类社会集

①周星：《生活革命与中国民俗学的方向》，《民俗研究》2017年第1期。

聚地“城市”的关系变化，内含着人文主义在不同历史阶段的城市观念变迁。新的人文主义观念否认人只是城市的一个产物。列斐伏尔强调，人类文明尤其是现代人类思想与生存最深刻的异化表现，就是哲学脱离日常生活以及哲学理性对日常生活的强制。他表达了启蒙之后理性胜利的深刻弊病，“被彻底启蒙的世界却笼罩在一片因胜利而招致的灾难之中”①。然而，对于启蒙未完成的社会又将如何判断？尚存诸多疑问。

在高度技术化分工主宰的意义丧失与伦理真空中，“日常”无孔不入、无处不在，填充着人们“物化”后的精神虚无。散文借助“日常生活”琐碎的人性存在，提供了关于“城中生存”这一生存环境与城中之人精神状态的联系。“日常生活”脱离了物质性的束缚，成为有益于平衡现代城市人心灵生活的要素。当物质欲望表现出对抗性的精神力度时，物欲展现出某种人欲的人性内属特征，有可能在审美层面唤醒被异化的人对自身存在的原初生命体验。日常生活所具有的批判潜力，在古德纳处被视为一种“对抗概念”：“它表达了对某一种特定生活的反对，尤其是那些英雄式的、雄心勃勃的、以表演为中心的存在方式。通过与英雄生活的对照，并由于英雄生活自身充满着危机，日常生活建构了它自己的真实。”②通过“日常生活”的表现，某种虚构性被瓦解，“日常”成为一种真实性的理解。

当我们重拾那种近乎鲁迅式“中介物”的看法，再度审视“日常

①[德]马克斯·霍克海默、西奥多·阿多尔诺：《启蒙辩证法——哲学断片》，渠敬东、曹卫东译，上海：上海人民出版社，2003年，第140页。

②[英]迈克·费瑟斯通：《消解文化——全球化、后现代主义与认同》，杨渝东译，北京：北京大学出版社，2009年，第81页。

生活”，会发现它始终是相对于国家、社会、族群等“大”概念身后的“小”生活。在瓦解一种被控制、被迫形成的“日常”之后，重新进入新“日常”，以新的目光与立场再度阐释、占有“日常生活”，实际上意味着对于“日常生活”理解的观念革命。列斐伏尔的“日常生活批判”理论将辩证的思考方式再度引入对“日常生活”的分析中。“日常生活”蕴含的不仅是肯定，也包蕴着否定因素。[①]日常生活被理解为一种连接社会生活各方面的基础，从这一“连接”认识出发，就能够理解中国城乡居民在两个世纪之交对物质生活改善表现出的异乎寻常的热情。“日常生活”成为一种总的人性需求，对它的理解既可以从人的物质性、生产性角度出发，也可以在精神层面寻找到逆反、抵抗、规避、重建等涉及整体性情绪反应的多重精神反应。

城市之所以成为“日常生活”最易于表现的文学空间，其关键性因素在于城市本身即人类生产、生活物资汇流的集聚地。“日常生活”形而上的思索终究需要连接城市现实。中国散文热衷于大地、原乡的诗意表达，其原意无可厚非，但城市崛起于大地之上，汇聚了大地种种智力、劳力与物力，它同属大地的一个部分。上海、北京、重庆等城市，同样凝聚着“城南旧事”般数不尽的乡愁。然而，如果借鉴民俗学相关研究，我们不难发现：正是那些满怀乡愁意绪的知识分子审美，与真实的城乡生存处境始终有着隔膜。价值观差异带来审美认知差异，使不同作家对待城市、乡土的态度十分不同，他们“受限于对过往‘传统’的偏爱，受限于乡愁、怀旧之类的情绪，故不仅对眼前一般城乡居民的基本生活方式没有感觉，也对农村乡民何以要努

①吴宁：《列斐伏尔日常生活批判理论评析》，《中共浙江省委党校学报》2006年第4期。

力奋斗以获得‘都市型生活方式’的动机和渴求缺乏同情之理解，对于民众追求现代生活、致力于生活改善的热情不感兴趣。执迷于乡愁和‘丧失性叙事’的民俗学家与积极进取想要迈进都市型新生活的乡民之间，存在着认知和情感的双重鸿沟”[①]。这种“乡愁和‘丧失性叙事’”，在中国散文中由来已久，但从未形成近二十年散文作品满布各个阶层的书写规模，它深刻地体现出现代化历程中中国社会各阶层的流散性、复杂性。其次，对于城市本土文化的考察，常常缺乏对现世态城市普通人生活的深入了解与分析。传统的启蒙视角将启蒙对象视为教化对象，以知识者内在的精神优越性展开居高临下的言说，与这一“俯视”姿态对应的“仰视”则将启蒙对象视为诸如“人民”般的整体概念，从而形成文化上的膜拜感。“对于当代中国的生活革命所导致产生的现代日常生活，对于生活革命历程中乡土社会和民俗文化的整体性、颠覆性变革，对于普通民众何以对生活革命的成果孜孜以求，中国民俗学长期以来反应迟钝，极少认真去思考和应对。即便是在意识到都市化大变局并以此为背景的‘都市民俗学’，也主要是追寻都市土著的研究，例如，对北京的天桥、胡同和四合院之类‘老北京’文化，或对于石库门之类‘老上海’文化的研究，亦即在都市中钩沉‘乡土’，而绝少对居民小区、新区之单元楼居民生活的关注。”[②]源自文化地理、人文历史展开的文学想象中，小说、散文一再营造着对于历史文化的自我形塑，有时不免忽略了面对“现代”城市变革多样化的民心现实。祝勇在《北京记：走投无路的胡同》中

①周星：《生活革命与中国民俗学的方向》，《民俗研究》2017年第1期。

②同上。

写道："在推土机的围剿下，胡同轻易就暴露了自己的身份。肇始于20世纪50年代的破坏行动，使这些密如织网的胡同彼此失去联系，一个有机的生理系统遭到破坏之后，身体部位的生活就变得极其艰难。"[①]"胡同"文化的消失固然令人慨叹，粗暴的拆迁行为尽管令人质疑、反感，但那些生活于胡同窄小空间中人们的"现代"生活追求，是否能够引起重视，同样构成一种有力的反问。再次，写作者过于强大的自我意志影响着散文书写，他们希冀借此投射文化认同。"有意无意地把自己对于'传统'的礼赞投射于'民俗'之上，并为其附加很多诸如纯粹、古风、固有、永续、基础、正宗、本真以及道德等价值，与此同时，又往往把与之相对的'现代'视之为丧失、破坏、变异、杂质、不纯、不正统以及非道德之类的负面价值。"这不仅是民俗学研究，也是文学难以理解现代日常生活的一种根由。对于城市"日常"内蕴的"现代"象征之稀少，特别是在散文研究中将城市散文会"落寞消声"的原因归结为"首先是'重农抑商'的农业社会传统思维惯性对城市的单一视点所产生的城市观念的偏见"[②]，固然看到了最直接的表象，但绝非盛行于文坛的"反城市观"的首要诱因，而只是一种在淡化文化传统大背景下刻意营造的写作策略。"现代"始终是一种被妖魔化的文学抵抗指向，如果文学始终为自身的现实规避寻找千百种理由，甚至连委婉的美刺传统都难以为续，如果启蒙批判的矛头只是单方面地指向大众，而非指向控制性的异化本源。

①祝勇：《北京记：走投无路的胡同》，见祝勇《十城记：中国城市的历史性伤痛》，北京：东方出版社，2013年，第9页。

②杨爱平：《论城市散文的现状及其走向》，《中国文学研究》2005年第3期。

那么，人们当然有理由远离这种规避危险、疏离忧患、逃避责任、倾向明显的写作，远离伪造的、别有用心的“启蒙”，而选择以“日常生活”维系人与人的情感联系，“日常”毕竟是真实的体验，即便它是如此琐碎、如此无奈。

第二节　基于本土实情的散文“日常生活”理解

德国哲学家西美尔以为，在现代社会中，物质（客观）文化压倒了精神（主体）文化，个体被社会所淹没，而要想使心灵保持自身的安宁，唯一的途径便是远离日常现实。①西美尔的理论揭示了资本主义时代个体精神为物质异化的生命状态。如果说小说有着强大的日常叙事作为支撑，那么对于当下城市发展中生活态度的调整、物质欲望的表达，往往在散文有限的篇幅内难以充分腾挪展开，写作者有意无意地采取絮语、片段式短篇叙事模式来表达“日常”的感受。比如鲁迅的名文《一件小事》，就是典型的“以小见大”的日常感受。“日常生活”涵盖着丰富的审美细节，它不仅包括城市公共空间中的“个人”感受，如城市景观关联着公共空间与个体情感体验的联系沟通渠道，成为散文写作必须借助的城市意象特征，也包含着个体空间的隐

①[德]西美尔：《货币哲学》，陈戎女译，北京：华夏出版社，2002年。

私体验，换言之，散文常以人-建筑（街道、地标等），人-人群-建筑的关系着手，逐步展现都市文化内涵与精神特质。

从城市书写的外部环境考量，现代中国社会形态展现出区域、群体间的不平衡状态，城乡、海陆、不同族群之间的不平衡始终客观存在。不同区域、群体之间的联系、流动，加剧了市场经济背景下的社会分层。诸多不平衡要素决定了不同区域、群体的日常需求同样是不平衡的。流动性依据不平衡的状况时而缩小、时而加大着差异。人们不得不在新的现代诉求中去寻觅某种非物质的心灵平衡。这种不平衡性也深刻影响着中国城市，不仅带来了中国城市建设水平、城市文明的不平衡性，还继续影响着不同地域城市价值观、审美观的差异。能够以散文的"日常生活"写作本城市性格，即意味着一种富于个性化意义的城市"自我"的发现。城市"自我"的凸显，又需要依赖于无所不在的生活细节方能呈现。

尽管中国古典文化缺乏"现代"城市的意识，但作为一种潜意识的民族文化基因，中国散文始终难以离开古典文学传统的深层影响。"日常生活"离不开城间官民的衣食住行，中国散文的精神传承中重要一面就是从日常展开的对于主流话语的叛逆。明代以来的"心学"传承，强调以心灵的良知抵抗外物的压迫，从"日常"生活的细节和温情的记忆中追寻城市历史、家族旧事。所谓"天理在人心，亘古亘今，无有终始，天理即是良知"①。王阳明将具有压制性的"天理"阐释入"人心"，再进一步归入"良知"，不仅充分肯定了人的主观

①王阳明：《传习录》下《黄省曾录》，长沙：岳麓书社，2004年，第302页。

能动性与主体意识的强大，还从心灵层面将外部施加的政治、思想影响、压制摒弃，代之以自我良知的判断，在道德理论层面上为中国散文表现“日常”提供了有力的思想武器。在明代心学的庞大理论体系中，王艮的“百姓日用即道”说紧贴明代沿海工商业城市兴起的现实，展现出人性解放的力量。“圣人之道，无异于百姓日用。”“百姓日用条理处，即是圣人之条理处。”[①]“良知”潜藏于百姓内心，其外在表现则展现于无所不包的人世日常生活之中，亦即王艮提出的“百姓日用即道”。明清散文对于生活细节的重现及描写日常生活笔法的平实，与“百姓日用即道”理论的影响大有干系。从王守仁到王艮，晚明的“心学”传统于中国散文内部精神的形塑、调整关系至为紧要。“五四”以来论散文者，周作人、阿英等人都论及晚明小品文于散文史上的重大意义，郁达夫所谓“散文的心”之说，俨然是这一富于个性解放特质的“心学”传统在散文领域的复活再现。

晚明的“心学”传统所表现出的对于生活细节的强调，将其置于当代中国生活的历史语境下考量，无疑还具有散文之“俗”文学与所谓“雅”文学相争的大众化意义。20世纪90年代以来出现的“闲适散文”，就以表现世俗化的日常生活题材见长。这一题材的兴起与都市生活文化的繁盛有着密切关系。市民文化的崛起、日常生活的闲适、休闲时间的丰裕，使得文化市场出现了轻松消遣的消费需求。市井文化、衣食住行等市民身边琐事成为主要的写作题材。散文“日常生活”的表现往往落脚于市井人生、物质生活细节，是为“俗”题材，

①黄宗羲：《明儒学案》卷三十二《泰州学案·心斋语录》，见《黄宗羲全集》第七册，杭州：浙江古籍出版社，2005年，第835页。

而其基于“日常”，又造成了表现手法的随意、自然，是为“俗”写法。“俗”题材与“俗”写法共同促生着散文的世俗性书写。“俗”与大众文化之间的联系，本是文学中最为敏感的问题之一，也是新文学理论论争中重要的一环。大众之“众”，本就包含了城市市民文化。

沈义贞在《中国当代散文艺术演变史》中对“知识群体”与“大众群体”的文化冲突进行了评论：“这场冲突的双方再也不是同一阶层的两种不同角色，而是实实在在的两种阶层：知识群体与大众群体。坦率地说，这场交锋——其实仅仅是雅文学对俗文学的单方面压制，缺乏理性言说能力的大众群体不可能从理论上予以还击，而仅仅以铺天盖地的散文创作沉默而固执地显示自己的存在——显示的是知识阶层的心浮气躁、视短量窄，既未能看到大众文化（包括大众散文）的兴起是历史发展的必然趋势，是任何力量都阻挡不了的，又没有能公允而科学地界定大众散文在文学史空间应该占据的位置，徒然给人以‘文化专制’‘文化恐怖’之嫌。”①沈氏道出了散文“日常生活”趣味表达面临知识群体挑剔、质疑时的尴尬无助，却没有点出知识阶层何以如此的根本原因。

作为“雅”文化观念的坚守者，文化价值判断实际上深刻关联着“知识阶层”的核心利益。“大众散文”虽与早期的“闲适随笔”有所不同，但其针对市民心态、大众性的方向则如一。王蒙在20世纪90年代的说法或更符合实际：“这一股风反映了一种对于消费型文化的需求。温饱了、太平了，人们想读一点短小、轻松、有趣的东西。

①沈义贞：《中国当代散文艺术演变史》，杭州：浙江大学出版社，2000年，第239页。

部分志士心态正在被市民心态取代。”[①]刘心武给出的意见也相当中肯：“我也写了一些小题材的小随笔，我并不认为那是什么罪愆，因为一个多元的文化、文学格局中，小文章、小册子、看过就算的报纸副刊专栏，以及小题材和不过是抒发一点‘人与人之间应当理解和谅解的浅显道理’的文章，也是一些小花小草，凡花素叶，不能因为大树没有长成，便一气之下将其芟除。”[②]作为20世纪90年代早期“日常生活”写作的参与者，他们对消费型文化、市民心态、副刊专栏文章的容纳，展现出宽宏的文学长者风貌。但另一方面，他们将自己散文中的生活书写视为多方面文学实绩中的“边角余料”，甚至在行文用语中表露出“知识阶层”对大众文化“小花小草”在包容中的某种俯视心态。

如果复归20世纪90年代的历史文化语境之中，会看到位处转型期的中国知识分子整体心态的变化。“新写实小说”的“一地鸡毛”世界，“新历史小说”的虚无主义式试探，小说创作的戏剧化倾向与对于鲜血、暴力、情欲、生活品位叙述的侧重，或可视作前现代社会中为“日常生活”意识回归铺垫的文学前奏。在整个社会价值观多元化发展的趋势下，人们对于“日常”真实的渴求日益增长。与柴米油盐、衣食住行等都市生活“日常”物质索求相连接的，恰恰不是对精神崇高性、超越性的限制，而是要实现对日常的重新进入、占有，是要在一种个人的日常新体验、新认知中去寻找新的精神超越方向。它或许是主体

①王蒙：《周末与文化》，《南方周末》1992年9月11日。

②刘心武：《我的文学边缘化》，见刘心武《边缘有光》，上海：汉语大词典出版社，1996年，第214页。

有意的设计，或许是无意的呈现。但它只要得以呈现，就将持续前行，将中国都市蕴藏的物质渴求转化为新的精神写作动力。

南帆曾在《文学性、文化先锋与日常生活》一文中发出尖锐的提问："如果普遍意义匮乏，日常生活可能成为文学的累赘。沉溺于凡俗的日子，抒发一些小小的感伤和哀怜，目光如豆，心智平庸，种种令人仰望的事物已经远遁，黄钟大吕一般的宏论高见成为绝响。这种文学是不是出了什么问题？"[①]面对这一问题，他乐观地瞻望："文学终于将日常生活带入历史。尤为重要的是，文学解放了这个领域的巨大能量。所谓的'解放'意味着这种时刻：个别、琐细、日常经验、个人的感受与气息——这一切在文学中汇聚起来，瓦解种种成规，甚至冲出一个历史缺口。"[②]这实际上是从另一个角度——文学、历史联系角度去看待日常生活的消解性力量。不过，即使日常生活进入历史，但当人们沉溺于"日常生活"难以自拔时，新的异己力量又渗入"日常"之中，精神力量不是"汇聚"，而是分散，文学又将如何？更进一步地想，"启蒙"毕竟是最直接的精神解放，在一个"启蒙"残缺的语境之下，强调"日常生活"又会对"启蒙"产生怎样的影响？毕竟，强调"日常生活"并不意味着以生存欲念为中心的"日常"超越了具有崇高信念的"启蒙"。只是在面对文学价值的判断时，需要辨识那种既缺乏传统底气，又丧失了现实的底层、中产认同，反而呈现出那些为启蒙而启蒙的盲目性的"启蒙"，以及那种过于功利性的"启蒙"与充满逃逸感的可疑的"启蒙"。

①南帆：《文学性、文化先锋与日常生活》，《当代作家评论》2010年第2期。

②同上。

第三节　城市“日常生活”的观看、体验与情感内转

如果说20世纪90年代“日常生活”的散文表现还处于无名状态，只能以“大众”　“闲适”等涵盖甚广的命名定位。“日常生活”得以在不同语境下逐渐清晰，应当得益于对城市“日常生活”真实心态的散文书写。城市日常生活形态之所以与其他生活形态的“日常”有很大不同，即在于城市“日常”在城市文化多样性的基础上，形成了多元的话语特征与丰富的表现形态。

在20世纪90年代中期，上海人民出版社曾经以“都市女性散文”为题，将三辑“小女人散文”付梓，主要代表作家有黄爱东西、黄茵、素素、石娃、黄文婷、张梅等，她们普遍受过高等教育，多从事文化媒体工作，物质生活相对优裕。作为都市女性，她们的作品中有对生活情调的追求，对都市商品消费的欲望。她们以都市生活的表现者形象出现，表现出几个方面的写作特色：

一是强调现代女性理所应当享受现代都市生活的权利，这当然也包含着物欲与人欲。黄爱东西的《橱窗的诱惑》等文中对城市的变化形容为“越来越漂亮”，对大型购物中心、百货中心等城市标志性景观，对商品的极大丰富予以赞叹，丰裕的物质引发的是“生活多么美

好”“多么心情舒畅”的直感。素素的《猎艳》中将“买衣服”视为女性鉴赏力、流行辨识力的测试，“一种生活方式”，可以从中体验快感。黄茵坦诚书写在看到女友的男伴后感受到的暧昧心理。这些女性真实心理的话语抒发，意味着女性都市意识的快速成长，往往依托于都市商品消费来表现。张宗刚曾对此评论说：“出现于20世纪90年代初的‘小女人散文’，津津乐道于女人的穿衣、化妆、饮食、生活、恋爱、调情乃至性感受，‘闲情偶寄’式地记载了某些都市白领才女锦衣玉食、衣香鬓影的生态，刻意张扬消费欲望和享乐主义。”①对“小女人”物质主义的批判，不能仅从性别出发，还需要考量到享乐主义心态不仅限于这些散文作家，它是弥散在这一时期市民阶层中的整体心态。

二是女性意识在都市环境中、在写作中的增长。黄爱东西曾在她的《小女人者》一文中这样形容小女人：“爱虚荣，爱热闹，爱七嚼八音，爱说短长，快乐无比。”这种对女人特质的强调确是只属于“小女人”，女性散文写日常，往往在女性特质的目光下获得全新的意识表现。日常的零碎性在女性目光中往往转变为趣味性，女性的自足意识实际上已经呈现出情感内转的综合性特征。特别要提到的是，都市“日常生活”凸显了散文“女性”意识的成长，女性散文也充分表现着从日常生活中获取的生活经验与生命体验。张爱玲在《谈女人》中曾说：“女人是最普遍的、基本的，代表四季循环，土地，生老病死，饮食繁殖。女人把人类飞越太空的灵智拴在踏实的根桩上。”①“日常生活”赋予“女性”无尽的生活体验，“女性”也自

①张宗刚：《当代散文与性别歧视》，《南京师范大学学报》2010年第1期。

"日常生活"中收获了生命超越的根底。从"小女人散文"开始，女性散文自20世纪80年代杨绛、宗璞、韦君宜甚至黄宗英等女性知识精英散文中实现的写作范围扩展，与不同生活环境下的"日常生活"有着难以分割的联系。"日常生活"既是外在的刺激因素，也是内在的审美之基，在它提供的物质生活保障中，人生"安定的一面"得以凸显，20世纪90年代的斯好、叶梦等女性散文家得以重新铺展女性"自我"的当代确认。而对于此后的女性散文而言，它的创作始终建构在城市"日常生活"提供的经验基础之上，去体验更为开阔的社会历史记忆，展现更为细腻幽密的心理空间，把握不断长成的新的女性主体意识。以此而论，"小女人散文"又有着开启女性散文空间的启示性意义。

三是日常的内转总是难免包含着欲望的倾诉，形成了"小女人散文"的又一艺术特色：她们在强调女性与"日常"密切联系的同时，往往也将"日常"演变为飘忽而零碎的细微情感。尽管她们表现出瞬间的、即时的生活感受，却始终难以从中寻找到理性的意识，"小女人"们充满物质倾诉的笔端少见对于城市生活弊病的批评，而是充满了随意性的表述。这使得"小女人散文"尚需开拓生命认识深度，也决定它更多是以一种文学现象引起研究者的注意。它提供的始终是一种阅读快感，而非阅读痛感。隐藏在"小女人散文"之后的问题是："'女性'纯粹被当成了消费的卖点，'她'与服装或别的什么商品合在一起被报刊出卖，但'她'也可能从'卖'中借机说话，批判商品的非人性……归类在这里如果只是一个卖点的说法，也就把问题看

①张爱玲：《张爱玲文集》（第四卷），合肥：安徽文艺出版社，1992年，第70页。

简单了。现在小女人散文、大女人散文都被操作，在某种意义上，我更倾向这样的判断方式：是谁在操作和操作什么样的卖点？”[①]卖点，这一含义复杂的都市商业问题意味着有关性别文化的消费心理，它实际是超越性别更进一步的物质性追问。与那些激烈否定城市物质性，认为其为堕落之源的论点比较，对于商业消费的肯定却成为城市物质属性的骄傲。在回顾上海南京路的历史时，陈丹燕写道：“从这条路的兴旺看到的上海，一切都是因为买卖才得以兴旺、得以现代，所以，它的摩登，是一座伟大的消费城市的摩登，并不唱民族大义的高调。”[②]上海“摩登”，成为商业性的外在象征，“消费城市”的上海在陈丹燕笔下被赋予“伟大的”的属性，成为消解外部压力的日常良方。

“小女人散文”不仅只是反映女性物质欲望，也存在着透过物质反映女性个性化生活、生活化个性的一面。物质欲望固然有奢靡消费，也有基本的、健康的物质欲望得到满足后的快乐。王安忆曾经不止一次地谈到都市生活与女性、女性文学的关系，她认为小农经济的贫穷、封闭恰与都市的丰裕、开放形成对比，后者明显有利于女性展露自身的天性，在多元、开放的都市语境下，女性“自我”的袒露远比压制女性欲望的前工业时代要活跃得多。此外，女性作者们一方面展现出某种“小女人”的性别特质，一方面也在不断成长，即

①福建师范大学文学院中国现当代文学教研室：《公共空间的散文写作——关于90年代中国散文的写作（上）》，《福建师范大学学报》（哲学社会科学版）2000年第4期。

②陈丹燕：《摩登与物质》，见陈丹燕《永不拓宽的街道》，南京：南京大学出版社，2014年，第97页。

向着女性性别审美的深度持续开放，将创作的格调、气象不断拓展开阔。马莉可以在《夜间的事物》《怀念的立场》中向着诗性的维度不断深挖，素素也可以从刚进城的物质震惊、满足后面向更辽阔的东北大地，写出浩荡的《独语东北》等大文化散文；洁尘、钱红莉在《散文》等杂志的专栏写作，已经明显体现出自物质享受转向书写文化心灵的足迹；杜丽更在女性个体生命的探索中不断强调生命的细微感，注重自日常生存的蛛丝马迹中寻求其中隐藏之美的深度、力度，她与林白一样，都格外突出语词对于女性个人化写作的重要性，从细小的日常处窥见最个人同时也是最广大的女性生命体验。“小女人散文”出现的创作分流，充分展现了散文写作的自由性与四处蔓延的思想、情感触角，也说明了用流变的目光去考察散文写作的理论必要。

认识“小女人散文”对于城市文学的意义，其实等同于认识部分城市女性真实的心理状态。就女性散文而言，它有促进之功。“小女人散文”开启了城市公共文化空间意义上的中国女性散文言说，它反映的女性意识构成也激荡起社会对于女性散文的高度关注，催动着自女性内部而生的反思与创作热潮。在诸多对于“小女人散文”的批判文章中，将“欲望的倾斜”完全归结于女性，显然是一种牵强之论。但对于在城市中生活、写作的散文家而言，却也构成了一种“欲望的挑战”。“有人因此也就将所有的责任全部归咎于‘欲望时代’，这显然是牵强的。欲望尤其是一些低层次欲望，泛滥开来会对世道人心和文化建设（包括文学创作）产生腐蚀作用。但对真正的作家、艺术家，这既是挑战也是机会。”① “小女人”也是“人”，而关于“人”的发展，总需要一步一步逐渐认识、提升。身处现代都市的商业化环境之下，无论对之持以批判态度还是抱以真诚的激赏，李书磊的话或许可提供某种借鉴：“我们这些理想主义的知识分子应从理想的专制下解放出来，站在现实的水平上与现实对话。目前最主要的是认可现实的演进逻辑，对历史的必然过程和必有内容报以会心，怀着坦然的心态应对这堪称异己的早期商业化时代，做自己力所能及的改善工作。”②

①罗瑞宁：《审美与欲望的纠缠》，桂林：广西师范大学出版社，2012年，第7页。

②李书磊：《理想的限度》，见李书磊《杂览主义》，北京：中央编译局，1996年。

第九章

幻象的锁链：女性“现代”的崛起与制约

“房舍、村庄，甚至最后到城镇本身，乃是女人的放大。”[①]芒福德将城市空间起源比拟为女性的“容纳”特质，女性与城市之间仿佛有着神秘的本质联系。与诸多散文“反城市观”创作表象相比，近二十年女性散文以不同程度的激赏姿态写作了一曲曲“城市之歌”。

对城市文明的体验、赞美与沉思，与女性个人化的体验结合起来，形成了女性散文多棱镜式的书写。20世纪90年代女性散文的丰富表现，早已引起了研究界的重视。有关女性散文的论说角度各异、评价不一。总体来说，女性散文在20世纪后二十年与21世纪初，已经开始尝试多层面、多维度建构女性主体意识，调整书写视角，加强女性情感特质表达等问题的探讨。从散文书写内容看，女性散文家纷繁多姿的创作景象，虽然以城市生活体验为本，却早已越出了城市文学与性别意识的范畴，在更广阔的天地中起航更具女性意义的“生命

①[美]芒福德：《城市发展史——起源、演变和前景》，北京：中国建筑工业出版社，2005年，第12页。

之舟”。在城市文学的书写中，女性之于城市，城市之于女性，城市对于包括女性在内的普遍人性的激荡与平息、发生与制约，实际上意味着未完成的“现代”在性别意识上的新变。即便现代文化建构过程中遭遇种种现实困顿与精神困境，但女性散文在翻越藩篱的过程中缠绕不止地寻找“自我”，却又在“自我”的复杂构成中看到新时代的“孤独”，从而寻觅到新一轮的蜕变。何以产生这种蜕变，蜕变的抑制主因是什么，始终是女性散文难以绕开的问题。

第一节　以家为核心：女性“自我”与家庭伦理之变

新时期文学是在对政治、历史的深沉文化反思中一步步认识、深化、确立“人”的地位的。但对女性散文而言，确立“人”的主体意识确有性别文化的特质。从杨绛的《干校六记》、丁玲的《“牛棚”小品》到韦君宜的《思痛录》，老一代女性作家的回忆散文与文洁若、戴厚英等作家的文字普遍在历史伤痛回忆中抚摸伤痕，其散文女性“自我”意识的发生既源自“文革”特殊历史时期的沉重反思，也源于风雨飘摇中家庭生活的人性坚守。从家庭亲情体验出发的情感叙事，为女性细腻敏感的性别体悟提供了情感背景。不过，这一阶段女性“自我”并未与男权文化中心的“自我”产生质的区别，更多地展现出新时期以来知识界对于“文革”历史的反思、批判姿态。她们所确立起的女性“自我”，应隶属于知识者、历史亲历者劫后心态整体性的反映，实际更依赖于时代“自我”凸显的主题，体现出一种向“外”而非向内转的写作特征，这与此后女性散文的发展产生了一定区别。

在晚一代作家中，张抗抗、铁凝、赵玫、叶广岑、韩小蕙、筱敏、王英琦等人，逐渐增强了女性意识在散文写作中的比重。不过，她们的散文写作依然体现出强烈的社会历史特质。比如王英琦以文化历史散文知名，她创作的《不该遗忘的废墟》等文实应归属于广义上散文写作“大文化”的分支，其“自我”的表现同样应归属于人文知识者文化“自我”的确认。即便是她富于性别意味的《永远的女游子》，也只是刻画了一种“女人中的男人”——“和任何人谈话，都绝不允许自己带有丝毫的温柔和小女儿态……穿着，也竭力往老气、往男人那边靠拢，头发剪得极短，衣服颜色极深”的女性异化形象。诸多女性作家散文贯注的女性意识，往往并非有意为之，相较于她们在新时期发表的富于女性意识特质的小说而言，散文女性“自我”的色彩则淡化得多。她们散文的女性气质、女性意识往往借助女性“男性中心”立场的情爱体验，借助社会性情感与家长里短来抒发体现。

早在1990年，楼肇明就将“女性散文”的特质归纳为：“（一）对女性社会角色的思考；（二）这种思考是以自己的经历体验为基础的，换句话是以自身的经历经验和女性的心理特征作为观察社会人生、社会自然的视角和触角的；（三）其想象方式具有女性的心理特征，偏爱或擅长顿悟、直觉、联系等。”[①]与前两代女性散文的写作相比较，楼肇明是将古代“女性文学”、现代文学中女性意识的觉醒进行了符合时代理解能力的理清与深化。

近二十年女性散文创作在90年代女性散文启迪的女性立场上继续前行，获得了古代、现代散文中罕见的文学性别意识表达。它不仅真实地呈现了城市消费空间中具有女性性别意味的物趣、物欲，而且昭示了新的历史转型中，女性面向“现代”时不仅争取性别平等，更追求独立，以图改变两性关系现有模式的总趋势。这一变化的出现，有赖于城市“现代”文化影响力的持续输出、扩大，也受到同时期世界女权运动推动女性意识提升的影响。女性之所以成为一种“主义”，无疑意味着女性“自我”在不断确认的过程中逐步强化、固化女性文化心理的认同，女性散文创作也自然在楼肇明总结的基础上更进了一步。

作为两性关系中的另一半，女性独特的性别视角、体验之抒发，首先要回应的第一个难题，依然是“五四”娜拉式的传统问题：女性是否能够实现家庭依附之外的个体独立？只有在现实的物质基础上，现代女性体验于文学才有着真实的社会存在意义。这在传统农业经济模式影响下的旧有乡土伦理体系中几乎难以实现。2015年国家卫计委首次发布《中国家庭发展报告》指出，我国家庭正在经历规模小型化、城乡家庭收入差距明显等一系列深刻的变

①楼肇明：《女性社会角色、女性想象力、“巫性思维”——关于女性散文和叶梦的“三级跳远”》，《散文选刊》1990年第1期。

化[①]。报告指出了现代都市家庭不仅摆脱了中国传统大家庭的生活模式，而且还走向个人化性质更加鲜明的小型家庭。婚姻质量成为人们追求的目标。“现代”以一种有利于女性个体独立的形象出现，并渗入到家庭等最小单位的社会集团中，从而深刻地影响着女性的私人生活。

女性散文个体“自我”的逐渐加强，实际上可视为20世纪80年代以来人的解放思潮的延续。女性在“现代”深化的都市中作为一种淡化性别意识的人力资源，具有在信息化时代全球化生产意义上的同等劳动能力。女性散文作家们对此有着深刻的认知：“外在书写方式的变化终将会导致人类内心的革命。应该说科技进步的时代是女人翻身得解放的时代，电脑信息时代是男女平等的时代。”[②]在生存压力巨大的一线城市，王安忆笔下的上海男女“奋斗的任务是一样的，都是

①为全面系统地了解我国家庭的基本情况，国家卫计委2014年组织开展“中国家庭发展追踪调查”，并在此基础上编写了《中国家庭发展报告2015》。这是我国首次由政府主导的全国性家庭追踪调查。调查结果表明，我国家庭发展在诸多方面都经历着深刻的变化，突出表现在：一是家庭规模小型化，家庭类型多样化。两人家庭、三人家庭成为家庭类型主体，单人家庭、空巢家庭等家庭形态不断涌现。二是城乡家庭收入差距明显。收入最高20%家庭的收入是最低20%家庭的19倍。三是城乡养老照护和医养结合需求较大。四是父亲在照料和教育儿童的过程中角色陪伴、教育不足。父母双方共同照料儿童日常生活的只占7.5%，共同教育的只占11.7%。五是计划生育家庭发展状况总体上好于非计划生育家庭。六是流动家庭与留守家庭成为常态家庭模式。流动家庭的比例接近20%，农村留守儿童占比超过1/3，留守妇女占比超过6%，留守老人接近1/4。七是城乡社区服务设施和功能差异明显。见胡浩《国家卫计委：我国家庭发展呈现七大变化》，新华网，2015年5月13日，http://www.xinhuanet.com/politics/2015/05/13/c_1115276305.htm。

②徐坤：《抚摸的纯粹感觉》，见郭红主编的《另一种唯美》，长沙：湖南文艺出版社，1998年，第179页。

要在那密密匝匝的屋顶下挤出立足之地”。“要说男女平等，这才是同一地平线上，一人半边天。”①“现代”的伸展固有种种弊病，但在现代城市文明的构建中，女性家庭地位提升的首要因素源于经济地位的提升，现代城市文明程度越高，社会越是依靠法律和规则运转，这对女性社会地位的提升同样大有助益。

在与女性意识相得益彰的“现代”人人格体认背景下，中国城市的发展与女性散文写作产生了密切的联系。都市女性散文首先面对女性最重要的从属社会团体——家庭。从张洁到王安忆、池莉，女性意识在家庭亲情的衬托下，已展现出不同代际女性对家庭认同情感强弱程度的差异。它固然与女性散文家们的家庭出身、生活经历、个人性格、文化选择相关，也反映出城市生活在塑造新型家庭观上“现代”人人格意识的有力渗入。与家庭亲老、亲子之爱浓郁的生命体验书写相结合的，不仅包含着女性内部生命世界的体认与生命感的升华，还浸润着女性散文家在家庭“现代”变迁中新型“自我”的重新辨识。更重要的是，这种基于生命本体意识的认识，对于同样有可能因“现代”而溃解、冲突的两性关系与家庭关系能够有效缓解、救治。城市家庭关系成为社会文化变革的突破口，也成为传统、现代观念的交锋领域。这不妨视为女性散文写作在当代所经历的一个重要阶段：从城市女性知识分子借助家庭生活变迁展开的历史变迁写作亦即“公领域”的写作，转向集中表现现代家庭（“公领域”与“私领域”的交接地带）意义上的生命本体意识写作。

---

①王安忆：《上海的女性》，见陈惠芬主编：《繁华与落寞》，长沙：湖南文艺出版社，1998年，第22页。

第二节　以“个人”为核心：物质环境与女性“个人”

“只有在商品和消费的原则之下，现代城市才表达着它的意志，否则便不具备当代意义的城市品格，也不可能产生当代意义的消费文化。物化力量是君临一切的唯一权威，物化力量揭示了城市中的一切，政治、性、成长、冒险、漂泊、情欲、堕落和贫穷。”[①]这一论述对于城市物化现象固然有绝对化的倾向，但将“商品”和“消费”作为城市意志的表达，有助于了解物质消费环境与相关写作的关联。

在女性散文写作中，对于城市文化的高度认同几乎成为一种共性。这一认同当然包含了城市的物质属性。素素在《崇拜城市》一文中说：“我不认为我那个一直想逃离乡村的念头就是贪图享乐。我心灵里的一切都是瓦房店给予的，我当初的梦想就是能够像父亲那样，成为城市的主人。”[②]池莉则敏感地认识到小农社会与市民社会的区别：“追求美好的物质生活……是构建宏大辉煌的社会体系的最基本

①郑崇选：《镜中之舞：当代消费文化语境中的文学叙事》，上海：华东师范大学出版社，2006年，第132页。

②素素：《崇拜城市》，见素素：《女人心绪》，北京：知识出版社，2001年，第221页。

起点，也是将贫困庸碌的小农社会提升为健康向上的市民社会的必须途径。”[①]尽管王安忆、毛尖、潘向黎等女性作家都对城市文化的消费主义发出过警醒之音，但女性散文家们对待城市物质文明的态度，与苇岸、张承志、韩少功、张炜等高度重视精神超越性而鄙斥物质化生存的作家依然形成鲜明对比。诸多女性散文家对城市生活的世俗适应性充分展现了文学凸现“日常生活”的细节之力。张承志展现的阳刚之气与某种“绝对意志”的西北旱塬，与女性散文家笔下的上海、武汉、广州等工商业大都市体现着各自认同意义上的真实。在世俗性现实与彼岸追求之间，从世俗中超拔的“日常”因女性气韵的注入而更显生动。

文学的真实与虚幻之分，关联着女性散文的物质之心。如果将“日常生活”理解为一种世俗性现实与文学心灵之间的“真实”中介，那么“小女人散文”的物质态度之所以激起了诸多读者的反感，即在于它实际上并未书写出一种真实的女性物质意识，而是以一种相对浅层次的物质表达去表现部分都市女性认为的“女性特质”。它刻意营造或表现的是一种白领丽人的都市神话。衣食住行中凝聚着的高度符号化的商品审美，实际上并非女性“个人”本质，而是一种在物质表象中沉迷、被误解的虚假女性“个人”。女性散文家们不排斥物质文化，但是否以一种男性赏心悦目的性别筹码去表现女性“自我”，是否以一种“非日常”的物质观展现都市情调，则体现出女性散文须于“飞扬”之外的“安定”，以“安定”之诉求去展现真实的“个人”。退一步说，生活美学也绝非仅仅凝聚于消费，其终极目标

①程永新：《池莉访谈录》，《作家》2001年第5期。

理应是女性生命意识的展现。

回望现代文学的散文变迁，当冰心笔下的花草雨露、日月星辰与母爱童心连接，20世纪30年代的上海却有文学后辈苏青、张爱玲细细书写上海繁华的都市物景。而以人生哲学意义考量，张爱玲自物而心的随笔书写更显出都市现实的物质无情。浊世男女的红尘浮生以物质为依托，在扭曲的占有物欲中备显人性的畸形，它当然比冰心的散文更充斥着复杂的“现代”感。不过，海派散文的前世今生都弥漫着一股特有的中西夹汇之风，这使得它与新的都市散文有着自文风而质地的诸多差异。在这里，散文风格的意义被格外凸显，有研究者对新时期女性散文整体文风评述为，“与《一个人的战争》《私人生活》《双鱼星座》，甚至《上海宝贝》《糖》等引发争议的女性文学作品相比，这一时期的女性散文显得更为成熟、庄重”[①]。女性视角要获得散文表现的力度，往往循着两条路向进行：一是女性散文家的创作始终淡化性别要素；一是以母、妻身份在归于家庭的前提下展开叙述。它依然体现着一种男权文化。只不过前者是在淡化性别的精神意义上获得认同，后者是在强调性别的社会意义上获得认同。在都市多元话语空间中，走出家庭的女性已经认识到女性自身的独特性，新的女性文学中“个人”的再度凸显已在所难免，只是这一“个人”，不再以或大或小群体性的社会、家庭为归依，体现出更为强烈的女性独立性。女性散文的“个人”书写已经不再按照男权文化中心的政治学、社会学轨道运行，而是将女性“自我”以独立之姿纳

---

①阮素丹：《书写视角与情感关注的不断内化——新时期女性散文论》，《湖南医科大学学报》（社会科学版）2008年第6期。

入多维的文化审美空间之中，展现出复杂的社会、文化、历史效应。从这一角度出发，或许能够理解女性散文何以能在当代中国城市散文中呈现崛起的姿态，另一方面，追寻女性“个人”的文学书写往往淡化外部的复杂回音，而沉湎于“个人”获得的精神快感，也是女性散文常常难以避免的弊病。女性意识的苏醒推动了女性散文的新变，意味着“现代性”于个体人格认知的纵深发展，它同时也指向女性散文发展的又一个重要阶段：“个人”在中国现实语境下的妥协性心理及其对妥协性的无奈认知。

第三节　幻象的锁链：幽微世界与欲望写作

20世纪90年代以来，中国散文出现了普遍性的寻找、回归“自我”的创作潮流，通过直接经验的书写重现“个人”，以个人化写作破解历史与现实精神重压，成为作家的普遍选择。在误以为“历史”已经消散的年代，都市中产阶级、日常生活的物质繁荣激荡起精神写作者的物质信心，也展现着审美与欲望的持久纠缠，都市高楼林立的景观，反照出都市空间与人、人与人之间的疏离，王安忆、池莉等人的作品里城市中人尚存千丝万缕的人际情感联系，被更为现代的都市场景取代。陈染在《我的“个人化”》一文中说：“对于一个年轻的作家来说，在他（她）的笔下，公共的背景已不能完全地构成每一个人的生存状态，这一个个体与那一个个体差异很大。但是，倘若提炼出来，他同样存在着一些共同的问题，比如孤独意识、空虚感、物欲等人类诸多的困境。这些个人的、个体的，其实是每一个个体所面临的，因此它是十分宏大的。”[①]“个体”“个人”指向由无数“个体”汇聚起的“宏大”的共同问题，这就可以理解当下散文与文学整体性中何以发展出“个人”书写的普遍诉求。

在种种“个人”的凸显中，都市女性获得了“自我”确认，但外部世界依然缺乏家庭庇护的温暖。自我归属感的丧失意味着孤独的栖居，基于现实或精神因素离开“家庭”、奔向“个人”的女性可能已意识到“自我”的心灵世界与外部世界的难以相容，从而诞生了伍尔夫式的悲观主义。同为女性身体写作，陈染、林白、周晓枫等人当然与卫慧、棉棉这些“上海宝贝”有着质的不同。无论是表现欲望，还是表现审美，物质的、肉身的欲望与精神维度的审美存在着自欲望“基质”上超越升腾的精神渴求。审视欲望与审美之间的联系，会看到欲望是人的自然属性，而审美则是非自然的精神性存在。欲望终究不是审美，但审美如果剥离了欲望，审美也就丧失了生命本体的依托。作家表现的欲望审美根本落脚点仍在人的生命状态中，生命欲望的私语，物质欲望的喧嚣，都需要借助作家对于欲望的体察、体验、体会，以自我的精神凝聚去实现审美的要求。作家的心灵质量成为影响欲望写作的关键。另一方面，当心灵世界折射于散文写作时，“欲望之声”不过是更趋复杂的“心灵之声”的一种表现，崔卫平在《弗

①陈染：《我的“个人化”》，见《时光倒流·陈染散文集》，北京：新华出版社，2003年。

吉尼亚·伍尔夫：在沉没和言语之间》一文中有这样的论述："在女性体验和语言相遇的刹那，折射出这一性别的声音具有某种完美特点：漂浮，抑制，急遽滑向中心——'声音的核心中具有一种往复震荡，以致每一个词或声调都会漂浮颤动，活泼生动，然而又不愿其生命力有所损伤，会因为往昔的抑制而隐含痛苦，并常有再度滑入内心深渊的倾向'。"[①]这种"性别"的声音而非仅仅是"欲望"的声音，它的"往复震荡"包含了丰富的女性生命意志与精神抑制，这种"声音"意味着文学的深层心理痛楚——那种"抑制中的痛苦"，最终可能因为抑制的异化而演化为幽闭的内心。

伍尔夫曾以"自己的房间"提炼出女性写作者对于日常生活秩序的关注与警惕，她那种高度面向自我的选择成为女性写作的重要审美模型之一。张爱玲在《公寓生活记趣》中说"公寓是最合理想的逃世的地方"，与20世纪90年代都市知识分子女性的写作遥相呼应。陈染、林白等女性作家在建构女性"自我"时，也将这种"自我"理解为自房间而延伸为身体的隐喻。如果说伍尔夫的"自己的房间"尚存"房间"的物象，当自我的回视落目于身体，身体就成为容纳世界的最后界线与"自我"的容器，女性散文的身体写作由此遁入精神写作的幽闭空间。

散文与其他文体的不同之处在于，在以小观大、以物寄情的散文创作模式中，蕴含着中国文化隐藏的精神传承及接受系统。如果以这一传统衡量，会发现文学最终指向生命意义的发掘，它们彼此

---

①崔卫平：《弗吉尼亚·伍尔夫：在沉没和言语之间》，《人民文学》2001年第6期。

联系的核心问题是所“观”、所“寄”，到底指向何处？本雅明认为，“害怕、厌恶和恐惧是大城市的大众在那些最早观察它的人心中引起的感觉”[①]，都市是复杂的，为各种描述所覆盖的都市想象既能够掩盖女性生命本体对于都市的认知，又能够放大、凸显都市女性的生命触感。“在后现代大都市中，没有谁敢说真正认识都市，尤其是把握它的全景。我们有的只是文本中的都市，是在传媒中阅读的都市，是人们谈论中的都市，是文学作品中的都市，是关于都市的想象。”[②]在都市想象与都市自身的存在抑制下，“现代城市人无法确定自己在整个社会结构中的位置，也就丧失了安全感和安慰，常被描绘成异己环境中的短暂逗留者，切断了其他人类关系，受到看不见的城市力量的摆布，总在与自己的灵魂决斗”[③]。也因此，无论是“自己的房间”还是干脆彻底的遁避于最后的“身体”，“居室不仅是普通人的整个世界，而且也是他的樊笼”[④]。对于女性的“身体”理解更为复杂，毕竟，女人是“在对自己肉身的直接感知中，一下就掌握了最初的和最后的真理”。这一具有终极性质的人之物质性存在，意味着需要经历从肉体的直接感知向更高精神维度的形而上认

①[德]本雅明：《发达资本主义时代的抒情诗人：论波德莱尔》，张旭东、魏文生译，北京：生活·读书·新知三联书店，1998年，第145页。

②吴晓东：《从卡夫卡到昆德拉：20世纪的小说和小说家》，北京：生活·新知·读书三联书店，2003年，第190页。

③张英进：《中国现代文学与电影中的城市：空间、时间与性别构形》，南京：江苏人民出版社，2007年，第62～63页。

④[德]本雅明：《发达资本主义时代的抒情诗人：论波德莱尔》，张旭东、魏文生译，北京：生活·读书·新知三联书店，1998年，第188页。

知的转化，才能将身体的物质性因素化为精神性因素，散文家艾云对此总结说："要紧的说自己。"否则，即便回归到原初意义上的人类肉身之本，身体也同样难免成为女性精神、意绪走入死角的幽暗"樊笼"。

在物质社会中获得了独立能力的女性，在城市中难寻精神的出路与家庭的归途，女性"自我流放"就成为迫不得已的精神流徙。到底是生命的完满还是生命的破损，或是在破损中追寻完满，在完满中无谓破损？这是一个难寻答案的问题。它完全有可能导向更幽暗的空间——在认清"自我"后放纵"自我"，毁弃的是整个人生存在的意义所在。女性存在的意义不仅仅是生育、生产、生活，还包含着无比丰富的"人"之存在。以孤绝心态写作的文学，始终渴求一种卡夫卡式的思想重力。被独立的"个人"幽闭的自我与幽闭的"空间"，如果只能表现孤绝"个人"之轻，而不能表现其"重"，这种"空间"对于散文中的精神"自我"，也将缺乏意义。王冰在分析张抗抗的散文时写道："任何艺术要做到骨感渗入，并不能单靠女性特有的孤绝心态和由此暗生的孤寂。在作品中必须有一种箴言似的暗示，不论是浪漫主义表现主观，还是现实主义突出客观，或是现代主义着意于荒诞和虚无，其核心的意义依旧是思想的深度和意义，其作品必须对时世的情境有着非凡的深刻的洞察力，这是支撑一部作品的一条重要的根。"①在2000年之后的女性散文写作中，可能正因为意识到这一点，如刘索拉、陈染、林白等女性意识、艺术气息浓郁的女性作家，

①王冰：《散文：主体的攀援与表达》，北京：作家出版社，2009年，第130页。

在新世纪都表现出世俗性转变的努力——林白曾漫游黄河写作《枕黄记》，陈染在2007年、2009年分别出版的《谁掠夺了我们的脸》《人语物语狗语》，也表现出一种“与生活和解”的态度。就像陈染喊出的：“金钱救不了我们，爱情也救不了我们。就像他们最终解救不了人的孤独感一样。”以至于她终于说：“我曾经说过要与生活和解，说到底就是与自己和解。”[①]在新的历史时期，她们并未放弃原有的艺术化“个人”，却认识到“个人”有可能将精神困境导向精神绝境，从而呈现出欲与更广阔的都市生活层面、中国各阶层生活层面精神接轨的愿望。上海作家陈丹燕的《上海的风花雪月》《上海的金枝玉叶》《上海的红颜遗事》等系列作品，通过书写上海历史变迁中的个人命运，表现了一种城市历史感与布尔乔亚式情调的哀伤。从表面上看，陈丹燕等人书写了与古典的今昔对照类似的个人命运沧桑，但她们在历史记忆中找寻的，并非历史本身，而是人之存在的命运感。她们的散文并非不注重女性意识的抒发，而是要借助历史去展现都市文明如何作用于人——女人，从而展现人之尊严的主题。而这一主题的抒发，女性作家往往只有依托于都市环境，才能拓宽其精神的宽度。

由于女性作家往往被视为城市中产阶层，她们不可避免地遭逢对于中产阶层、知识分子女性写作“个人”精神出路的疑问。属于女性的个人主义是否表现了真实的生活，是否拥有文学的现实性？这种个人主义的倾向沉淀于日常生活之时，二者发生了何种互动？心理上形

①陈染：《人语物语狗语》，南京：江苏文艺出版社，2009年，第9页。

成了怎样的倾向？当人们继续向女性意识的深处去探寻，会看到真实的“个人”与虚幻的“个人”，社会、家庭中得以凸显的女性“个人”与个人的“个人”交织往复，形成了对女性意识中物质的幻象、日常的幻象、社会与文化身份的幻象的对应，多重幻象仿佛构造出一种女性意识的虚拟空间，又在空间外笼罩着由空间自身生出的一层层幻象的锁链。女性写作中最悲观者，难免在女性的敏锐直觉下触摸到世界的虚幻性，在未曾认识到一切幻象不过是“现代性的幻象”的精神空无中，虽未看破红尘，却难以刺破“现代”而出，反而遁入自身的幽密世界。“现代性”无处不在，幻象的锁链也就无处不在，但如何穿越幻象，抵达真实，则是一个文学创作的思想性、艺术性问题。这就涉及女性，特别是知识分子女性如何借助女性身体这一具有原初性的生命关注，在紊乱的都市、焦虑的生活中寻求更透彻本真的“个人”写作。而从身体面向整个世界，生命之真、之痛压迫着真实的历史记忆再度浮现，民间伦理、家庭亲情、不同历史时期的残缺、创伤型记忆，令貌似坚不可摧的“女性”个人主义，从初遇繁华物世的惊喜、迷醉、厌倦、疲惫中逐渐醒来，看到更丰富的人间心像。这就为女性散文的写作开启了无限的可能。

第十章

从女性走向历史的散文之路

女性散文的城市书写并非仅仅围绕着城市的物质属性，这一创作潮流同样产生脱略淡化城乡色彩，呈现女性思想者风貌的散文作品。鉴于不同阶层女性的利益诉求、精神需求差距颇大，女性思想散文的写作不能不依托于城市所提供的基本传播条件与文化环境。

改革开放以来的西风东渐，引进了世界性女权运动催生当代中国女性意识觉醒的大背景，随着1995年第四届妇女大会的召开，女性意识作为一种性别意识借此契机浮出历史地表。在出版界，民国时期多位女作家如张爱玲、苏青等人的散文作品集广泛出版传播，直接启发着此后二十年间诸多女性创作者对于女性经验的书写。“五四”以来关于“人”的人学概念再度被提出，为现代意义上的女权与新时期以来对“人”的觉醒的深度探索做好了对接的理论准备。文学界持续引进的一波波西方文艺理论与创作浪潮，催动了一系列具有社会热度的女性主义文学阅读、传播、创作，确立了女性观察世界与自我的新的维度，影响着在快速变动的中国经济社会背景下的多元价值观念。在纷繁多样的教育、家庭、职业、消费观念等背景中，女性散文写作的价值观念呈现出“历史的中国”女性价值上罕见的多元生态，女性精神世界的文本现实既有共同的女性体验，又展现出对峙、对抗与彼此冲突的强烈女性主体观。

从散文的表现内容考察，在表现敏锐的女性感知细节与活泼洒脱的现代都市生活观外，女性主体意识开始着力于历史残酷与际遇的文学书写，逐步凸显出主体面对历史悲剧时的女性精神“自救”。当代女性散文出现了融家国忧患的传统散文观念与富于女性特质的个性化思索于一体的散文文本。身处两个世纪历史转折期的筱敏，以其独树一帜的融抒情与抽象、回忆与思索于一体的散文写作展现出女性触摸历史的特有精神维度；她对往事与沉痛情绪的独特把握，展现出女性知识分子作为人类“思想者”一分子的柔软之美、沉重之力。在生存的绝望中反抗绝望，在历史的痛省中反观自省，在女性灵魂的寻觅与沉淀中点燃自我，身具知识者与女性的双重性，筱敏对外国思想史、文学史上杰出女性思想者的灵魂观照，刻画出深含女性印记的思想散文的沉重篇章。她与艾云等人的散文写作实际证明了都市女性面向文学深层审美的挑战。

第一节 “女眼”下的历史、人生、世界

对女性散文而言，两重理论视野的悖论始终存在。女性主义者埃莱娜·西克苏等人认为，“妇女写作的实践是与女性的躯体和欲望相联系的”①，强调女性文体必然是一种身体写作，“她的肉体在讲真话，她在表白自己的内心。事实上，她通过身体将自己的想法物质化了，她用自己的肉体表达自己的思想”②。以“描写躯体”进入内在的挑战，将写作联结文本，借助肉体的愉悦联系转化为对菲勒斯中心象征秩序污染的世界的反抗。另一方面，在看似独立宏阔的女性意识中，文化背景与地域、历史等因素依然影响着女性文学书写的多重可能，同是身体书写，同是表现女性心理欲望的解构二元式写作，东西方女性写作者对待身体观察、体验、描述的角度、姿态、力度之轻重深浅大不相同。在东亚儒家文化秩序及其审美风习倾向影响下，东西方女性虽然有着本质性的共同反抗话语需求，但在创作实践中展现的文学审美风格与精神内质“进入”渠道确有所不同。如果将女性散文的女性特质划分为女性共同生理心理体验、女性社会性与生产特质、

①张容选编：《第二性》，石家庄：河北教育出版社，1995年，第15页。

②[法]埃莱娜·西克苏：《美杜莎的微笑》，见张京媛主编：《当代女性主义文学批评》，北京：北京大学出版社，1992年，第195页。

女性精神提炼三个主要范畴。这一时期筱敏明显处于第一阶段，借助女性共同生理、心理体验的书写呈现作为女性特有的困惑、迷惘的生命意识。这一时期的筱敏的散文有别于其他女作家热衷表现的女性“灵与肉”的书写欲望，区分出一种舒缓雅致甚至称之朴素的文风，其审美指向清淡寡欲，侧重于形而上思索，凸出清淡性灵的书写。

女性书写是筱敏早期创作的重要内容。从集中以女性为关注对象的首部诗集《米色花》、论著《女性的天空》（1990）到散文集《女神之名》（1997），筱敏在女性生命意识的深度上持续开掘，从女性角度感悟社会人生。在20世纪90年代的早期创作中，“她的女性散文创作表现出重感情抒发、重感觉表现、重事物横向联系等艺术特征，由此形成了独特的美学风格”[①]，体现出鲜明的女性亚文化特点。《女性的天空》就文体划分论，与其说是专门性质的论著，不如说是以散文形式表达的女性问题作品。如筱敏自己所言，“自从七年前，我有点意外地写完那本不知当算什么文体的《女性的天空》，我就意识到，我已经摆脱不了女性问题的围困了”[②]。筱敏早期创作中密布不同于男性的女性共同体验，女性意味的抒情以湿润清扬的抒情笔调书写，隐含南方湿润空气下隐秘的女性自我。筱敏的早期创作恰如肖瓦尔特所言，尚处于一个较长期的“模仿”（imitation）主导传统的“女人气”（Feminine）阶段，女性自我主题的情绪体验、思考体验与散文写作中舒缓、深沉、柔和之力等文体特质缓步结合，形成细腻柔软的女性散文艺术。这一时期的筱敏散文当属典型的城市女性散文。

①刘涵华：《筱敏女性散文的美学风格》，《安阳工学院学报》2006年第2期，第114页。

②筱敏：《女神之名·自序》，广州：花城出版社，1997年，第1页。

从“女人气”走向更为深沉的否定之否定，走向更为深沉的女性知识者的心理世界，是筱敏及其所代表的女性散文作家在散文创作路向上的重大转变。早在1989年，筱敏就已对女权在追求男女平等中产生的变异有所察觉，在《女性的天空》中，“事业型”女性转变成了一类丧失女性特质的雄性化女人，成了性别文化异化的特殊人类。在此，强调女性体验的筱敏在对贤妻良母和做男人一样的女人作出双重否定之后，面向沉重的历史变革和新的时代转型，看到了重构女性形象的心理危机。筱敏曾自评说，“奥斯威辛之后不再有诗。雪灾之后草木也会改变”[①]。“雪灾”改变的“草木”转变了其生长的方向，从抒情浪漫的狂飙图景到世俗琐碎的人间世界，外部世界的强力又一次改变了中国文学的书写。在这条被外力扭转的道路上，筱敏选择散文，以女性意义上的“两性同体”之姿进入记录历史的思想雕塑中，首次呈现出女性思想者沉净的力量。为表现历史之重，筱敏创造了一种悠长的散文话语，在与男性散文作家类似的“理性”式深沉叙述中，以女性个体的角度对人存在的绝望持续彻底追问，塑造出一个“女眼下的世界”。这一“女眼”，看见、发掘的是母亲之痛、雪绒花之泪、天鹅之美与死等富于女性气质的思想意象，诸多意象映照着筱敏对思想与文学现实“脱离”的反省，她的直面历史，她对中国历史语境下女性作家的历史良知等宏阔精神主题的抒情式铺展，她自发性的精神书写塑造着当代中国散文尤其是女性散文的奇观。女性文学走向内在独立的性质不是单一地从琐碎的女性生活世界中打开独特体验的通道，而是在充分保持女性意识特质的前提下，在与男性平等

①筱敏：《答问》，《羊城晚报》2014年4月11日。

并且同样深沉、醇厚、锐利的历史质疑中，持续凸显女性对历史、人生、世界更深入、更独立的差异性把握。在历史重量的压迫下，筱敏不是不能高扬强调寻找女性特质、强调女性的差异性的气质，但如何避免在东方式社会政治、文化语境下造成女性知识者与现实的某种“脱离”，是摆在所有女性知识者面前切需反复思量的命题。挑战每一权力“中心”的女权主义，如果意图借助女权话语口号进行隐遁与规避，与其他各种隐遁、规避的犬儒姿态则并无不同。

第二节　历史正义与女性思想散文血脉

作为古文明传承至今的国度，中国女性文学传统往往寄托于“才女”闺阁风的诗词创作结集，女性文学作品被赋予了浓厚的父权制文化所要求的柔弱清丽、婉转缠绵等审美特质，如李清照赋予词体以深沉阔远之气的词人极为罕见。自晚清到21世纪，从女界之声到男女平权、婚姻自由、“铁娘子”，到20世纪80年代向着“女人味”的复归，中国女权运动在现实与思想层面有过波折与曲解，在不断深化认识的进程中表现女性意志、女性权利的文学精神谱系则始终并未完善。鸟瞰中国女性文学的发展，书写现代中国知识女性寻找、刻画、书写妇女自身的文学传统是女性文学研究领域的长期目标。但“政治观点与人们强调的文学新观点之间呈现着一个清晰的动态：没有日益发展的女性主义运动，女性主义的学术运动就不会迈出第一步”[①]。一个清醒地觉察到父权制压抑的独立、平等的女性文学传统，就现实境况而言是近代以来女权主义运动的产物。

另一方面，真正的文学写作来源于自己脚下的土壤，来源于呼吸的时代“空气”与身处的族群。在不同的历史条件、话语环境下，在引进与改造的同时，女性文学及其写作主体不可避免地要与具体的历史文化积淀、现实生存处境、具体目标相遇、相联结。伴随着现代中国历史的建构与前行，中国女性作为知识分子经历的精神历程与炼化内质，与欧洲身具理想主义光芒的女性知识分子存在着相通的历史基座与精神历程，极易为敏感、富于勇气的女性作家所感触借鉴。面对历史复杂性的现实冲击，筱敏以《成年礼》《阳光碎片》《风中行走》《捕蝶者》《记忆的形式》等重量级散文集进行精神坚守，在自我“成年”式的洗礼后拓宽了女性散文历史承担的深厚容量。她“不是认同某种经过框范的女性‘本质’或者重复体验一种被赋予女性经验，而是根据她自身被某种思想照亮的经验和这些经验与阅读对象之间的遇合、离间、撞击去声称新的经验”[②]。这不仅表达着“自觉的”女性文学批评体验，也描绘出“自觉的”女性文学创作在面向历史与整个外部世界的刺激下自我精神的触发与被触发过程。

在越走越深厚、越来越锐利的记述与感悟中，筱敏以个体记忆思索与思想史、文学史上一代代点燃精神之火的灵魂对话，特别是与中

①艾德里安娜·里奇：《当我们彻底觉醒的时候：回顾之作》，转引自张京媛主编：《当代女性主义文学批评》，北京：北京大学出版社，1992年，第123页。

①屈雅君：《女性主义文学的中国思考》，见李小江、朱虹、董秀玉主编：《批判与重建》，北京：生活·读书·新知三联书店，2000年，第159页。

外女性思想者、行动者进行灵魂对话，以富于隐喻和意象抒情的女性体验书写记录、承担历史转折时刻女人之为“人”的重压，这些对话与承担成为筱敏持续追寻女性散文的精神传承与文学坐标。她的阅读目光扫视发掘着欧洲社会、艺术革命中追寻心灵独立平等、拥有抗争意志与牺牲精神的知识女性，借助她们的思想形象塑造，筱敏在散文中搭建起连接女性精神的生命链条。在不承认人的存在的时代，俄国十二月党人妻子、刺杀沙皇的革命者妃格念尔、“罗丹的情人”卡米尔·克洛岱尔等形象燃烧着女性生命意志的火焰。她所书写的克洛岱尔式精神从岩浆到石头的转化，既隐喻着女性命运的凄凉，又满含着追求独立生命意志的女性之心。“点燃了未来的白桦”的俄罗斯女诗人茨维塔耶娃，则以“被撞得粉碎”的命运觉悟去面对整个“雪原”。筱敏吸收了俄罗斯的人道主义文学传统与现代女性的自由观念，以此刻画女性“不羁的灵魂，被自由之风支配的灵魂”[①]，并在相似的苦难道路上选择直面本国知识分子“缺血的灵魂”，这一灵魂对灵魂的超时空对话，是一段反复回忆、反复咀嚼、反复痛楚的女性知识分子的心理历程。筱敏选择的历史，正是这样贯注着女性面对苦难依然顽强追求自我的精神映照史。

火焰、碎银、岩浆、石头，充满极端命运的形象与女性追求自我生命的觉醒，共同营造着对女性社会角色定位的革命性符号世界。这个世界在筱敏笔下满布女性站起来的独立身影，这个世界不仅存在于女性革命者与女性诗人身上，也存活于从远古至今众多矫健强韧的女性灵魂中。填海的精卫宛如女性版的西西弗斯，面对浩瀚的世界与近

①筱敏：《记忆的形式》，天津：百花文艺出版社，2004年，第132页。

乎永恒的命运安排，依然选择不息的对抗。山鬼纵横游走天地之间，在无家的命运注视中发出了人的声音。筱敏用女性生命的灵魂书写打开了一条与弗吉尼亚·伍尔夫相似的寻找女性精神文化传统的通道，她在记述湘南农家妇女特有的“女书”时，感慨“没有权利掌握‘男字’的妇女，在膝上书写自己的文字，就像她们把婴儿放在膝上听她们唱古老的歌谣一样”[①]。“每一代的妇女都在原处开始书写的，如旧年的草木枯老衰亡，新一年的草木又在原地原样生长起来。这种没有任何个人期待的传承，将任一星点单个人的生存意义都剥蚀殆尽。”[②]这种仅为妇女书写的文字，“没有一部女书，是可以传至三代以上的”，筱敏将之称为一种“呼救方式”，“然而，正是绝望之中的一线希望，即使细若风中的游丝，却构成了个体生命真实的意义”[③]。

女性言说的历史潜润于历史正义的价值判断，女性的“牺牲”特质发生转变，不再成为历史神祭台上男性权力的纯洁“献祭”，而成为新的精神对抗者。这种对抗，与男性历史世界中从“神”到“人”的整体历史潮流并立，为父权文化下女性独立意志的伫立沉吟着血脉之歌。在“群众汪洋”的书写中，“时过境迁，潮水一夜之间退去，那个实体顷刻就不存在了，你无法寻找它，它似乎从来不曾存在过，面对空空如也的广场，你甚至怀疑自己刻骨铭心的记忆”[④]。富含女性特质的情感追忆幻化为历史追忆的同一，历史仿佛化身为作为情感对立面的“他”，与现实场景高度重叠，“两性同体”在此演化为忘

①筱敏：《风中行走》，北京：作家出版社，1998年，第222页。

②筱敏：《风中行走》，北京：作家出版社，1998年，第224页。

③筱敏：《风中行走》，北京：作家出版社，1998年，第225页。

④筱敏：《记忆的形式》，天津：百花文艺出版社，2004年，第157页。

却同体的女性意志，这种意志不仅属于当代中国女性散文中呼唤灵魂的血脉，属于中国文学中直面情感本质的悠久抒情传统，也属于世界范围内女性精神世界的建构，属于女性作为一个社会、历史、文化中的“人”，一个觉醒的个体最本质的内心抉择。它不仅是当代中国女性散文内在精神、格调的升华，更是面对所有当代中国人作为“人”意义上的文学呐喊。美国女权主义者葛罗莉亚·斯坦能曾言：“所有认同平等和人性的完整性的人，都是女权主义者，不论男女。”就此而言，没有觉醒的“人”的意识观照下的中国“男人”“女人”，就不可能真正触及中国深层传统价值系统和当代中国社会秩序内在的女性生态与权力边界。

第三节　“叛逆”的“思想者”群相与“无家”宿命

20世纪90年代至今，富含文化情感和知识容量的“文化散文”“学者散文”成为散文创作的大潮。与之相衬相辅，貌似充满“女人味”的“小女人散文”在新的城市文化观念影响与世界工业化变革背景下，凭借女性生命体验中对世俗生活的感悟、物质时代消费观念、女性生理感受及情感需求等描写盛行一时。仅就内容而言，这类散文在女性年龄阶层、知识结构、社会阅历、价值判断、思想走向等多个层面都体现了城市中产阶级女性特征，就人生体验、表现力度、思想深度、情感厚度、历史与社会文化观察的广阔度及散文特有的文气贯穿等散文内质而言，它缺乏早期女性文学中就身体而入内心的“躯体写作”的尖锐的自我表现和女性性心理的深度开掘，也缺乏“五四”以来女性文学的女性特质强调与个性解放推动现实女权的尖锐犀利，与冰心、杨绛等女性散文前辈，与宗璞、赵园、扬之水等女性学者、散文作家对女性气质的把握及其深厚阅历、学养、体悟相较，在散文内在的文化层次上尚有相当距离。当代中国女性散文呈现出样式较多的分化与隔膜，这种隔膜是中国社会在新的发展时期社会分层、族群分层与文化分层等外部社会文化大环境的自然反映，在女性散文创作文本中呈现出差异性大于共性的情状。不妨说，都市文化环境培育了女性知识分子，而女性知识分子则不断地实现着对于都市的逆向超越。即就女性写作而言，仅仅依赖于性别特质的女性写作是难以为继的，它需要更强烈的“人的权利”。

散文是一种要求精神高度的文体，散文作品能否拥有长久的文学生命，既有赖于写作主体精神世界的丰富繁杂与散文文体的高度契合，也有赖于文学自身之“真”、之“善”、之“美”、之“深”。在当代女性散文名家中，林白、陈染、周晓枫及新崛起的李娟等人俱受惠于真、善、美之表达，陈染、林白更得益于领女性文学风气之先，在特定的时代语境下自有“但开风气”的意义。但诸多散文文本所反映出的女性精神主体，更有其“深”“广”等多方面的含义。从古今中外的文化传统中汲取营养与采集信念，从人类历史文化发展与中国历史现实的走向中把握中国人的命运，从怀人寄物中体验“仁”

心在怀的疼痛与生命审视的智趣，实是包括女性散文在内的中国散文之“善”“美”“真”的源泉。当代女性散文同样身处这一文学“大传统”中。具体而言，无论女性散文写作从肉体之欲之痛进入抑或从外物人心内化切入，无论是传统的“托物寄情”还是现代的潜意识艺术化书写，终究都纳入到女性自身内质的思索之中。筱敏格外强调的精神内质与躯体写作相比往往拥有鲜明的对应，在《旧衣装》中的少女记忆里，“那位俄罗斯少女冬妮娅的水手裙服简直让人心旌动摇。只这一点点美的梦想，就足以催生不满和叛逆之心，可见秦火虽然暴烈，要维持长效也难”[①]。这段书写与刘小枫《记恋冬妮娅》所欲表达的主题意旨何其相似。平心而论，无论筱敏作为女性的“精神写作”是否具有“贵族写作”特质，至少她写作思路内质的变革隐含着一条从女性内在走向历史内在的线索。

借助新的女性形象转向展现对历史正义的追寻，是筱敏散文的重要主题。“当我的目光只在半空寻觅天女的花瓣的时候，我是读不懂‘生命的泥委弃在地面上，不生乔木，只生野草’的。待到渐渐体验了生命的泥的委弃，方才觉出手中的笔的重量。”[②]敏锐的女性作家在精神的质问中一步步成熟，开始寻找新的精神寄托。女性“智者”与具有革命性质的女“思想者”作为筱敏笔下先进女性的群像，在精神内质层面扩大着中国文学对女性形象及精神世界的表现力、思考深度，她将女权主义的进步性与社会追求正义、进步的属性融合，将女性作为“思想者”“革命者”所经历的现实苦难、情感炼狱与作为

①筱敏：《捕蝶者》，广州：花城出版社，2007年，第188页。

②筱敏：《风中行走》，北京：作家出版社，1998年，第68页。

“人”本身意义上的命运思索联结，用正面的抒情书写现代女性人文主义者面对“人的尊严”的清醒认识，提升了女性作为社会的“人”与男性的“人”并立的精神维度。“这样大写的生命是绝不应该被闭锁在历史暗夜的伤口里面的。”[①]女性作为参与历史正义的历史主体，成为人类文明历史的真实存在，成为拥有独立意志与生命勇气的女性信念。

（一）女性“思想者”“勇者”的心灵“独立”。女性形象是男女权力在文学文本中分布的具体化。在经典文学作品中，柔顺的“天使”与“叛逆”的女巫被男性作者塑造为男性权力观照下的两类女性，两极化的形象分布虽有形象、性格等因素作为缓冲，其固定的类型化特征却很明显。在“寻觅天女的花瓣”的年代，筱敏散文中有着柔美的女性形象，尽管柔美中依然体现着女性的坚韧强忍。在借助“小人鱼”等形象再造安徒生童话中纯粹女性爱意的历程中，筱敏隐喻着女性缺乏表达爱的两性话语权力。这种强忍的“柔美”内蕴着女性主体意识的觉醒与觉醒所带来的不满。“那些神圣明澈的童话故事，对于现存的世界不啻是一种尖锐的激情。”[②]当不满走到一个极点，面对历史转折的残酷与社会生活的巨大变动，筱敏以诗意追问开启了对人存在的绝望反省。在“群众的汪洋中”一切口号都是虚幻的，面对无法把握的世界，面对女性知识者在强权、人权、父权等多重属性的压抑，人既然不知何以为“人”，既然作为一种本质意义上

---

①刘思谦、郭力、杨珺：《女性生命潮汐——二十世纪九十年代女性散文研究》，开封：河南大学出版社，2005年，第179页。

②筱敏：《记忆的形式》，天津：百花文艺出版社，2004年，第310页。

存在物无法回答自身的永恒性追问，又如何能以自我的价值观念转化、强加为新的启蒙之罪，又如何能将女性的目光仅停留在开掘女性躯体隐藏的心灵秘密的层面？

沉重的现实推动着妃格念尔与茨维塔耶娃展现出不屈的女性意志，对专制的思考与反抗建构着男性、女性知识分子共通的精神背景，但女性独有的湿润目光较之男性更富悲悯意味，在对“德意志暗影”所象征的法西斯极权主义思想暴政高度自觉的批判中，筱敏刻画出一代又一代叛逆的女巫般的身影。她们“拒绝趋附，拒绝从属；是尊严、自由，叛逆性个人选择的权利；是永远在路上，永远动荡，不能安居的灵魂”[①]，这就点出了作为“叛逆者”“她们”最基本的特质。诸多形而上的沉重主题成为筱敏女性散文中女性生命天平的价值终端，“尊严”“自由”“良知”“忏悔”“个人主义”“反抗与投降”“知识分子的良知和责任”等诸多重大命题，被寄托在筱敏对站起来的女性“智者”“勇者”的生命轨迹记述之中。“屹立——洞见——记得——正视——深知，叛逆者以这样的使命出于人间，在其时代的文字堆积之外辟出旷野，书写如野草一样坚执而有芒的文字。”就如她书写李九莲一般，“她是一名自觉的承担者，她对命运自觉做出合乎个人尊严的选择。所谓忠诚，这种褒奖用在她身上是不合适的，那是臣对君权的义务，妻妾对夫权的义务，而思想者没有这种人身依附关系。思想者是独立的，她所有的，知识对思想自由和个人尊严必须承担的义务”[②]。筱敏反复强调的思想，不是在强调思想作为

①筱敏：《阳光碎片》，上海：中国青年出版社，2003年，第114页。

②筱敏：《风中行走》，北京：作家出版社，1998年，第64页。

知识一部分的存在意义，而是面对思想与独立心灵背后的情感与挣脱命运的动力。这是真正意义上的人的牺牲，女性不再仅仅是经济上挣脱枷锁、摆脱家庭束缚等外在因素制约下的女性，而是在更深意义上深明自己作为一个“女人”的人的终极价值归属，这种牺牲，也将整个知其不可为而为之的女性思想者悲剧点在了“启蒙”的痛穴上。这是女性独立心灵最为沉痛，也最为独立的“独立”。

（二）文学史上少有的独立的“母亲”女性世界。在筱敏笔下，“母亲”不再是冰心笔下灿烂“红莲”所象征的单纯、明洁的母爱，也不是张爱玲书写的在“沉下去”生活中心机沉沉以至于心理变态的曹七巧，更不再是鲁迅、柔石、艾青等男性作家作品中探坟独伤然而终究不解爱子为何而死的懵懂之母、“为奴隶的”人间弱者与无私付出默默承受大地般的虚幻母爱。“疼痛是无人想要的礼物，它是非常时刻的非常情态，而生活永远只趋向常态。”[①]筱敏的“母亲”首先是一个站起来的“母亲”，是有着独立的价值判断与精神世界的母亲。也只有这样的“母亲”，才能在历史的不义和其造成的巨大伤口中摆脱宿命论的命运阴影，这是固然感伤却深味牺牲意义的又一种“母亲”。“母亲”实际上就是女性伫立的自我，写作主体摆脱了女性在父权文化中的边缘位置，在精神上实现了母子一体。“在这个天堂里，那种永久的母亲的声音，给写作的妇女及她的读者以深深的安全感——她和母亲联为一体了，无论什么力量都无法将她从母亲的保护下拉走。”[②]与“母亲”的结合正是女性写作对外在压力的潜

①筱敏：《记忆的形式》，天津：百花文艺出版社，2004年，第28页。

②张岩冰：《女权主义文论》，济南：山东教育出版社，1998年，第119页。

意识颠覆，唯有颠覆外部秩序的暴力与压抑，写作主体的内在自由才能进入情感的“自在状态”，才能从中获取对于历史基于女性直觉的洞察力和力量。“白发人说，心绞痛是一颗子弹，穿过儿子的身体，然后击中母亲，弹头留在母亲体内，像一颗绽开的花蕾。”[①]这种深刻的“心绞痛”是中国文学作品中罕见的，是一贯沉默的、任人塑造的“母亲”开口的痛诉，是对“母亲”形象的精神深化与品格提升。“我对儿子说，你要每天叫我一声妈妈，无论你去到多远多远，无论这两个字如何让我生痛。我得确认你的存在，由此才能确认我自己的存在。我得坚信并非一切事件都能夷为平地，我得确认它们存在，存在！无论雾墙能遮蔽多久，无论时间如何风化、碾轧，它们仍然存在！”[②]这种泣血的“坚信”使得“母亲”成为摆脱单一的动物性母爱的、拥有历史正义价值判断的女性之眼，一个既拥有女性情感直觉特质又延伸出睿智的历史目光的人。

（三）“无家”的暗黑宿命。贞德、秋瑾、卢森堡等女性“思想者”与“勇者”，面对的是深暗的权力社会、受压迫族群、父权夫权的三重现实压迫。“永远在路上，永远动荡，不能安居的灵魂”象征着女性勇敢的行走，但对于男权社会中以家庭为基本单位建立起来的历史社会，如恩格斯所说“它同个人性爱绝对没有任何共同之处，因为婚姻和以前一样仍然是权衡利害的婚姻。一夫一妻制是不以自然条件为基础，而以经济条件作为基础”[③]。“无家”意味着一个完全独立的个人，

①筱敏：《捕蝶者》，广州：花城出版社，2007年，第23页。

②筱敏：《捕蝶者》，广州：花城出版社，2007年，第24页。

③恩格斯：《家庭、私有制和国家的起源》，见《马克思恩格斯选集》，北京：人民出版社，1972年，第60页。

而在筱敏眼中，“家，自从有了家，女人就没有路了，她们通过自己的等待阻塞了自己的道路。自从有了家，女人就没有苍穹了，她们通过家的稳固来拒绝苍穹”。这是对依附男性的“命定”归宿的女性家庭史的深沉总结，筱敏的笔尖指向不仅仅是作为女性思想者对抗的专制权力，也指向觉醒了女性在现有环境下的浓重阴影。这实际上是对鲁迅等人提出的“娜拉出走后怎样”的妇女命题的再一次回应。即便女性取得了经济独立，成长为强大的女性精神个体，但在“家”“国”“天下”的整体社会建构没有发生转折性变化的时期，世界并未因女性强大的精神个体而改变。对这些杰出的女性灵魂而言，“无家”不仅意味着冲决旧家庭桎梏、解决自我生计的苦恼，还意味着与原有所依附、所依赖、所成长的价值体系决裂，这在对于一个觉醒的“人”，也始终意味着一种精神上的孤立，意味着俗世意义上无所归宿的凄凉。

“‘何处是我的尽头呢？’你说。当这内心的询问穿过一百年的暗夜抵达我的时候，我就在暗夜中擦燃一支火柴，然而火光瞬间就熄灭了，灼伤的惟有自己的手。我只能以内心的颤动告诉你：实在我们没有尽头。妃格念尔。”①这是清醒者对命运的清醒认知，也是伊瑞格瑞谓之“女人腔”的非理性情感词句，但在非理性中呈现出的根源理性，充满了女性牺牲者由衷的悲悯与自省。女性思维隐去了性别特质，却又在缠绕于心的“火光”中被“灼伤”，“没有尽头”的思路尽头，是女性永恒存在与行走的质问。这种质问向着隐在的“神性”

---

①筱敏：《成年礼》，见邵燕祥、林贤治主编：《散文与人》（第6辑），贵阳：贵州人民出版社，1996年，第76页。

内质迸发，无谓男女，却又包含“无性”外壳下的“女性”。这一声暗叹带来的是体验外的超验，俨若“谁入地狱”宗教“彼岸”般的崇高升腾而起，留下的是“无家”认识下“内心的颤动”。在宏大崇高的抒情表述中，筱敏也展现了女性面对“无家”命运情绪的柔弱，但不应也不必否认，它同样是女性的一种“真实”。在尼采所谓“上帝已死”昭示的现代性危机面前，人与人，男与女，都是人类秩序中并列的一员。在男权社会状态下，“家”作为人类生存秩序的基因，既构成一种对女性自由意志的桎梏，也是男女认知和理解的现实动因基本前提。要对抗存在之反存在，唯有在超越性思考外实现本真状态之“爱”。世俗人间的现实境况中既难免面对“家”的困惑与束缚，则“无家”的宿命以其纯正崇高的精神追寻令人起敬，而以“家”形成人与人的共生，形成爱在深处的命运共同体，形成不论男性抑或女性走出“无家”的悲剧命运，也不失为“无家”之外的另一种生存选择。

第四节　从女性体验中走向历史

从《道德理想国的覆灭》到王小波小说、散文中的尖锐英式审智风，朱学勤、刘小枫、徐友渔、林贤治、筱敏等20世纪90年代的中国思想类散文随笔作者，有着出身、地域、教育程度的鲜明差异，但特殊的时代背景下共同的成长经历，却为他们的文学创作带来了共性。

通过普遍地回顾历史中的自我，追索“文革”时期中一己生命追求真理、思考人之为人的自我体验，通过如赫尔岑一般的“往事和随想”之路，通过打开自我的记忆之门，通过对法国大革命的映照式反思与对俄国思想文学传统的回溯，将历史的幻灭与自我的焦虑化为对历史人生的反思，化为对这个“旧邦新命”国度的更深入的思想探索。他们走过了共同的思想道路，他们或借助小说的反讽与幻想以抽离现实的悲剧性，或选择更为舒缓、更具抒情特质的散文表达追忆的沉重。这一文学之路，是一条从单纯的热情到惨痛的幻灭，再从绝望的麻木到余烬复燃的道路，它是这一时期散文创作的群体性文化背景。

面对变化万端的信息社会、情感快餐与家庭伦理观念的变迁，女性散文作者是在往日的历史“伤痕”中探索性别的奥秘，还是在中产白领的物质化潮流中体验现代女性的消费审美，抑或通过身体认识自我，认识“小女人”性别主体的独特内在，成为判别文学精神高度与文化消费之间的一个标准。从筱敏的创作实绩看，与社会、历史结合的女性抒情散文写作是当代中国女性散文建构的重大革新点。这是一条从形式到内容、从散文到内心的女性散文之路。当性别自觉成为当代女性散文中突破主流意识形态和男权价值观双重遮蔽的中心特质，在散文传统的“载道”“言志”之外，如筱敏般从相对单纯的女性思维中走出，在纵横广阔的历史视野中以看似男性思维的“理性”回归“非理性”的“女性”，就完成了一轮女性身处社会、历史中的精神轮回，女性自身的独立思维与历史思辨之间也就寻觅到并轨合行的途径。另一方面，女性只有在一个女性生存尊严、物质需求能够得到基本保证的环境中，才能摆脱乡土伦理传统对于女性的沉重桎梏，实现女性自我的精神升华，开展更为宽阔的审美境界。它决定了女性散文的升华需要在城市的“现代”立场中不断改善自身的精神质量，以推动女性思维向着历史思维的深化。

应该看到，筱敏近年的散文创作文质愈实，情感愈深愈沉。她的女性散文，自锐利深邃的女性体验中走向历史、走向更宽广的思想视野，使中国散文首次因当代女性思想散文而获得了新的观察维度，迈出了“走出藩篱”的又一步，这就为“大传统”下现代中国女性运动与文学发展的新定位、新发展获取新的思想资源提供了新的可能。筱敏本人的创作也展示了女性思想者在转变为知识精英中有可能产生的平民立场，从而与同属知识精英的杨绛、宗璞等女性散文家“贵族”式、书院式散文产生了相当大的区别，这是难能可贵的。

结 语

新时代语境下散文发展潮流转向

水无常形，文无定法，与诸多事物的演变、运动规律一样，包括近二十年来中国散文在内的文学思潮运动持续演化有着自身的规律。当代文学发展的种种复杂因素，社会意义上的“泛阅读”观念，国民自我反省的可能性的产生，文体的继续细分与距离、层次感的加强，为当代散文发展提供了多元多变的思想背景，也提供了丰富繁杂的社会思想资源。纵向来看，自20世纪90年代末至新世纪以来，中国散文创作产生了与小说、诗歌等其他文学体裁差异鲜明的变化。横向来看，在古典、现代散文的辉煌与当代散文之间，散文文体内在的本体诉求结合中国文学“现代性”的持续渗透，使这一最为顽固也最为坚持中国“大传统”（如儒家文化的家国内质）的文体，展现出新的“文脉”流向。在深、浅阅读借助各种传播方式普及于大众时代，享乐与犬儒成为新世纪知识分子精神主体的重要组成部分，“浮-普”

精神[①]的弱化意味着狂飙狂进的文学社会运动与消极避世的隐遁情结渐行渐远，中西文化内质的交融以新的时代形式对当代文学创作提出了新的要求，蒋梦麟笔下之“西潮”不是弱化了，而是在当代中国社会、文化生活的各个层面更深入地渗透到中国人日常生存形态之中。

在中国文学史上，作为中国历史文化的主流承载文体，散文关系世道、人心、天心，凝聚着不同历史时代中国人的意志追求与精神审美品格。然而，“现代中国文学”中“现代性”对现代化的深度探思，在散文中或隐没无影，或外化为千姿百态的精神复归。中国散文与家国天下的传统伦理秩序及思辨抒情逻辑顺序逐步脱离，以这一整体趋势为观照基准，当代散文走过的重建道路，不妨称为是一种道德系统与心灵气质的文学重塑运动。但另一方面，“周虽旧邦，其命惟新”，中国特有的政治传统与中国文化的深层次基因对散文继续发挥着作用，现代人文知识分子在对传统的反思、改造中固守着当代中国人内在的审美底线。无论散文写作主体在城乡巨变及时代精神面前表

---

①“浮－普”精神即“浮士德－普罗米修斯”精神（Faustian-Prometheanism)的简称，提法见于唐君毅《宗教精神与现代人类》：“近代西洋人是有一野兽般的自然生命冲动。由此冲动而不自觉的自信其力量之无限……在他步入文化舞台，在近代文化史上出现时，便要想建立人国于地上与天国比美，而显出与上帝竞赛伟大的雄心，成所谓浮士德精神。”（参见唐君毅著、张祥浩编选：《文化宇宙意识的探索——唐君毅新儒学论著辑要》，北京：中国广播电视出版社，1992年，第273页）又有张灏《中国近百年来的革命思想道路》认为：“它是指西方近代一种极端的人本意识，认为人已经取代神为宇宙万物之主，因此相信人性无限、人力无边、人定胜天，人应该宰制万物，征服宇宙。”（参见张灏：《张灏自选集》，上海：上海教育出版社，2002年，第304页）这种精神在中国的现代语境中，与传统的人极意识相结合，产生出志士精神与勘世精神两大观念。但是，中国古代的天道观念在这里被过滤了，而代之以具有终极信仰性质的现代马克思主义或者当代意义上的科学社会主义观念。

现出挣扎、振作、逃避、绝望与“反抗绝望”等何种人生姿态，散文文体的精神维度始终规范着散文书写的基本格调。散文的“重塑”转向体现出与其他文体相异相违的诸多特征。中国文化强大的自我改造更新机能，为散文写作中新的组合与选择提供变幻芜杂的精神基础。这也形成了当前散文创作的几种现状：

（1）密布而零散的分布状态；（2）文体形态的多样化；（3）思想内蕴的庞杂；（4）艺术表现手法的混匀。

这些现状意味着，如果不将散文置于一个长时段的创作实践中考察，散文将陷入丰富又难解的“混沌”之中。散文问题外在形式的改变并未转化民族文化心理的内质存在，散文研究如果不能解开“混沌”，直面繁杂身后的真实转变，则诸多有关散文本体论的研究，同样难以避开深陷的混沌难明中。这就需要将散文首先置于社会文化层面考察。

一、从知识分子阅读向大众阅读的文化传播转向

散文作为一种可以纳入文化传播的文学体裁，既拥有广泛的受众阶层，又反映着社会领域内普遍性的精神文化需求。二者直接影响着散文创作的走向。散文文体特征的制约规范、20世纪90年代以来中国大众传媒的兴起与必须加入考量因素的汉语文学教育，成为散文近二十年来为中国社会各阶层所广泛接受的基础要素。

中国现代文学史所习见的严肃文学与通俗文学、小说雅俗之分等分野，在散文文体中常常难以清晰体现。一方面，“五四”以来，白

话散文对散文写作的语言形式进行了根本性变更，然究其本质则从未脱离“雅”文学之范畴。现行的白话散文文体之不宜于表现通俗性质的武侠与言情内容，验证着散文文体内部特征对文体承载内容与基本艺术格调的制约。另一方面，散文写作虽擅长以小见大、以点带线带面的写作，新世纪还兴起了长篇散文的写作热潮，但在承载类如《战争与和平》等长篇小说内容等方面极难实现突破。即如“小女人”散文中借助衣食住行物化的现代消费观书写现代女性经济独立后精神审美的“自我”，也未能摆脱中国闺阁文学咏物怀情、抒发女性情怀的范围。以长时段文学史目光考量，原有文言散文借助诸多文化符号的表意系统，传递、启悟、建构出主线清晰、体量庞杂的文学文化包容系统，具有极强的文化并存互动特征。它绝非考古怀旧的坟墓或纪念堂，而是依然保存着生机活力、富含古典文化精髓的文学成果。这一特征，为中国文学民族特质的传承保留了母源性的文学祖地，也为当代散文在国家文化话语体系下成为大众精神文化产品提供了政治与市场上的可能。

“即以现代文学诸名家散文出版情况而论，据不完全统计，近十年间新编或重版、重印的二十至四十年代的现代散文作品书籍的印数，已远远超过1919—1949三十年间中国散文书籍印数的总和。这真是中国当代文学史上的奇观。”[①]20世纪90年代以来的散文出版盛况为现代散文传统与当代散文创作的精神传承提供了基本的市场环境。尽管新世纪的社会读者已经广泛进入“手机阅读”时

①朱立元：《中国现代散文的当代复兴》，《中国文学研究》1999年第1期。

代，但散文创作在20世纪末与21世纪初培养了散文阅读、创作的人群基础，更为丰富的、专门的散文阅读依赖于诸多文化期刊与相关出版书籍得以向全社会推行。二十年间，如《读者》《南方周末》等一大批畅销期刊与报纸副刊发表了大量既驳杂又丰富的散文内容①，其间沙珠并存。不过，散文发表阵地的增加、相关期刊发行量的拓展展示着泛文化意义上的散文传播面持续扩大，呈现着中国散文的外部接受过程与传播效应，散文也一步步深入到中国语文教育的文学审美教化之中。与“五四”以来现代报刊内容的组成类似，现代散文与近二十年来的散文都是中西文化、传统与现代冲突交融的产物，反映了中国现代化过程中国民的基本心理需求。在不同的历史阶段，散文既曾一度摆脱了文言桎梏，又在新的历史时期适度汲取、糅合着中国古典散文传统中文言成分的精神内质，成为汉民族语言文化心理的综合载体，成为大众广泛接受阅读的精神文化产品，也成为国家文化教育体系认同的汉语文学样本，广泛进入初等、中等语文教材。作为最具汉语特质的文化精神文本之一，散文借助各级学校的教育话语输出，奠定了现代汉语文学面向散文基础性的集体审美意识。这一意识，为近二十年间的散文创作培养出一个庞大的散文欣赏群体及群

---

①《读者》编辑设计的栏目中包含了大量外国散文，其中心宗旨亦带有典型的博爱主义与商业操作色彩。这种方式提供典型的精神信仰快餐与文字消费，众多类似布道性质的传教文字特征得以在杂志中展现，但是又带有鲜明的民族特征。《读者文摘传奇》（[美]约翰·海登瑞：《读者文摘传奇》，海口：海南出版社，1996年）与《读者传奇》（师永刚：《读者传奇》，北京：中国社会科学出版社，2003年）中的记述分析证明，它曾具备上述的信仰文字的简单特质，还深刻地影响到一代中国散文作家的外在文风，并与杨朔等人构建的新中国散文模型并立，成为又一种散文模型的来源。这里的所谓“模型”是独立于文学史意义上的散文“当代”划分以外的文学外部模式的综合表现。

体性的散文文化教育背景，对未来的民族文化心理产生深入久远的影响。

另外，技法的单一与内容的深刻兼容与融合，成为散文之为大众阅读的主要外部特征，表现为广泛引入其他文体的创作思维与技巧，以及对外国文学的深入吸收和精神链接。散文出现了如苇岸、林贤治等人异质化的精神写作，但从总体成绩上看，并未能使当代散文展现出蔚然一新的文学风貌与超乎前代的文学成绩。散文思想内容乃至文学思维方式的构成，都依然保持着强烈的“中国的气质”——中国文化简洁丰富的内在美学特征，深刻制约、深化着写作者、接受者。如同中国水墨画一般，复杂的技法有时反而不利于内蕴情怀思想完整丰富的表达。这种自在与他在并体的“小宇宙”是东方文化所具有的共同表征，具有“葫芦”的形象表现。“就是说，在山水画那里，画家观察的不是‘事物’，而是某种先验的概念。同样来说，源实朝也好，松尾芭蕉也好，他们并没有看到‘风景’。对于他们来说，风景不过是语言，是过去的文学。”[①]这种“风景”中蕴藏的“过去的

---

①柄谷行人：《日本现代文学的起源》，赵京华译，北京：生活·读书·新知三联书店，2006年，第11页。柄谷行人在此充分地展现了他具有东方意味的哲学式的文学考察，但柄谷的这种考察有时也存在同样单一化的现象，此处的理解应为东方文化的某种“内蕴”的哲学心态深刻地影响着中国散文的美学特征。柄谷行人为了表现东西文化共通的某种文学接续感，在对国木田独步的《难忘的人们》评论时这样表述：“风景是和孤独的内心状态紧密连接在一起的。这个人物对无所谓的他人感到了‘无我无他’的这一体感，但也可以说他对眼前的他者表示的是冷淡。换言之，只有在对周围外部的东西没有关心的‘内在的人’（inner man）那里，风景才能得以发现。风景乃是被无视‘外部’的人发现的。”（引处同上，第15页）他的这种论述应当说比模式化的东方哲学分析显得更能揭示事物本身所具备的某种“内蕴”的丰富，这也是另一种隐藏在散文文本内部的“灵魂的深处”。

文学”也揭示出散文传统内蕴的特质。在一个高度发达的文化系统内部，古典散文承载着丰厚的历史文化内容与道义责任，其发展已经到了熟极圆极的程度。对古典散文的超越，如果不在对其成绩的总结与内在的中国散文精神传承的基础上开展，是难能实现的。能否熟练地运用传统话语表现“现代”历史语境下的丰富思想内容，不以散文作家的专业化程度或者文学特质的浓度来决定，过多的体系搭建与技巧熟习常会造就散文“匠气”，充分保存、珍视古典散文的汉语文体与语言特征，借助精神世界的虚化传达来进入中国人的精神系统内部，才有可能在散文的革新中走出一条新路。近年来如新疆青年作家李娟散文的崛起已经说明，中国散文特别是中国古典散文传统中“文人之文”近于“天赋”“直悟”以直感式把握触及内在灵魂的文章审美传统，关系着从“天心”到“人情”的中国式情感体验传递系统，关系着散文创作者对外在世界与内在自我的本质性把握。正是这一关涉民族潜在的文化心理传统，在散文的阅读群体转向中几乎具有不可动摇的地位。

二、从文学话语空间向公共话语空间的权责转向

散文形式的差异与散文内容、风格的差异存在着紧密的联系。一些专业作家、学者的散文随笔对文体外在表现的强调及散文作品集的编辑，都旨在以现代白话散文传统（或可言之为“相对正规”，此处的“相对正规”指予人以更散文的印象，20世纪90年代前期汪曾祺、杨绛、季羡林、张中行等“老生代”散文作者的作品都可以纳入

这一范围）为圭臬。它们或者严谨深沉，或以人生变幻展现现代知识分子的家国忧患，却始终无法凝聚起更为鲜明强烈的散文“文学”特质。理性大于感性，学识大于审美的艺术内在，内容大于语言形式的自觉更新，缺乏文学本体意识的自我书写始终是此类散文美中不足的弊病。从“十七年”文学到新时期文学，散文走过一条借物象事象反映社会主义时代精神需要的道路，这条道路实质上被规训于政治文学的国家文化话语内部。但无法否认，散文展现出的自在本真的书写状态，与散文作者特别是老一代文人、学者对于散文的文化书写的着重点相关。他们着眼于打通历史、人生、文化之间的体悟联系，是一种写作艺术融会贯通、渐入“化境”之散文观。他们笔下的散文，并非仅为纯粹意义上的文学创作，而是较其他体裁拥有更丰富的社会、历史、人生体悟的“回忆”。这种“回忆”的把握越是丰富深厚，越能体现散文内在的情感特质。从“风景”到“人”，到世间的事、物，客观世界、人间经历在散文主体的透射下诞生着自我把握的“真实”。文化老人巴金、杨绛、韦君宜、黄裳与后一代如陈平原、赵园等人在文化/学者散文中对历史、人生的持续书写，从本质上展现了散文从文学话语空间向广泛的人文领域的复归，从内容上也实现了从抒情功能向着抒情、叙事乃至“载道”“言志”等多重功能的散文复归。散文，至此不复是一篇篇承载政治权力话语言情的文学文本，而是从尽可能拥有文学意义上的写作基础上，向着更广阔的历史文化领域的人文话语空间转向。

从外在转向看，散文作者与发表的公共空间发生了质与量的双重变化。在长期的潜移默化的“散文群体”的革命之中，一个巨大的散文转变发生于现代传媒（报刊、网络、新信息媒体）的空间，为散文创作的可能性与更为广泛的文学接受创造，提供了技术前提与时代保证。现代传媒自20世纪90年代中期以来，进入了一个全新的“都市化”时代，报业大战与《新周刊》《三联生活周刊》《中国国家地理》等一系列富于现代特征的传播载体为散文创作提出了全新的要求与全方位的理念更新。这种更新，或许只是大时代变革中中国知识分子对时代精神的自觉适应。与20世纪30年代的上海《大公报》等传媒相比，很明显地可以看出，二者都面临着中国社会历史转型的背景，一些传媒上的散文作品（如专栏创作）鲜明反映着这一时代的转变特质。它的风格、信息与文学特质，都决定了传统的文学定义“散文”概念的可塑性。新的专栏写作者与散文创作者，在现代国民意识的提升与公共空间的拓展进程中已蜕变而出，成为脱离旧有文学作者所拥有的社会角色范畴的新型传媒知识分子。①这部分散文写作者在新媒体（互联网及信息通信载体）空间依然发挥着重要作用。

角色定位的不同与知识分子所能利用的社会空间的拓展，促使写作者的身份意识及散文写作角度都发生了巨大变化。他们文章中的技

①参见党生翠：《“公共知识分子”、“传媒知识分子”与“节目专家”》，载《当代传播》2006年第1期。此处“传媒知识分子”已经是一个公开的提法，甚至还有传媒散文的划分。这个划分所展示的特性足以表示新型现代知识分子的社会分化是一个长时段的社会内部运动，新的提法已经发展到专门的“网络知识分子”，但是鉴于网络依然不能摆脱传媒角色的社会定位。传媒知识分子应该是既有别于传统自闭且独断的精英型知识分子，也不是只混迹于流俗、对于现存秩序完全认同、竭力鼓吹而缺乏反思的所谓“后现代知识分子”。因此，本文依然使用“传媒知识分子”的说法，这与许纪霖等人展开的知识分子与公共空间关系的论述共同构成了21世纪中国知识分子的自我定位思考的重要组成内容。

术含量与专业信息同样传达着人类心灵的某种外在寄托。以此形式与内容对应角度而言，一篇探讨克隆人问题的专栏随笔究其内涵依然与千年以前托物言志的士大夫“文以载道”之传统貌异心同。然而，道德观念的变迁围绕着重建新时代下人文精神的焦点命题，围绕着重建知识分子传统、拓宽文学社会张力的命题铺展。另一方面，专栏散文随笔写作形式的变化、内容的变迁始终与现代传媒的发展变化同步，始终与中国都市化建设的进程同步，且创作者的面目更为驳杂与专业，一开始就建立了较高的写作起点，展现出生机勃勃的活跃局面。如鄢烈山、王小波、许知远、陈丹青、迟宇宙等人在散文审美领域开拓出刺世以倡常识一路，可称之为“国民之文”。与之相应，散文创作也存在着文学性的削弱与长期、专门的散文创作难以持续的弊病。

三、面向道德重建与传统文学精神复苏的转向

近代以来，“五四”后新的散文生产机制逐步成熟，但从社会意义上的个人生存状态来看，散文创作事实上成为主要的专业作家与部分学者、知识分子专业之外的“余兴”。从主流的文章体式化为文学的支配角色，散文创作的地位在抗战以前始终处于一种尴尬局面，大量杰出的现代散文创作并不足以补救它在文体地位上的尴尬。文体模糊与内质不清的整体局面并未得以改变，文体自身的生命并未得以焕发，常常陷入表现散文创作者（如周作人的散文）个人才情、学识、见解的误区。就此而言，无论其思想与其承载内容的厚度如何，散文作为一种文体表现，在主体身份认同与读者群体接受度上始终无法走

出“士大夫”的散文观念圈。

现代中国转型伴随的震荡与苦痛、战争与政权的更易变异甚至改换了散文的文体本在，战争使得传媒的信息触觉空前发达与敏锐，建立在大量信息触觉之上的人文触觉呼唤散文记述从传统到现代的“人”的历程、“人”的感受，散文创作观念出现了从“精英”走向“平民”的转向，构就了家国兴亡下相对稳定成熟的现代散文观。这种观念与现代中国知识分子的命运紧密联系，共同推动一个新文学时代的来临，这个文学时代的外部政治力量与内部精神要求，“散文现代化”将延续为一个长时段的大的文学历史运动，并持续推动这种可能性。

从“大道”转为“余兴”，在反思中回归重建内向化的心灵思索，当代散文世界从琐碎的“余兴”与“把玩”中逐渐脱离，转向自我心灵世界与中国历史、社会、精神变迁的对接中。在这一进程中，散文生产机制呈现出螺旋形循环发展的表征。散文自始至终缺乏一种压力，一种为外界所压迫推动，为强有力的时代精神所控扼的推进力，从散文内容到内在精神，相较小说、诗歌、戏剧面对的强大“政治判断”与“历史判断”，散文外在的现实压力相对较小，散文写作甚至可以帮助写作主体在外在压力中得到精神的松弛。但由反而正，散文因之成为对中国传统文章形式乃至精神承继最多、保留最为完整的某种活的“中国气质”的载体。古代散文的多种多样的散文文体（如碑、铭、箴、序等）形式在海峡两岸呈现出不同的生态，实践性的社会功用逼迫白话散文逐步填充原有广阔的“文章”空间，新形态的“回忆”与“追问”成为自我道德与现代历史夹缝中的主渠道，写作主体同样在感怀伤世中真诚书写着个人的情怀，他们笔锋更为纵横、情感更为显明，其中不乏《巨流河》（齐邦媛）、《往事并不如烟》（章诒和）、《半生为人》（徐晓）、《寻找家园》（高尔泰）一类饱含个人体验历史质感的沉重之作。在此，一个具有倾向性的"散文中国"的自我想象共同体由隐而显，潜伏了西化大潮中的东方民族精神和意识形态努力，藏匿了中国人内心的自在世界与内蕴的"中国的自我"。这种"自我"，意味着影响文化生产机制的内部心灵世界对长期以来的文学过于逢迎"现代化"的质疑，也意味着一种深沉的散文文化动因的重建和再度发现。

散文"传统"是历史的、文化的、自然的留存，也是面向异质文化冲击时现代中国精神谱系书写的篇章，它并非依赖话语权力赋予文学空间的存在。但写作者无不身为持续转型的中国社会的产物，在内外双重的创作压力下，散文作家自身所具备的散文创作实力和主体精神的强大程度决定了散文的精神向度。在不同的创作标准衡量之下，散文创作持续表现着新时代旧文学传统顽固、久远的存在。散文自身的规范权衡、艺术标准与外部环境或显或隐的期待，始终存在着不小的差距。在中华人民共和国成立以来文学的整体发展中，一个强有力

①通过高尔基在苏俄建立初期和战争时期的不同文学表现、散文家普里什文的散文创作以及在中国影响巨大的《金蔷薇》的苏俄文统与道统间的关系，可以通过比较考量，同是建立社会主义国家政权，新的社会主义中国散文传统试图建立一个强大的有效的时代散文体系，但由于第一流的文学家的缺席或意识形态因素影响，这个体系始终无法得以迅速建立。中国古典散文体系本身拥有悠久的历史传统，在中国文学史上，开放宏阔的文章风范与强盛的统一国家合为一体。然而，随着新时期的到来，这个潜在的宏大散文体系构建由于自身因素的干扰与过度依赖于外在社会、政治因素，它仅能作为一种设想存在，始终缺乏实现的可能。

的充分体现主导文化意志的全新散文传统始终难以建立[①]。散文与一切文学体裁一样，不可能只是赤裸的目的性宣泄。传统“载物言志”的散文观念轨道依然继续运行，并通过规范的现代文章体式试图重塑旧有的“道统”。构成散文“压抑”的因素既包括外在政治的压力与空间容忍度的狭窄，也包括创作者自身的艺术水准与其所渴望达到的艺术高度始终难以一致——政治要求与散文艺术“破”“变”之间的矛盾。换言之，在主流意识形态层面内，如果第一流的知识分子不能以散文语言写作时代精神或传达传统的民族精神，则一切从主流意识形态出发建立散文新道统的努力都难免归于失败。杨朔、刘白羽等作家的散文就单篇个体而论，其固定的范式与僵化的时代精神传达固然不足以表现中国散文传统所到达的精神高度与审美复杂性，但是就整体而言，他们自始至终未能按照外在政治要求与自身要求建立起一整套新时代的“散文精神”体系，他们的散文建设努力并非毫无成绩。中国的民族精神需要固定的民族文学体式作为优良的载体，以安定壮美的文学表现展示全新的民族精神与国家意志，进而建立创作范式的努力本身无可厚非，令人诟病的是，僵化与固定的文学精神、高度的政治参与，构成了对于文学的自身规律性、创造性的压抑，反而让建立强大国家主义文学的意愿落于空处。将这一散文运动与沈从文、汪曾祺一系的自现代而当代散文“文统”的创作实绩相比较，不难发现，沈从文、汪曾祺的散文尽管未脱“士大夫”气，却鲜明地展现了新的时代与传统文化理念的融合，在如水的文字中反而集中地展示着某种中国的“散文精神”。如果上溯寻找某个古老的文学传统，我们甚至可以在那些知人论世、怀乡念旧、寄情于山水人间事的短文中看到《诗经》《楚辞》与《世说新语》的风骨。

四、回归“此世”的抒情书写暗潮与超越性的转向

现实世界与观念世界存在着同与异的深刻辩证，观念的现实与现实的观念、散文世界写实主义与虚实相间存在着如此深刻的不同。写现实，不等于表现出观念思辨、情感倾沉的现实美感。写观念，不等于现实一定能够通过观念折射。现实世界与经过创作主题思维抽离升华的“此世”有着质的区别。即便是记载日常生活的日用之道，也在生活美学的指引下摹写着人生姿态的曲折映现。“当代散文由于‘范畴论’解决不力，‘文革’前主要受客观、向外、记叙性文体、通信影响；而20世纪八九十年代后又受主观、向外、议论性文体‘文化大散文’（实即‘文化随笔’）影响，长期未能朝着主观、向内、重情、尚文的文体自身特点阔步前进，至今‘心灵散文’仍无大家、佳作问世。”[①]“心灵散文”的提法是否准确，暂且不论。但这种观点指出的问题是实实在在的。散文写作中向内的情感发掘，在传统与现代、义与不义、存在与消无之间挣扎的人的内心书写，而非一味地回忆、感叹、忏悔、追问，成为当前散文写作必须直面的重要命题，成为散文多元化生态中近于母源的生命反观路向。鲁迅《野草》中生命的生灭带来的绝望之美，沈从文“呓语狂言”般“抽象的抒情”，何

①刘锡庆主编：《中国散文通史·当代卷（上）》，合肥：安徽教育出版社，2012年，第8页。

其芳“画梦录”中的迷离与怅惘，不仅验证了中国文学古老的抒情传统，也为白话散文写作开出了一条复杂深邃的情感梦境之路。复杂的精神变相经过写作主体艺术目光高度抽炼的坦诚书写，获得了散文思想审美格调的“深”与“暗”，中国散文在白话语境下发挥出的高度抽象艺术，在当前散文的变革中正在尝试接续。

如前所述，“写实”与“此世”绝非一体。散文的千百变化依然将落实于“此世”作为散文的观察维度与文学母题的来源。在中国文学史上，生与死、神与鬼、天与地、人与非人、传统与现代，都被纳入到人类历史上绵亘久远的文学传统中，它集中以一种名为“散文”的文学体裁得以浓缩表现。20世纪90年代末以来，这种缺失在思想散文、新散文、女性散文的部分作品中得到了改善，散文文本中诗性的比重持续增大，执着的历史、人性反思与自我、他我的存在渐渐糅合，在新世纪十数年中缓慢发展，以寂寞的身影获得了坚定的拨正。单一的抒情早已无力，单一的写实在散文中同样无力，复杂的现代“人心”对散文书写提出了更高、更复杂的抒情需求。在构成散文内容的诸多文学母题中，刺激性的文学想象与撩拨人类本质欲望的文学性欲论偏居支流，无数零碎的知识材料与经验结构被重新加以组合，以与人生密切相关的姿态为散文的抒情或言“抒怀”提供着稳固的社会历史文化支撑。“生命的路是进步的，总是沿着无限的精神三角形的斜面向上走，什么都阻止他不得。”[①]构建“生命的路”的，除了主体自身，还包含着复杂的时间、空间要素。

①鲁迅：《热风》，北京：人民文学出版社，2006年，第83页。

亘古至今的人类社会构成、知识传统及日常生活击败了战争与爱情的传统文艺命题。中国散文的“传统”固然有“大”（国家、社会、主流）、有“小”（民间、族群、底层），却始终以着眼落脚于“此世”成为“文章”书写的归依。宿命论、轮回观、唯识中意识“种子”的离合与道家文化的隐遁高远之美，都被结合入现实人生的恒久持一，共同构成现代中国人复杂的历史文化背景，写入新世纪走出乡土、走向现代工业体系下的人心与“仁心”之变。一切从“此世”出发，而归结于“此世”结果，这种以现世人生为归依的儒家生活文化观念，不仅是中国人长久以来的历史、生活观，是构成以中国散文为代表文体的中国文章的一个总的伦理外貌特征，也是中国散文乃至东亚儒家文化区域相对世界散文的主要区分点。这种精神内质，如果不经过高度抽象的意识的“狂化”、情感的“锐化”、语言的“炼化”，是难以实现化平庸为神奇、化阴暗为奇崛的精神审美与自我释放的目的的。在书写“此世”基础上对超越性的追求，成为诸多新世纪散文作者呼应共鸣的写作指向。毋庸论张承志略显极端的清洁精神旗帜，在光怪陆离的散文写作中，许知远的纪录体游记与青年知识者近乎自然主义的犀利触摸，沈宏非火爆鲜香的美食随笔中隐藏的知识分子审视，王小妮记述转型期背景下高校人文教育思索，周国平丧子得子的生命感思，安妮宝贝面对亡父、焚化炉的生死追怀，甚至钟鸣近乎普鲁斯特的感官细节情绪追忆，往事与随想中的故园故人之逝，在波德莱尔式的时代之殇中结成了对生命精神“纯洁化”的美学质问。

以现实的“此世”书写对抗理想主义旗帜的溃败，以持续恒久的生命扫视超越“此世”，在抽象中回归具象，在具象中走向抽象，回归更为丰富的古典散文品格与现代人的精神世界，既对潜在的意识形态规训以有效的书写规避，又以“此世”展现世外之境，展现自然与历史的心灵存在。近二十年来散文从乡土写作开始，走向了现实主义，又从现实主义走向沈从文笔下更为复杂的“抽象的抒情”，散文在写作策略与艺术表现上开始了新的转向。“散文家的命运逐渐为散文家的‘自我’所主宰。和而不同，已成为不可阻挡的潮流。”[①]“此世”在“现代”语境下化身千万，形成了芜杂繁盛的大国文章风貌，延续着亘古未歇的散文之路。

①范培松：《中国散文史》，南京：江苏教育出版社，2008年，第12页。

散文的“体”“质”（代跋）

——基于当代散文理论争议点的思考

散文是复杂的，又是简单的。“复杂”，意味着散文古今中西兼容并蓄的容量，变化多端、自由无垠的形态，经历各异立场相违的作者，纵横恣肆委婉巍然的风度。“简单”，意味着散文终归是人类精神生活的组成部分，它连接着人最基础的文学审美意识与文类定位，最终以表现人类的精神为依归。散文的简单与复杂，共同构成了人类面向自我存在与面向外部世界的审视与最终的倾诉。散文由之表现出无穷尽的书写可能。文学的现实性、精神性在散文世界中的冲突，意味着散文与现实、与人心的密切关系。

如果说散文的现代转型意味着域外文学观念的冲击，还需借助对古典散文传统的自觉接续，现代散文才得以实现创造性转化的新成绩，那么何以“文章”传统中诸多文体，难以为此后散文所继承发展而成为凌空绝响？“文章”传统的裂变，不仅仅是单纯的文体变革，它意味着中国文化向“现代”的深刻转变，也意味着不同文明之间观念意识的持久碰撞与“自我”更新。

一、破解“形散神不散”与散文“消亡论”

回望20世纪中国散文理论的变迁，从梁启超的“文界革命”到“人的文学”的提出，“现代性”持续的解构、重构倾向，实际上确立了“现代”维度下的人性观、文学观对于散文的指导性意义，表现了前者为中国散文划定思想意涵的基本标准，后者则使中国散文充满了同样持续的文体变革冲动。

在20世纪80年代后期针对散文“形散神不散”的讨论，对此前散文写作中存在的单一性问题的破解，松木[①]、贾平凹于20世纪80年代前中期已经在寻觅突破的途径。1987年，林非在《文学评论》上发表了《散文创作的昨日和明日》一文，以摧枯拉朽之势对陈旧的“形散神不散”展开尖锐批评，引发了人们对散文主题的单一性与“丰富多彩的艺术追求”对比性的深思。正如林非所言：“有时候似乎是缺主题的很隐晦的篇章，对人们也许会产生极大或极深的思想上的启迪，这往往是那种狭隘的艺术趣味所无法达到的。”他所提出的“散文的素质本来就在于自由自在和无拘无束地书写”，“千万不要给散文这种文学样式设置任何框子和格套，让它在生活的长河里，用广阔的触角去自由地探索，让它用各种各样的艺术手法，表露出整个的宇宙客体和内心中的主观世界”[②]，得到了散文理论界的广泛认同。作为新时期以来首次引发文学界广泛关注的散文理论探讨，这一讨论不仅在

①松木：《“形散神不散”质疑》，《语文战线》1980年第8期。

②林非：《散文创作的昨日和明日》，《文学评论》1987年第3期。

现实中打破了“形散神不散”这一久已存在的散文创作桎梏，而且建立起一种宽泛的、自由的新型散文观念。特别是林非提出的“类型”观念，将一种散文理论的建构视为散文多种类型之一的看法，使得散文的文体表现境域大为拓宽了。从散文史角度来看，它甚至扩大了“五四”以来现代散文重视“个人的发现”的认识，将对于“自我”的认识置放于放宽界限，促进传统与现代融合的散文新天地中。客观来看，这一争论时间虽然不长，但其作用及其影响尚未得到应有的重视。另一方面，中国散文的创作者和研究者们虽然逐步厘清了历史遗留下来的作品主题过度集中的问题，进而将单一、定型化的散文审美观念从封闭的文体观念解放出来，但“散文解体”的论调又随之而起。这也充分体现了理论的突破往往只是营造了一个更为宽松的创作环境，能够体现新观念的创作实践尚需创作者的调整、适应。从20世纪80年代后期延伸到90年代初，王干、费振钟、黄浩等人强调的散文“趋于解体”“从中兴走向末路”之说，表现出“形散神不散”之争后的更为多元化的思考。对于“解体”“末路”说，林道立、汪帆、傅德岷等人则以“崛起”说反击。傅德岷在《散文创作的新崛起》一文中认为，中国当代散文发展的趋势“将走向更加开放和多元”。“‘消亡论’的提出，表达了人们对80年代散文严重滞后于其他文体的强烈不满。而 90 年代散文突然在平淡萧条中兴旺繁茂，则既印证了‘崛起论’的预言，又为这场学术含量不太高的论争画上了一个圆满的句号。”20世纪90年代“散文热”的现实似乎充分证明了这一结论。然而，当我们回看这一争论时，会发现诸多切关21世纪散文理论与创作现象的先行之迹。它并非一种单纯表达不满的倾向，而是遍布着延绵至今的诸多理论问题的线索源头。

比如，从历史发生学的角度，黄浩认为“散文的历史出身本身就极值得怀疑”。在他看来，《史记》《汉书》之史传文学与今之传记、孔子之言与毛泽东缜密生动之文、姚鼐的悼文与今之悼文在是否“文学”的问题上形成了鲜明的对比，以至于提出了“为什么在历史的昨天,非韵文就是散文,就是文学；而在历史的今天这一切就都变了呢？易言之就是，为什么对待同一部历史,我们用两把尺子衡量？”[①]这一疑问指向散文与中国古代文学中“文章学”概念的联系、区分。它实质涉及现代西方散文文体意识在深入中国传统文学世界后，对“文章学”的文学性质认可问题。再比如，散文依据内容与形式的不同，分为杂文、小品、随笔、传记、游记、风土志等多种形态，导致对于文体的理解不是更加清晰，而是更趋模糊。散文长期的自我分化意味着传统的“议论、抒情、叙事”已被陆续独立的文体分担了各自承载的功能（如议论功能已被杂文小品、文学评论与文学理论分担，抒情功能已被非韵诗歌、游记、非议论小品取代，叙事功能已由小说、报告文学、传记文学分担）。当小说在形式、内容上的探索与多方面的发达“侵占”了散文原有的功能表现时，以至于为“现代”所限的散文根本“无力”抗争。

20世纪80年代末到90年代初的这两场散文理论之辩，表面上看二者泾渭分明——打破了“形散神不散”，为散文的多元化发展扫清了意识桎梏与理论障碍；“解体”“消亡”论，则提出了更丰富的、超乎于散文时代理解力的质疑，实质上指向的是对散文更高层次的

①黄浩：《当代散文：从中兴走向末路》，《文艺评论》1988年第1期。

"文章"的功能性认识。他们对于散文文体制约性的意见与打破"形散神不散"的理论诉求有着共通的思想方向，但前者从解决最基础的现实性障碍做起，意在建设，后者以更广阔的历史目光看待散文的现状与未来，意在消解。20世纪90年代至今的中国散文理论之争与创作实践，依然围绕着散文文体的内在质地与外部特征的矛盾、散文的文学功能与他文体之关系两大问题展开，今人之争并未脱离前人所争之范畴。作为一种在文学史目光中长期边缘化的文体，20世纪八九十年代发生的"大散文"观与散文"文体净化"论之争、散文"真实"与"虚构"的讨论、散文"真情实感论"等延续至新世纪的散文理论讨论，其影响力往往只限于散文界内部。在未涉及他文体大范围介入、变革的情况下，唯有作为文学的创作实践才是散文文体位置最根本的证明。

二、散文文体变革的诉求与反拨

1992年，贾平凹在《美文》杂志发刊词中写道："我们确实是不满意目前的散文状态，那种流行的、几乎渗透到许多人的显意识和潜意识中的对于散文的概念，范围是越来越狭小了，含义是越来越苍白了"，"于是，还原到散文的原本面目，散文是大而化之的，散文是大可随便的，散文就是一切的文章"①。"就是一切的文章"的"大散文"观，引发了散文研究界跨世纪的讨论。刘锡庆先生针对性地提出"更新观念，净化文体"的"文体净化"说，强调散文自我性、内向性、表现性的文体特征，认为"大散文"是"非韵即散"古代

①贾平凹：《〈美文〉发刊词》，《美文》1992年9月创刊号。

散文观念的复活。[1]“文体净化”说排斥“艺术散文”之外的散文类型，充分体现着散文文体“纯化”的诉求。这又恰好回应了散文“消亡论”对于散文功能性剥夺的质疑。散文的“体”“类”区分被忽略，甚至连小品文、随笔都成为“净化”的牺牲品，这种过于严厉的“门户清理”招致了散文研究界的批评。不过，刘锡庆先生从未如“消亡论”般否定散文文体存在的合理性，其“净化”观不妨视为面向“大散文”观的纠偏。他意图树立散文文学性“主情”正宗的学术理念执着，却反向凸显了散文“大”与“小”、“广义”与“狭义”的观念冲突，充分展现了散文从“文章”至现代“散文”观念转换过程中的问题遗留。“现代”给予散文的，始终是充满矛盾的思想境域冲突。

如果说“大散文”观将散文传统“抒情”模式的单视角转变为全景视角，散文理论及此后的创作实践改变了散文“小摆设”的地位，从而与20世纪90年代文化散文的勃兴形成了理论与创作的两翼呼应，这一趋势的发展也确实引发了回归古代大散文的思考[2]。在更为新潮的散文变革呼声中，兴起于90年代末期的“新散文”运动虽与“大散文”观理论背景相异，却体现着观念的相似。

---

①刘锡庆：《当代散文：更新观念 净化文体》，《散文百家》1993年第1期。刘锡庆认为，“‘大散文’实在想不出有什么新意，这种提法本身就是陈旧的。古代‘非韵既散’就是十足的‘大散文’”“散文的范畴不宜很宽”。并提出散文审美特征的四个特点：“篇篇有‘我’，个性鲜明”；“外物内化，以小见大”；“真实、自然，笔墨自由”；“纸短韵长，风格各异”。

②代训提出了“向古代大散文的回归，将是拓展散文路径的未来发展方向之一”。见代训：《散文，回归古代大散文的概念》，《文艺评论》1997年第4期。

从对“体制散文”的当代散文传统批评开始，“新散文”将理论重心置于前溯古典及现代传统、后涉跨域写作的文体内变中，当是以“体制散文”批判与“无界限写作”的散文观念对粗糙的“大散文”观的细化、深化，更深刻体现了当代的“个人”意识到散文“自我”的持续“矮化”后进行文学应变的理论自觉。在云南《大家》杂志开始“新散文”的创作探索，在祝勇笔下成为“无法回避的革命”[①]，他对当代散文传统的鄙视性姿态导致了反方意见更激进的质问：“是散文的革命还是散文的毒药？”[②]“新散文”倡导主题的多义性、不确定性，强调生活本质与日常意义，在创作实践中打破散文篇幅限制，特别是引小说、诗歌“虚构”“想象”等他文体手法入散文的“无界限写作”等观念，高度凸显了散文自内而外的文体变革诉求，反映了在20世纪90年代思想文化界“去中心化”的背景下，散文界恢复“个性”、散文恢复文体活力的持续探索。在“新散文”的理论建构中，不难窥见“大散文”、“真实”与“虚构”、“真情实感”种种争论的历史性身影。文化散文的盛行一时并未解决散文抒情模式化写作的“体制”弊病，反而成为散文改革者们解决这一问题的动力。另一方面，围绕着新散文概念的认定、“体制散文”的界定、“新散文”“个性”书写的社会性、“文体革命”的形式主义倾向等问题，陈剑晖等学者的批评也揭示出“新散文”自创作到理论诸多方面的不足。这一争鸣延续至今，不仅极大地推动了新世纪散文的创作发展，从侧面也反映出20世纪90年代以来散文创作热潮与理论论争的成果。此

①祝勇：《散文：无法回避的革命》，见祝勇：《一个人的排行榜·序》，沈阳：春风文艺出版社，2003年，第332页。

②陈剑晖：《新散文：是散文的革命还是散文的毒药？》，《羊城晚报》2006年5月13日。

后，在场主义、原生态散文等散文观念的提出，新世纪散文依然处于散文之“真”的差异性认识范围，其艺术理念未能达到“新散文”争论带来的理论话语场效应。

纵观新时期以来的诸多散文理论之辨，其核心的争执点实际上集中于一点，即散文持续而强劲的“破体”需求与同样强劲的将其拉回文体现有共识性“范式”轨道的逆向回应。王兆胜先生名之为“破体”“失范”①。“破体”与“失范”的相争，深切地表现了文学内部文体意识的觉醒，也再度回应文学史上常见的文体更替之声。这种更替，往往象征着时代精神的审美转向与表现力的转移。比如，贾平凹将“大散文”视为一切的文章，这种过于宽泛的概念当然会遭到刘锡庆等学者基于散文文学性、艺术性的认识反弹。“新散文”将散文视为“无界限写作”的观念变革，吸收了“大散文”开放文体边界的理念，将小说、诗歌的文体之长引入散文创作，强调散文的艺术性特征，实际上是在既往散文观念上的综合性创新，也依然存有无视文体自身演变规律，强行推动文体变革的嫌疑。散文的自由性特质与文学性规范仿佛构成一种长期环绕于散文的悖论怪圈。对于这一现象，仅仅以当代文学内部演变的“破体”与“失范”名之，尚不足以概括其广阔的历史、文明外延。从现象到本质的释疑，无疑需要更为开放的历史性视野。

---

①古代文学论文体时常有变体、破体之说。王兆胜应借鉴这一说法，以“破体”与“失范”形容上述现象。他认为，“破体”会消解散文之“真”，并指出冗长、散漫、偏爱形式技巧等弊病。王兆胜的这一看法实际是建立在对跨文体写作的肯定态度基础之上的，他只是针对那种过分强调诗歌、小说因素的介入情况。见王兆胜《从“破体”到“失范”——当代中国散文文体的异化问题》，《江汉论坛》2010年第1期。

三、跨越“现代”的功能性复归

《文心雕龙·时序》云：“文变染乎世情，兴废系乎时序。”[①]“文变”“兴废”与“世情”“时序”的关系，意味着“世情”的宏阔狭细、“时序”的变易缓速，渗透在文学自身演变的规律性中。“文变”“兴废”更意味着文学文体同样充沛的辩证性变化。在这里，以一种流动变化的文体观念去透视当代散文种种理论论争，成为散文考察、研究的根本。在人类文学文化发展的历史中，形式的变革往往意味着时代精神的内变。没有一种文体能够拥有永恒不变的形态、内容，文体的消长更饱含着文明形态的更易。文学和文学的观念总是在不断地发展变化的过程中完成了自身的历史。自晚清以来的近两个世纪，中国现代化变革的力量如此深远，“时序”自然将深刻地影响着文学变革。前溯现代中国文学的发生，“文学革命”的主将胡适、陈独秀等人在自文言至白话转化的倡导中，已注重到“文学作品”与“应用文字”之别，更借助“美感”“伎俩”去重新划限古国“文章”之“文”于文学的功能性区分[②]。在这一历史性的过程中，“现代”转型中输入的西方文学新观念，深刻地影响了中国传统文学体裁的重新划界。从这一点出发，现代散文之“美感”与“个人的发

①刘勰：《文心雕龙·时序第四十五》。见周振甫注：《文心雕龙校释》，北京：人民文学出版社，1981年，第479页。

②陈独秀在《新青年》2卷2号的《通信》中就胡适所提“言之有物”论说：“若专求‘言之有物’，其流弊将毋同于‘文以载道’之说。以文学为手段、为器械，必附于他物以生存。窃以为文学之作品，与应用文字作用不同。其美感与伎俩，所谓文学、美术自身独立存在之价值，是否可以轻轻抹杀，岂无研究之余地？”见陈独秀《通信》，《新青年》2卷2号，1916年10月，北京：人民出版社，1954年影印本。

现”，实质上意味着“传统之文”向着强调艺术性、人生性表现的“现代之文”的转变。这种转变随着现代意识作用于中国文化精神的持续纵深发展，散文之于传统“文章”的文体功能，是在持续的削减之中。它固然可以向着“灵魂的深”的一面探求，去寻求人类精神的深暗，也可以在更为现代的“革命”中高度简化其美学精神，成为一种“形散神不散”的简化体态。而如黄浩论及的“文章”多重功能性的剥夺，使得古典散文“文章”丰富、多样之美在“现代”语境下终究难以为继。这一进程充分验证了“时序”是如何深切地与变化流动的文体观念相互作用着。

如果将散文与中国古典“文章”传统视为一体的生命，那么在“现代”改变文体划界的大前提下，中国“传统之文”并非不堪一击，恰恰相反，它借助丰厚的传统文化符码持续向功能性削弱的主干线上渗入，传递着古老的中国美学精髓。这一传输渠道的通畅与相应文化反思的倾向、程度强弱，决定性地影响着散文的社会性、文化性表达。尽管学养、文风各个不同，周作人、余秋雨等散文家因之表现出异代同质的受益。在文学革命对“文以载道”的激烈否定之后，汉语语言的力量得以凸显。无论是“文钞”还是山水人物的抒情叙事，散文依然回归了它的部分实用功能——不仅仅传达“个人”，还隐含着“个人”凝聚的历史、文化、道德与社会意绪。散文，以潜在的姿态去实现对于“现代”划界的反叛。这一内在的变化意味深长，它不仅是文体内部自身的调整，也呈现着丰富的本土文化意识。也正是在这一前提下，我们把近二十年散文的变革、分化视为中国在走向世界过程中文化冲突、融合的文学产物。

在这一过程中，如何在“西化”的大前提下选择思想文化资源，如何表现本土文化之美，成为散文创作的重中之重。与之俱来的则是另一个关键性的问题：当代中国散文如何实践这种本土思想文化资源的“创造性转化”？散文缓慢而庞大的文体变革，在问题中呈现出现实的分途，一系列分歧问题由之而生，比如：所谓民族化特质的留存，是否只是在西方文体观念下经过筛选后与传统文学资源的“嫁接”？而那些更重视与个人现实生活态度联系的散文“个人”的强调，是否早已远离了现代散文提出的“个人”的发现，而在“现代”“后现代”的多元话语背景下，演化为一种更具西方意义上的“个人”？

检视散文之由来，会发现作为一种文体的散文，自命名本身即充斥着“引进的”现代性。如郁达夫之言：“正因为说到文章，就指散文，所以中国向来没有‘散文’这一个名字。”“则我们现在所用的‘散文’两字，还是西方文化东渐后的产品。”[①]“Essay”本是现代文明的产物，将其演化或翻译为汉语词义下的“散文”[②]，即已显露文化的混杂。它不仅是文体重新划界的流变产物，更是霍米·巴巴式的文化界域互渗。“白话”“文言”之争，固然有着语体变革导向文明形态变革的含义，却在时代审美意涵上有着现代人性的共同呼声。之所以说现代散文开辟出中国本土思想文化资源的文学新变，即在于

①郁达夫：《〈中国新文学大系·散文二集〉导言》，上海：上海良友图书印刷公司，1935年，第1页。

②《辞海》“散文”条目：“中国六朝以来，为区别于韵文和骈文，把凡不押韵、不重排偶的散体文章，包括经传史书在内，概称‘散文’。随着文学概念的演变和文学体裁的发展，在某些历史时期又将小说及其他抒情、记事的文学作品统称为散文，以区别于讲求韵律的诗歌。现代散文是指与诗歌、小说、戏剧并称的一种文学体裁。”

它既以此为审美的根基，又借此为审美的反照。新时期以来“人的文学”的复归，不仅再现了启蒙与中国现代化变革的文学文化联系，而且以整体性的思想文化背景，再度呼唤着散文功能性的恢复。鉴于中国“文章”审美意态的丰富，散文或自觉或不自觉地向着这一传统靠拢。近二十年中国散文文体变革意识的持续增强，文体跨域写作的种种呼声，理应视为一种面向传统的、向着更广泛的文学表现力力度的“文章”功能性意识的恢复。不过，这并不意味着在散文理论与创作实践中古典的复苏。正如“白话”虽较“文言”貌似浅显，却更能体现现代要义。比如，余秋雨散文广泛的社会影响，并不意味着他已经取得了新时代“唐宋八大家”的地位，但起码意味着散文，即便是依然处于“体制规范”内的散文，在缺乏杨朔散文的意识形态背景的境况下，依然可能获得的社会性。这与余秋雨在某种意义上将“五四”一代批判的“贵族的山林的”文学重新进行了现代“改造”，从而得以承载诸多现代人生感受不无关系。人的“现代”感早已内化为文学作品潜在心理与价值判断标准。散文在20世纪90年代经历的缓慢拓展，不仅意味着中国散文在“现代”的压抑下，在寻找一切可能的突破口去表现新的精神需求，也内含了文体自身拓展性的表现要求。

四、散文的“心”“质”与“体”的辩证观

让我们再度回到当代散文创作的现实语境中，会看到自1961年《人民日报》副刊发起的“笔谈散文”大讨论开始，为散文制定“标准”与破除“规范”的努力，已经成为散文界惯性的行为。然而，

“现代”的转变历程作用于散文，其流动与变化绝不止于散文的进退之间，更包含着散文生命意识持续寻求的流动。在散文内蕴的人类生命审美意识维度上，散文同样不懈地寻找着突破口。在近二十年散文的创作中，正如代表着农耕文明的“乡土”意象唤起的无穷伤感，终将为都市意象的现代“混杂”情绪所取代。“乡土”精神的消逝，不仅仅意味着工业文明对于农耕文明的取代，还意味着相应的时间、空间反映于散文主体精神的转变。这种宏大的主体精神转向，却又只能立足于个体个性化的心志表现中得以完成。然而，这种转变并不意味着类似于“乡土”情感的彻底完结，它完全有可能开展另一波轮回。在时间的过渡中，都市的自由混杂同样可能被个体所背弃，去寻找新的精神“原乡”。在当代中国文学的表现中，乡土与都市文化情感的对立从未像在散文创作中表现得这样鲜明、贴近。

文体内部的变革意味着时代意志的折变，精神表现中持续更新的、更为复杂的审美要求，则意味着散文于不知不觉间发生的功能性复苏。当代散文类型的繁多，意味着散文之“形”“神”之论，依然有着划时代的意义。“心”在“神”完，“形”就足可变化万端。21世纪散文流派意识的增强，也意味着现代主义常常以后现代的方式缠绕着散文飘零的“个人”，它促成着个人在寻觅艺术突破时审美情绪的社会认同。“旧瓶装新酒”，一样的土地上的人，在人的现代化中成为各个不同的现代“个人”，它体现于私人的写作，也袒露在公共的空间。如果说散文在现代文学的转折中依然存有某种“士大夫”气，平民始终是被表现的对象而非创作主体，那么在近二十年散文创作中，“平民”不仅成为一种题材、一种语言、一种叙述方式，更成为“平民写作”本身。平民书写平民的生活态度已是重要的文学现象。文学的大众化不仅意味着体式的大众化、语言的大众化，还蕴含着平民写作意识的大众化，它们共同促进作者、读者之间的生命互动。如此种种，让我们看到，新时期散文与近二十年散文的差异、变化，其根部深扎于数十年间中国人生命意识与生存状态变化的土壤中。

追怀田园、进入都市、品物怀古、回归亲情、对抗遗忘，近二十年散文写作母题的呈现，实际上意味着散文在古典、现代、当代思想文化资源间的穿梭。在旧体诗词依然拥有强大生命力的中国，文学及其各类体裁，从来不仅是现代“划界”下的产物，而是充满了无限创造性可能的古今中国生命意识之突破。前人之魂映照着后人之笔，如果将小说视为文学现代化的先锋，自“体”而“质”都改变了现代中国文学的面貌，散文则成为文学古典化的堡垒，残留着千丝万缕向传统转化的可能。由此，近二十年散文在恢复与个体精神生活联系的同时，自理论而创作，理应重视面向中国古典散文精神资源的发掘、运用与归依。“五四”以来对外国文学的效仿、吸收，比如人性的救赎意识、悲剧的现代体验，继续深切地影响着散文家的潜在价值判断。重新建立与中外古典、现代散文传统的精神联系，是散文恢复自身生命力这一漫长疗程的首发选择。

《文心雕龙·通变》云：“诗赋书记，名理相因，此有常之体也；文辞气力，通变则久，此无方之数也。名理有常，体必资于故实；通变无方，数必酌于新声。”[①]对文学体裁的研究论断，或当

①刘勰：《文心雕龙·通变第二十九》，见周振甫注：《文心雕龙校释》，北京：人民文学出版社，1981年，第330页。

鉴往知来，在“故实”中寻求分析的线索。以钱基博《现代中国文学史》为鉴，他将新文学白话文与章士钊逻辑文、梁启超新民体并置，自有其文学发展的承续观念。晚清、民国于钱氏而言，本是“当代”。他不以革命的现代割裂为法，反以“当代”为承前启后的文学史观，至今看来似更具合理性。而在郁达夫的散文“心”“体”说中，散文的文体创作与作者的个性表现是有机的统一。心体之说貌似与古代形神、文质之说雷同，实则在新的时代语境下，“心”是破除了教化观念的“心”，“体”是舍弃了六经古雅的“体”。他以个人、个性以心役体，体为心用，推动散文个性的解放，仿佛晚明心学解放人生的文学再现。当代散文在大一统国家的意识形态的制约下，体式、精神由繁而简，终于抽炼为“形散神不散”的理论，其实同样残留着郁氏体为心用的理论痕迹。近二十年散文创作的繁复多样，又展现由简入繁的文体发展趋势，再次验证了散文切需以一种流动变化的观念进行考察的必要。但它终究不是轮回，而是在持续发展变化着的文学现实。“体”变固然值得重视，“质”的辨析则更为紧要。古今人生的“心”“质”，才是区分散文创作的真实内因。这一观念基础决定了理应将现代文学关于散文的文体定位，视作中国文学系统中一种现实存在的典型。当“现代”已为散文树法立规，散文的变化也循着“现代性”自身特有的逆反而行。童庆炳曾指出，文体至少包含体裁、语体和风格，而那种小说、诗歌、戏剧、散文四分法的文类标准，既属现代性文学理论框架，也必然要承受来自现代性的冲决。散文“文章”意识的重现，实际意味着散文正在逐步恢复被剥夺的多样性功能，意味着散文创作多样化与“文体代兴”的趋势，成为21世纪上半叶常见的文学景观。当下散文创作确在更新其文体内蕴的文学精神，它之所以拥有始终难以排尽的丰富传统因素，其基础正缘于中国人生命状态依然处于传统向现代持续过渡的阶段。

当我们再度反思现代、当代散文内在文脉传承，会发现“五四”一代的认定如此符合现代人性的文学需求。这一典型的延续，自有其理论弹性。郁达夫认为，现代散文具有三大特征：个性；以不拘形式的体裁表现实现范围的扩大；人性、社会性与大自然的调和。而在最后一点上，“统观中国新文学内容变革的历程，最初是沿旧文学传统而下，不过从一个新的角度而发见了自然，同时也就发见了个人；接着便是世界潮流的尽量的吸收，结果又发见了社会”[①]。倘以郁氏之论为标准，纵观近二十年中国散文，我们不能不深切地感叹，能够兼顾传统、自然、个人、社会与世界潮流几方面的散文，自鲁迅《野草》以下，延绵至近二十年的散文创作，实在尚不能尽如人意。散文家切需世界性的文学目光、深厚的传统文化修养，更需要勇于区分消极自由与积极自由，将个人的体验与中国城乡社会的改变结合起来，去真正推动散文“体”“质”的更新壮大，去实践一代文风的变革。21世纪的高效信息输送方式，也完全可能影响文学情感信息的传递，隐含更大文体弹性的“散文”，或将再度恢复“诸文之文”，融多种文体特色于一身，走向新的发展。

---

①郁达夫：《〈中国新文学大系·散文二集〉导言》，上海：上海良友图书印刷公司，1935年，第10页。